JUSTIN SOMPER

TOME 1

Traduit de l'anglais (Grande-Bretagne)
par Catherine Guillet

L'édition originale de cet ouvrage a été publiée
en langue anglaise par Simon & Schuster Ltd,
une division de Viacom, Londres,
sous le titre :
Vampirates, Demons of the ocean

À mon père, John Dennis Somper,
Avec amour et avec tous mes remerciements
pour m'avoir protégé de la tempête.

Baie-du-Croissant-de-Lune
Côte Est de l'Australie
En l'an 2505

PROLOGUE
LA TEMPÊTE

Au premier coup de tonnerre sur la baie du Croissant-de-Lune, Grace Tempête ouvrit les yeux. La lueur d'un éclair diffus illuminait la nuit derrière les rideaux. Tremblante, Grace repoussa les draps au pied de son lit, se leva et se dirigea vers la fenêtre. La poignée avait cédé et le battant, grand ouvert, claquait à la pluie et au vent comme une aile de verre.

Malgré les bourrasques, Grace réussit à le ramener vers elle. Puis elle le crocheta tout en laissant la fenêtre entrebâillée – elle ne voulait pas à ce point empêcher l'orage d'entrer. La musique qu'il jouait, étrange, primitive, saturée de roulements de tambours et de coups de cymbales, faisait palpiter son cœur de peur et de joie et picotait sa peau glacée par la pluie.

Derrière elle, Connor dormait toujours, la bouche grande ouverte, un bras ballant par-dessus le rebord de son lit. Comment faisait-il pour ne pas se réveiller avec tout ce fracas ? Sans doute son frère jumeau était-il épuisé d'avoir passé l'après-midi à jouer au football.

La baie au-delà de la fenêtre était vide de bateaux. Ce n'était pas une nuit à aller sur l'eau. La lumière du phare balayait l'océan, éclairant par intermittence les vagues qui l'agitaient. Grace sourit à la pensée que son père, là-haut, au sommet de l'édifice, surveillait le port, prêt à sauver quiconque serait en danger.

Un autre éclair zébra le ciel. Grace recula en titubant et, ce faisant, heurta le lit de Connor. Le visage de son frère se crispa et ses yeux s'ouvrirent. Connor regarda sa sœur d'un air tout à la fois confus et agacé. Elle observa ses yeux vert clair. Ils avaient exactement la même couleur que les siens, comme si l'on avait coupé une émeraude en deux.

Étant donné que les yeux de leur père étaient marron, Grace en avait toujours déduit que les leurs étaient comme ceux de leur mère. Parfois, dans ses rêves, une femme apparaissait à la porte du phare, un sourire aux lèvres et deux yeux verts pareillement perçants fixés sur elle.

— Mais tu es toute mouillée !

Grace se rendit compte que la pluie qui l'avait trempée coulait goutte à goutte sur son frère.

— Il y a un orage. Viens voir !

Le prenant par le bras, elle le tira de sous ses draps et le traîna jusqu'à la fenêtre. Il était là, tout endormi, encore à se frotter les yeux, lorsqu'un autre éclair se mit à danser devant eux.

— C'est formidable, tu ne trouves pas ? s'exclama Grace.

Connor hocha la tête, mais resta silencieux. Bien qu'il n'eût jamais vécu ailleurs qu'au phare, tout au bord de l'eau, il ne s'était toujours pas habitué à la puissance indomptée de l'océan – tour à tour étang paisible ou gouffre déchaîné.

— Allons voir ce que fait papa, dit Connor.

— Bonne idée, lui répondit Grace.

Aussitôt, elle prit son peignoir accroché derrière la porte de leur chambre et s'en enveloppa. Connor, lui, enfila sur son maillot un sweat-shirt à capuche. Tous deux s'élancèrent dans l'escalier en spirale qui menait au sommet du phare.

Plus ils montaient, plus le fracas de la tempête

11

s'accentuait. Ce n'était pas du tout du goût de Connor, mais il se serait bien gardé d'en souffler mot à sa sœur, bien plus hardie que lui. Maigre comme un clou, c'était pourtant une dure à cuire. Si Connor était fort physiquement, elle était dotée d'une force mentale d'acier que lui devait encore se forger. peut-être n'y parviendrait-il d'ailleurs jamais.

— Tiens, tiens ! s'exclama leur père en les voyant pénétrer dans la pièce. C'est l'orage qui vous a réveillés ?

— Non, c'est Grace, dit Connor. Je faisais un rêve formidable ! J'étais sur le point de réussir le coup du chapeau.

— Je ne comprends pas comment on peut dormir au milieu d'une tempête pareille, commenta Grace. Avec tout le bruit qu'il y a ! Sans compter que c'est beau à regarder.

— Tu es bizarre, fit son frère.

Grace fronça les sourcils en faisant la moue. Parfois, bien qu'ils fussent jumeaux, elle avait le sentiment qu'ils étaient aux antipodes l'un de l'autre.

Leur père but une gorgée de son infusion de feuilles d'eucalyptus, puis les invita à se rapprocher de lui :

— Grace, viens t'asseoir ici, tu seras aux premières loges pour le spectacle. Et toi, Connor, tu peux t'installer juste à côté de moi.

Les jumeaux obtempérèrent et allèrent s'accroupir de chaque côté de leur père. Tandis que Grace, aussitôt fascinée, savourait de pouvoir contempler la baie déchaînée du poste d'observation le plus élevé, Connor tâchait de surmonter les vagues de vertige qui l'avaient saisi et que seule la main rassurante de son père sur son épaule finit par apaiser.

— Ça vous dirait d'écouter une petite chanson ? leur demanda leur père après avoir bu une autre gorgée de son infusion.

— Oui ! s'écrièrent Grace et Connor à l'unisson.

Tous deux savaient exactement à quoi s'attendre. Leur père leur chantait la même chanson de marins depuis toujours, depuis le jour où, bébés, allongés dans leurs petits lits à barreaux juxtaposés, ils n'en comprenaient pas encore les paroles.

— Cette chanson, proclama leur père avec emphase, comme s'il ne l'avait pas déjà fait des centaines de fois auparavant, cette chanson, on la chantait bien avant que ne vienne le second déluge et qu'il y ait tant d'eau sur terre. Cette chanson parle d'un voilier qui traverse la nuit et l'éternité. Un voilier dont l'équipage se compose d'âmes damnées – les démons de l'océan. Un vaisseau qui fait voile depuis l'aube des temps et qui voyagera jusqu'à la fin du monde...

Connor tremblait déjà de délice. Grace souriait de toutes ses dents. Leur père, le gardien du phare, entonna alors :

Voici une histoire de Vampirates,
Une histoire très ancienne et très vraie.
Oui, voici la chanson d'un vieux voilier
Et de son équipage qui tous effraie.
Oui, voici la chanson d'un vieux voilier,
Qui parcourt l'océan bleu...
Qui hante l'océan bleu.

Tandis que son père chantait, Grace regarda la baie en contrebas. La tempête rugissait encore, mais, perchée si haut, Grace se sentait en totale sécurité.

Le bateau vampire a des voiles déchirées
Qui claquent comme des ailes en pleine envolée
On dit que le capitaine, il est voilé
Pour tempérer l'effroi de celui qui le voit,
Car livide est sa peau
Et ses yeux sont sans vie

14

Et ses dents, perçantes comme la nuit.
Oh, on dit que le capitaine, il est voilé
Et que de lumière ses yeux sont privés.

Voyant son père se couvrir le visage des mains comme pour imiter le voile du capitaine, Connor trembla d'effroi.

Sois bon, mon enfant, sois sage,
Sage comme une image,
Sinon aux Vampirates, je te remettrai
Et sur les flots, avec eux te jetterai.
Oui, sois bon, mon enfant, sois sage,
Car – regarde ! Vois-tu là-bas ?
Ce soir dans le port, il y a un bateau noir
Et sa cale est assez grande pour te recevoir !
(Oui, bien assez grande pour te recevoir !)

Les jumeaux tournèrent un regard inquiet vers le port. Peut-être ce bateau sombre les y attendait-il déjà, prêt à les emmener loin de leur père et de leur maison. Mais la baie était vide.

Si les pirates sont mauvais,
Et pire encore les vampires,
Alors j'espère que, tant que je vivrai,
Et bien que je chante la chanson des Vampirates,

Jamais aucun d'eux je ne verrai.
Oui, si avec les pirates vient le danger
Et avec les vampires, la mort assurée,
Je prierai aussi pour toi –
Que tes yeux jamais un Vampirate ne voient...

Le gardien de phare posa une main sur l'épaule de ses deux enfants.

... Et que jamais ils ne posent la main sur toi.

Connor et Grace connaissaient les mots de la fin, mais ils ne purent s'empêcher de sursauter, avant d'éclater de rire nerveusement, lorsque les bras de leur père les enveloppèrent tendrement.

— Alors, prêts à repartir au lit maintenant ? leur demanda-t-il.

— Moi, oui, lui répondit Connor.

Grace, elle, aurait pu contempler la tempête toute la nuit, mais elle avait de plus en plus de mal à réprimer ses bâillements.

— Je vais descendre vous border, reprit leur père.

— Est-ce que tu ne ferais pas mieux de rester pour surveiller la baie ? s'étonna Grace.

Son père lui sourit :

— Je ferai vite. La lanterne est allumée. De

16

plus, ma petite fille, la baie ce soir est comme un tombeau vide. Il n'y a pas un seul bateau à l'horizon. Même pas celui des Vampirates.

Avec un clin d'œil à tous deux, il posa sa tasse et les suivit dans l'escalier.

Après qu'il les eut embrassés et eut éteint la lumière, Grace resta éveillée – elle était trop fatiguée mais trop excitée pour pouvoir s'endormir. Elle tourna son regard vers Connor, de nouveau étalé de tout son large dans son lit, peut-être déjà reparti dans les rêves qu'il n'avait pas finis.

Grace ne put résister à l'envie de voir la baie encore une fois. Repoussant ses couvertures, elle se leva et alla à pas feutrés jusqu'à la fenêtre. La tempête s'était un peu calmée, et grâce au rayon de lumière projeté par le phare, elle vit que les vagues faisaient moins de remous.

C'est alors qu'elle aperçut le bateau.

Il n'y était pas une minute plus tôt, mais à présent, pas d'erreur : il y avait bien là un bateau solitaire, au milieu de la baie. Il flottait, immobile, indifférent à la tempête. Comme s'il avait vogué sur les plus calmes des flots. Grace en suivit des yeux le contour. Il ressemblait au vieux bateau de la chanson de marins de son père. Le bateau des démons. S'imaginant que le capitaine voilé l'observait depuis le fond de la nuit, Grace trembla. Oui, c'était vrai, la façon dont ce bateau semblait flotter là – comme suspendu à la lune par une ficelle invisible – donnait l'impression qu'il observait, qu'il attendait. Quelque chose... ou quelqu'un.

En haut, dans la salle de la lanterne, le gardien de phare l'avait aussi remarqué. Ayant reconnu sa forme familière, il sourit et, tout en buvant une gorgée de son infusion de feuilles d'eucalyptus, il lui fit un signe de la main.

Sept ans plus tard

I

LES OBSÈQUES

Toute la population de Baie-du-Croissant-de-Lune se réunit pour l'inhumation du gardien de phare. Le grand magasin de mode local avait été dévalisé jusqu'au dernier de ses articles de couleur noire. Quant au fleuriste, il n'avait plus une seule fleur en magasin. Toutes avaient été requises pour les couronnes et compositions funéraires. La plus imposante d'entre elles était une tour de gardénias blancs et rouges, représentant un phare entouré d'une mer moutonneuse d'eucalyptus.

Dexter Tempête avait été un homme bon. En sa qualité de gardien de phare, il avait joué un rôle important pour la sécurité de la baie. Parmi les personnes qui se trouvaient là devant sa tombe, la nuque baissée brûlant sous le soleil de cette fin d'après-midi, nombreuses étaient celles qui devaient leur vie au regard perçant de Dexter, et à son sens, plus pointu encore, du devoir. D'autres lui étaient redevables d'avoir guidé un ou plusieurs membres de leur famille ou des amis proches, à travers les eaux insidieuses qui s'agitaient au-delà du port – des eaux infestées de requins et de pirates... et pire encore.

La bourgade de Baie-du-Croissant-de-Lune était minuscule et chacun de ses habitants semblait lié aux autres comme les mailles d'un tricot. Ce tissu, si serré, ne contribuait pas nécessairement à rendre la vie très confortable. Les commérages traversaient la baie plus vite que les rapides de la rivière qui s'y jetait. Ainsi, à ce moment précis, le seul sujet qui courait sur toutes les lèvres était : qu'allait-il advenir de Grace et Connor Tempête ? Tous deux, à cet instant, se recueillaient devant la tombe de leur père. Quatorze ans. Plus tout à fait des enfants, pas encore des adultes – la fille, grande et mince, douée d'une intelligence rare ; le garçon déjà doté d'un corps d'athlète. Pourtant, les jumeaux avaient peu de raisons de se sentir gratifiés de quoi que ce soit : ils étaient désormais orphelins et totalement seuls au monde.

Personne dans la baie n'avait jamais vu un cheveu de leur mère – l'épouse de Dexter. D'aucuns doutaient même du fait qu'il ait jamais été marié. Tout ce que l'on savait, c'était qu'un jour, Dexter Tempête avait quitté Baie-du-Croissant-de-Lune avec en tête l'idée farfelue d'aller voir un peu le monde. Un an plus tard environ, il était revenu, le cœur lourd et les bras chargés de deux petits paquets emmaillotés, Grace et Connor. Polly Paggett, la patronne de l'orphelinat de Baie-du-Croissant-de-Lune, plissa les yeux dans la lumière aveuglante pour mieux jauger la fille et le garçon. On aurait dit un peintre qui se recule pour apprécier son tableau. Polly était préoccupée par un dilemme, à savoir quel lit superposé elle allouerait à ses nouvelles recrues. Certes, aucun arrangement n'avait encore été négocié, mais assurément il ne pouvait y avoir d'autre option que l'orphelinat pour ces deux enfants ! Le garçon était extrêmement robuste. On pourrait le mettre à l'ouvrage au port. Quant à la fille, peu importait qu'elle soit frêle, car elle était maligne comme un singe. Il ne faisait aucun doute qu'elle excellerait dans l'art de trouver des solutions pour tirer le maximum du budget de plus en plus réduit de l'orphelinat. Malgré elle, un sourire se dessina sur les lèvres pincées et fines comme du papier de Polly Paggett.

Lachlan Busby, le directeur de la banque, détourna la tête de la magnifique composition florale que sa chère épouse avait commandée – et que rien n'égalait dans le cimetière – pour mieux observer, lui aussi, Grace et Connor. Que leur père s'était mal occupé d'eux ! Si seulement il avait ne serait-ce que jeté un œil sur ses comptes en banque de temps en temps au lieu d'accorder tant d'attention aux bateaux dans le port. Il est possible de *trop* donner. Ce n'était pas là une erreur que Lachlan Busby avait l'intention de jamais commettre.

M. Busby avait son propre projet concernant les enfants. Le lendemain, il leur annonce-rait – avec calme et douceur comme il se devait – qu'ils ne possédaient plus rien en ce monde. Que les biens de Dexter – son bateau, le phare même – ne leur appartenaient plus. Leur père les laissait sans rien.

Lachlan Busby regarda sa femme à ses côtés. Cette chère et tendre Loretta ! Il vit bien qu'elle était incapable de quitter les jumeaux des yeux.

M. et Mme Busby n'avaient jamais pu avoir d'enfants, un cruel coup du sort pour eux. Toutefois, les choses allaient peut-être pouvoir s'arranger. Plein d'espoir, Lachlan Busby serra la main de sa femme.

Grace et Connor savaient qu'on les examinait. Il n'y avait rien de nouveau à cela. Toute leur vie, ils avaient été l'objet du qu'en-dira-t-on. Ils n'avaient jamais pu effacer dans la mémoire des gens le coup de théâtre qu'avait constitué leur arrivée dans la bourgade. Les jumeaux aux yeux d'émeraude avaient grandi, mais étaient restés le sujet des rumeurs et des spéculations. Il y a toujours beaucoup de jalousie dans les petites villes et les habitants de Baie-du-Croissant-de-Lune enviaient ces curieux enfants qui semblaient doués de talents dont les leurs étaient dépourvus.

Ils ne comprenaient pas comment un fils de gardien de phare pouvait être si bon sportif. Que ce soit au football, au basket ou au cricket, ce garçon semblait courir plus vite et frapper plus fort que tout le monde, même lorsqu'il se permettait de ne pas se présenter aux entraînements des semaines durant. Quant à la fille, ses connaissances inhabituellement vastes et parfois étranges suscitaient le même type de suspicion

— chez ses professeurs ainsi que chez ses camarades de classe.

Dexter Tempête avait été, disait-on, un père excentrique, qui avait abreuvé ses jumeaux de chansons et d'histoires extravagantes. Certains allaient jusqu'à suggérer qu'il était revenu le cœur brisé, sans parler de la raison.

Grace et Connor s'écartèrent de toutes ces braves personnes, tandis qu'elles entonnaient un hymne émouvant en l'honneur de leur gardien de phare qui venait d'entamer son dernier voyage vers son ultime port d'attache. Les jumeaux chantèrent en chœur avec le reste de l'assemblée, mais les paroles qu'ils prononçaient étaient bien différentes des leurs...

Voici une histoire de Vampirates,
Une histoire très ancienne et très vraie.
Oui, voici la chanson d'un vieux voilier
Et de son équipage qui tous effraie.

2

L'INTRUS

C'était le lendemain de l'inhumation et les jumeaux étaient montés dans la salle de la lanterne. En contrebas, la baie scintillait sous le soleil de la mi-journée. De tout petits voiliers entraient et sortaient du port. Vus de si haut, on aurait dit des plumes blanches frôlant à peine la surface bleue de l'eau.

Comme leur père, Connor et Grace avaient toujours aimé venir en haut du phare. C'était un lieu propice à la réflexion ; un lieu d'où l'on pouvait mettre la ville de Baie-du-Croissant-de-Lune en perspective et la voir telle qu'elle était – un petit bout de terre, sur laquelle s'empilaient trop de maisons, en équilibre précaire au bord d'une falaise. Depuis la disparition de leur père, la salle de la lanterne avait pris pour les jumeaux une signification supplémentaire. Dexter Tempête y avait passé tant de jours et de nuits que sa présence y était palpable.

À cet instant, Grace se figurait son père assis, les yeux fixés sur le port en contrebas, en train de fredonner une vieille chanson de marins. Elle se mit elle-même à chantonner.

Il aurait eu à côté de lui une tasse d'infusion de feuilles d'eucalyptus et, à coup sûr ou presque, l'un de ses vieux et poussiéreux recueils de poésie. Quand elle entrait dans la salle, en général il se tournait vers elle et lui souriait.

— Hum, hum... il y a quelqu'un ?

L'accent, reconnaissable entre tous, de Lachlan Busby n'aurait pu être plus malvenu. Connor et Grace détournèrent leur regard de la baie au moment où le directeur de banque rougeaud apparaissait sur le palier.

— Eh bien, je dois reconnaître ne pas être aussi en forme que je me plaisais à le penser ! Votre père passait-il réellement ses journées à descendre et monter ces escaliers ?

Connor resta muet. Il n'avait nullement l'intention d'entamer une conversation avec cet intrus. Quant à Grace, elle se contenta de le saluer d'un signe de tête poli et attendit qu'il ait repris son souffle.

— Puis-je vous proposer un peu d'eau, monsieur Busby ? finit-elle par lui demander.

— Merci, avec grand plaisir, grand plaisir, lui répondit le directeur de la banque en tendant ses mains moites pour prendre le verre que Grace lui tendait. Vous chantiez, n'est-ce pas ? reprit-il. Une chanson bien étrange. Je n'en ai pas tout à fait saisi les paroles. Je serais ravi de vous écouter à nouveau si vous vouliez bien me faire ce plaisir.

Connor fit non de la tête et Grace décida qu'il était mieux de procéder avec prudence. Clairement, Lachlan Busby n'était pas homme à escalader trois cent douze marches uniquement pour rendre visite à quelqu'un.

— C'est une vieille chanson de marins que mon père nous chantait, expliqua-t-elle poliment.

— Tiens, tiens, une chanson de marins ?

— Il nous la chantait pour nous aider à nous endormir quand nous étions petits.

— Une berceuse, alors, une jolie chanson pleine de mots pour calmer les enfants ?

Grace eut un petit rire.

— Pas exactement. En fait, les paroles parlent de douleur et de mort et de choses horribles.

Le directeur de la banque sembla s'alarmer.

— Le sens de cette chanson, monsieur Busby, est de rappeler que, quelles que soient les difficultés dans la vie, celle-ci pourrait être encore pire, bien pire.

— Ahhh, je crois que j'ai compris, mademoiselle Tempête. Eh bien, puis-je vous exprimer à quel point je suis impressionné par votre... stoïcisme, étant donné votre situation.

Grace tenta d'esquisser un sourire, qui prit davantage la forme d'une grimace. Quant à Connor, il leva sur Lachlan Busby un regard plein d'une haine non déguisée. Il essayait aussi de se rappeler la signification du mot « stoïcisme ».

— Vous deux venez de faire l'expérience d'une perte qu'aucun enfant, qu'aucun être humain de votre âge, ne devrait faire, poursuivit Lachlan Busby. Vous voilà désormais sans parents, sans revenu, sans maison !

— Nous avons une maison, rétorqua Connor,

rompant le silence dans lequel il s'était muré. Vous venez d'y entrer.

— Mon cher garçon, susurra Lachlan Busby tout en tendant une main paternelle vers Connor, avant de se raviser. Si seulement cette maison était encore vôtre ! Loin de moi le souhait d'ajouter à votre malheur, mais il est de mon triste devoir de vous dire que votre père avait beaucoup de dettes. Ce phare est désormais la propriété de la banque coopérative de Baie-du-Croissant-de-Lune.

Grace reçut un coup au cœur. Elle s'était plus ou moins attendue à cette nouvelle, mais l'entendre formulée si clairement confirma ses craintes.

— En ce cas, nous irons vivre sur notre bateau, lança Connor.

— Qui est aussi la propriété de la banque désormais, j'en ai peur, lui répondit Lachlan Busby, baissant des yeux tristes vers le sol.

— *Votre* banque, précisa Grace.

— En effet.

— Qu'avez-vous d'autre à nous annoncer, monsieur Busby ? demanda Grace après avoir décidé qu'il valait mieux entendre toutes les mauvaises nouvelles une bonne fois pour toutes.

Lachlan Busby sourit, ses dents parfaitement blanches scintillant sous un rayon de soleil :

— Je ne suis pas venu vous annoncer quoi que ce soit, mes enfants. Je suis venu vous faire une proposition. C'est un fait que, dorénavant, vous n'avez plus rien ni personne en ce bas monde. Or, moi, j'ai beaucoup. J'ai une très belle demeure, un métier florissant, et la meilleure des meilleures épouses qu'un homme puisse désirer. Cependant, notre sort est tragique, car jamais le bonheur ne nous a été donné d'avoir...

— Des enfants ? l'interrompit Grace, pour qui soudain tout devenait affreusement clair. Vous n'avez pas d'enfants, et nous, nous n'avons pas de parents.

— Si vous veniez vivre avec nous, vous pourriez bénéficier de tout ce que permet le nom de Busby dans cette ville.

— Autant mourir, murmura Connor, les yeux luisant de rage.

Lachlan Busby se tourna vers Grace.

— Vous me semblez plus raisonnable que votre frère, ma chère enfant, lui glissa-t-il. Dites-moi ce que vous, vous pensez de ma petite proposition.

Malgré le sentiment de nausée qui l'avait submergée, Grace s'efforça de sourire :

— C'est vraiment très aimable à vous, monsieur Busby, lui répondit-elle tout en essayant de refouler son écœurement. Mais voyez-vous, mon frère et moi-même n'avons pas besoin de parents. C'est très généreux à vous de nous offrir votre toit, vraiment, mais nous nous en sortirons très bien tout seuls.

Lachlan Busby cessa de sourire.

— Vous ne vous en sortirez pas tout seuls. Vous n'êtes que des enfants. Vous ne pouvez pas vivre livrés à vous-mêmes. En fait, vous ne pouvez pas vivre ici du tout. Dès la fin de la semaine, le nouveau gardien de phare sera là et vous serez obligés de faire vos valises et de libérer les lieux.

Sur ce, Lachlan Busby tourna les talons. Mais avant de quitter la pièce, il se tourna une dernière fois vers Grace :

— Vous êtes une fille intelligente, lui lança-t-il. Ne soyez pas trop prompte à rejeter mon offre. D'autres donneraient tout pour être à votre place.

Tandis que le visiteur importun disparaissait dans l'escalier, Grace prit son frère par le cou et enfouit la tête dans le creux de son épaule.

— Qu'allons-nous faire ? s'exclama-t-elle.

— Tu vas trouver une solution. Tu en trouves toujours.

— Je suis à court d'idées.

— Peu importe ce qu'on fait, reprit Connor, à partir du moment où on reste ensemble.

Grace alors entonna :

Sois bon, mon enfant, sois sage,
Sage comme une image,
Sinon aux Vampirates, je te remettrai
Et sur les flots, avec eux te jetterai.

Connor revit son père, lorsqu'il les prenait tous les deux dans ses bras en regardant la mer. Bien que les mots lui eussent toujours paru inquiétants et provoqué des frissons jusqu'au bas du dos, Connor était attiré par l'idée de partir en mer en pleine nuit. Maintenant plus que jamais.

Il se serra contre Grace et tous deux fixèrent leur regard sur les eaux scintillantes de la baie du Croissant-de-Lune. Aussi difficile que paraisse la situation, ils s'en sortiraient. Rien de pire ne pouvait leur arriver.

3
DE MAL EN PIS

La petite ville de Baie-du-Croissant-de-Lune était pauvre, mais si l'on avait pu y vendre des murmures, elle aurait été le premier centre financier au monde. Ce jour-là, jour de marché au port, les murmures portaient tous sur le même sujet : l'offre que Lachlan Busby avait faite aux jumeaux et la façon dont Connor et Grace avaient vertement renvoyé celui-ci dans ses foyers.

Ce dernier événement ne faisait que confirmer à tous que ces enfants étaient dotés d'une fierté et d'une froideur épouvantables. Personne dans la baie ne leur offrirait une meilleure chance que les Busby.

Aussi étrange que cela pût paraître, pas une âme en ville n'avait donc un iota de compassion pour ces étranges jumeaux qui s'étaient toujours si mal adaptés à leur communauté. Sans compter qu'ils semblaient avoir décidé de se murer dans un phare qui, pourtant, ne leur appartenait plus.

Seule une personne en dehors des Busby nourrissait encore l'espoir d'offrir un toit aux jeunes Tempête. À cet instant même, cette personne fouillait dans ses draps sales pour pouvoir leur préparer deux lits et vidait un petit placard aux planches gondolées qui pourrait recevoir leurs affaires. Tout en mettant une goutte d'huile sur les charnières qui couinaient, Polly Pagett sourit. Dans vingt-quatre heures, les jumeaux passeraient sous le grand portail vert et pénétreraient dans son domaine. Ils n'avaient pas d'autre choix.

Depuis la salle de la lanterne, Grace et Connor observaient le port qui grouillait de monde en contrebas.

— Nous n'avons plus beaucoup de temps, dit Grace.

Connor resta silencieux.

— Qu'allons-nous faire ? Demain soir, la banque saisit les biens hypothéqués de papa et récupère le phare.

Connor n'était pas certain de comprendre le sens de l'expression « saisir les biens hypothéqués », mais il en comprenait l'esprit. Dans vingt-quatre heures environ, lui et Grace se retrouveraient à la rue, ou bien coucheraient à l'orphelinat de Baie-du-Croissant-de-Lune. Ni l'une ni l'autre de ces deux perspectives ne le réjouissait.

— Peut-être devrions-nous reconsidérer leur offre, finit par dire Grace.

Connor tourna la tête vers sa sœur et sortit de son mutisme :

— Est-ce que tu te rends compte de la vie qu'on aurait avec les Busby ? Ce ne sont pas des enfants, ce sont des animaux de compagnie qu'ils veulent !

Grace frissonna. Elle et Connor avaient toujours été libres de faire ce qu'ils voulaient, d'aller où ils le voulaient, de penser ce qu'ils voulaient. Leur père leur avait fait ce cadeau-là. C'était un héritage rare et précieux, un héritage qu'ils ne pouvaient trahir. Vivre dans l'univers luxueux et suffocant des Busby aurait équivalu à renier toutes les valeurs que leur père avait défendues, tout ce à quoi il avait cru.

— Pourquoi ne peut-on pas rester ici et garder le phare comme papa le faisait ? s'interrogea Connor qui avait du mal à renoncer.

— Tu as entendu ce que M. Busby nous a annoncé. Il a déjà engagé un nouveau gardien. En outre, il dirait probablement que ce n'est pas un travail pour des enfants.

— Des enfants ! s'écria Connor.

— Je sais, dit Grace. Je sais. Il se prétend attentionné, mais si les gens ne marchent pas dans ses combines, gare à eux.

Le lendemain, Grace préparait le petit déjeuner lorsqu'elle entendit un bruit mat sur le sol. Elle posa la cafetière pour découvrir par terre une enveloppe blanche matelassée qu'on avait glissée dans la pièce par la fente de la boîte aux lettres. Elle la ramassa ; l'adresse avait été griffonnée à l'encre :

À l'attention de Grace et Connor Tempête.

Grace décacheta l'enveloppe et déplia l'épaisse et unique feuille de papier qui se trouvait à l'intérieur. Remarquant la signature, elle se renfrogna, mais entama cependant une lecture attentive :

Chère Grace, Cher Connor,

Aujourd'hui commence le dernier jour de votre ancienne vie. À minuit ce soir, le nouveau gardien recevra les clés du phare et se chargera d'allumer la lanterne et de surveiller le port. Comme le disait mon père, il y a toujours un noyau de douceur sous l'écorce du malheur – il suffit de croquer suffisamment fort pour le trouver. En ce qui vous concerne, mes chers enfants, il ne vous sera pas si difficile de voir le bien qui se présente sur votre chemin. Demain sera le PREMIER jour de votre NOUVELLE vie. Vous serez libérés du fardeau que votre père aura porté sur ses épaules toutes ces longues années. Descendez du phare. Venez et acceptez l'existence insouciante à laquelle tout enfant de votre âge a droit. Certains disent que je suis un homme fier, mais je ne suis pas si fier que je ne puisse vous offrir l'asile dans ma famille UNE DERNIÈRE FOIS.

Qu'en dites-vous ? Si vous y réfléchissez bien, quelles autres options avez-vous ? Mon épouse et moi-même vous donnerons tout ce que vous pourriez désirer. Qu'il vous suffise de demander et vous aurez. Rejoignez-moi à la porte du phare ce soir à minuit. N'emportez avec vous qu'un sac de souvenirs – car, bientôt, ensemble, en FAMILLE, nous en créerons de nouveaux et de meilleurs !

Les bras ouverts,
Lachlan Busby, alias « Papa » !

Horrifiée, paralysée par la terreur, Grace laissa tomber la lettre par terre.

— Qu'est-ce que c'est ? demanda Connor, qui venait d'entrer en dribblant.

Dès qu'il remarqua l'expression de sa sœur, il lâcha son ballon de basket, qui continua sa course en rebondissant tristement, avant d'aller rouler dans un coin de la pièce où il s'immobilisa.

Connor ramassa la lettre et la lut, sans manquer de relever les menaces doucereuses qu'elle contenait. Arrivé au bout, il déchira la feuille de papier en mille morceaux et les éparpilla sur le sol comme des confettis.

— Beau geste, mon frère, mais qui ne change rien, lui dit Grace. Nous n'avons plus le choix ni le temps de trouver une autre solution.

Connor regarda sa sœur droit dans les yeux et posa les mains sur ses épaules. Puis il lui sourit en secouant la tête :

— Bien au contraire, ma petite Gracie. Peut-être que toi, tu n'as plus d'idées. Mais moi, j'ai tout arrangé. Allons manger tes toasts au beurre de cacahuète. Pendant ce temps, je t'expliquerai exactement ce que nous allons faire.

4

CONTRE VENTS ET MARÉES

Une heure plus tard à peine, les jumeaux se présentaient aux portes de l'orphelinat de Baie-du-Croissant-de-Lune. Chacun n'avait emporté qu'un simple bagage.

Polly Pagett les aperçut par la fenêtre de son office. D'un petit geste de la main, de derrière ses carreaux cassés, elle leur fit signe d'entrer.

Les jumeaux lui répondirent d'un geste aussi, mais sans faire un seul pas en avant et, l'instant d'après, ils avaient disparu. Déconcertée, la petite femme poussa sa porte aux planches gondolées et sortit d'un pas incertain dans la lumière vive du soleil.

Une fois au seuil de son orphelinat, aveuglée par la luminosité, elle plissa les yeux et vit alors Connor et Grace qui se dirigeaient vers la route du port, et la mer au-delà.

— Revenez, revenez ! s'écria-t-elle. C'est ici qu'est votre maison !

— En rêve, oui ! lança Connor par-dessus son épaule.

— Bien dit ! s'exclama Grace tout en serrant la main de son frère.

Par ce beau matin ensoleillé, la résidence des Busby étincelait comme un château de conte de fées.

— Je prendrai cette aile-ci, sourit Connor en pointant le doigt au loin.

— Et moi, celle-là, ajouta Grace.

— Je persuaderai M. Busby de me laisser conduire toutes ses voitures de sport.

— Eh bien moi, je remplirai la piscine de pétales de roses, uniquement parce que j'aurai le droit de le faire.

Ils riaient tant qu'ils ne remarquèrent même pas la présence de Loretta Busby. Celle-ci, sécateur en main, parcourait son jardin-labyrinthe vêtue de rose bonbon et pleine d'entrain.

— Vous êtes venus ! s'écria-t-elle en les apercevant. Vous êtes venus, et plus tôt que prévu !

Laissant tomber son sécateur, elle s'élança vers eux, le corps ballottant comme de la gélatine sous ses habits en mousseline.

— C'est le moment de filer ! décida Connor en s'emparant de la main de sa sœur.

Les jumeaux ne s'arrêtèrent de courir qu'une fois arrivés sur le port. L'activité y était trépidante. Les pêcheurs étaient déjà rentrés. Sur le quai, le tri avait commencé. Les poissons volaient d'un côté et de l'autre, un thon par-ci, un vivaneau ou une morue par-là. Il y avait aussi des monceaux de casiers à homards, tout droit sortis de l'océan. À l'intérieur, les créatures à carapace bleue s'agitaient, comme si elles cherchaient encore un moyen de s'échapper.

— Bien, dit Connor, les adieux sont faits. Maintenant, le temps presse.

Grace lança un dernier regard alentour, et opina.

Au-delà du débarcadère se trouvaient les mouillages des bateaux de plaisance. Là, le yacht de croisière de Lachlan Busby rutilait au soleil, écrasant ses voisins de sa lourde masse.

Le bateau de Dexter Tempête, lui, mouillait au milieu des plus petites embarcations. C'était un voilier, tout simple, fait à l'ancienne, et à bord duquel les jumeaux avaient passé de nombreuses heures de bonheur en compagnie de leur père. Grace et Connor se hâtèrent le long de la jetée de bois.

— Enfin, murmura Connor.

Tendant le bras, il passa la main sur le flanc du bateau, ses doigts frôlant les lettres qui formaient son nom – *Lady Louisiana*.

— On y va ? demanda-t-il.

— On y va, lui répondit Grace.

À cet instant précis, le soleil disparut derrière un nuage. Une volute d'air étonnamment froid enveloppa Grace, qui frissonna.

La présence des jumeaux sur la jetée n'était pas passée inaperçue. Les gens s'arrêtaient, regardaient, chuchotaient. Que faisaient Grace et Connor sur le port ? N'auraient-ils pas dû être occupés à préparer leurs cartons pour libérer le phare ? En outre, ce bateau ne leur appartenait plus, comme l'indiquait clairement un panneau de bois posé à la hâte dessus : *Propriété de la Banque coopérative de Baie-du-Croissant-de-Lune.*

— Nous sommes venus faire nos adieux au bateau de notre père, lança Grace.

La foule lui répondit par des murmures approbateurs.

— Pourriez-vous nous laisser nous recueillir un instant ? demanda alors Connor en inclinant la tête.

Les gens s'éloignèrent et leurs murmures ne furent plus bientôt que des chuchotis inaudibles. Toutefois, leur attention fut vite distraite par l'arrivée sur le quai de deux femmes d'âge moyen essoufflées et de toute évidence totalement affolées.

D'un mouvement souple et prompt, Grace sauta sur le voilier pendant que Connor commençait de dérouler l'un des cordages qui attachaient l'embarcation au quai.

— Arrêtez-les ! lança Polly Pagett d'une voix rauque.

— Attrapez-les ! renchérit Loretta Busby.

Tandis que Connor sautait à son tour à bord, Grace leva les yeux vers les nuages bas qui filaient au-dessus de leur tête et se concentra sur la brise qui soulevait ses cheveux.

— Le vent est favorable, force deux ou trois peut-être, dit-elle.

— D'accord, on hissera la grand-voile, lui

répondit Connor en allant d'abord vers la poupe du bateau.

— Amarre larguée à l'avant, lança Grace, tout en lovant son cordage avec soin.

— Amarre larguée à l'arrière, lui renvoya Connor. C'est parti !

Libéré de ses attaches, le bateau s'éloigna du quai. Connor monta alors la grand-voile, qui se gonfla de vent, et le voilier prit de la vitesse sans tarder.

— Adieu, Baie-du-Croissant-de-Lune ! s'écria Connor.

Ce disant, il s'était tourné vers le phare et aurait juré y voir son père, en haut, dans la salle de la lanterne, qui les saluait. Il ferma les yeux et les ouvrit de nouveau. Mais l'image avait disparu.

— Adieu, Baie-du-Croissant-de-Lune... reprit Grace en écho, ajoutant aussitôt : Oh, Connor, mais qu'avons-nous fait ? Nous avons besoin de nourriture ! Nous avons besoin d'argent. Où allons-nous ?

— Je te l'ai dit, Gracie, on aura le temps de réfléchir après. Ce qui compte, c'est qu'on quitte cet endroit. Et qu'on soit tous les deux.

Là-dessus, il remarqua le panneau de la banque.

— Propriété de la Banque coopérative de Baie-du-Croissant-de-Lune ? Plus maintenant ! lança-t-il en s'en emparant et en le jetant comme un frisbee dans l'océan.

Tandis que derrière eux le panneau de bois sombrait sans laisser de trace, et que le voilier filait toujours plus vite, les jumeaux, côte à côte, se tournèrent en silence vers l'immensité des eaux sombres au-delà de la baie.

Cependant, au port, Polly Pagett et Loretta Busby découvraient que le malheur partagé peut tisser des liens merveilleusement puissants.

— Allons, allons, Loretta. Q'auriez-vous fait d'enfants si turbulents dans votre belle maison ?

— C'est vrai, Polly, et ils auraient certainement mis votre bel orphelinat sens dessus dessous.

— Moi, je dis bon débarras ! Laissons faire les requins !

— Non, Loretta, pas les requins. Les pirates, laissez les pirates s'en occuper !

— Ooohhh oui ! jubila Loretta. Les pirates ! Que les pirates s'emparent de ces petits monstres ingrats.

Ce disant, Loretta passa son bras sous celui de Polly.

— Pourquoi ne venez-vous pas manger un

petit morceau chez nous ? Nous avons prévu des queues de homard à la sauce aigre-douce. Lachlan sera rentré de la banque. Il sera ravi de vous voir.

Un large sourire s'épanouit sur le visage de Polly. Sa journée passait assurément de l'aigre au doux. Sans compter que le meilleur était encore à venir.

— Est-ce que je viens de sentir une goutte de pluie ? s'interrogea Loretta.

— Mais je crois bien que oui, lui répondit Polly. Regardez comme le ciel s'est assombri.

— Il y a un orage dans l'air, reprit Loretta. Pauvres enfants, tout seuls sur l'océan !

Sur ces entrefaites, pouffant de rire, les deux femmes s'empressèrent d'aller se mettre à l'abri.

5

LA FIN DU VOYAGE

La tempête surgit de nulle part. Elle surprit Grace et Connor au moment où ils étaient le plus vulnérables, hors du port, déjà en pleine mer.

Elle ne leur laissa aucune chance.

La couleur du ciel changea brusquement, comme si quelqu'un avait arraché un lé de papier peint bleu et révélé un trou noir béant. En un instant, la chaleur du soleil se volatilisa et la pluie déversa sur les jumeaux des calots d'eau dure qui les brûlaient et les glaçaient dans le même temps.

Sous eux, les flots s'agitaient comme un cheval qui rue pour désarçonner son cavalier. Le voilier s'agrippait aux vagues et Grace et Connor s'agrippaient au voilier, car leurs harnais leur offraient peu de sécurité. Mais à quoi bon être attaché à un bateau qu'à tout moment la mer risque de sectionner ou de broyer dans sa main d'acier ?

— Nous n'aurions jamais dû, s'écria Connor. Quelle idée stupide !

— Non ! hurla Grace par-dessus le rugissement de l'eau. Quel autre choix avions-nous ?

— Nous allons mourir !

— Nous ne sommes pas encore morts !

Étaient-ce des larmes qui roulaient sur les joues de Connor, ou bien l'eau salée qui lui piquait les yeux ? Grace n'arrivait pas à le voir. Elle pensa à leur père. Qu'aurait-il fait ?

— *Voici une histoire de Vampirates,* entonna-t-elle vaillamment, *Une histoire très ancienne et très vraie !*

Inspiré par sa sœur, Connor joignit sa voix à la sienne. Lorsque le voilier chavira et que le bastingage se brisa, les jumeaux chantaient encore. Tous deux furent projetés chacun de leur côté dans l'eau tumultueuse et gelée qui les engloutit.

Envahi par une étrange sensation de calme, Connor observait les débris du voilier qui passaient tout près de lui avant de s'enfoncer dans l'obscurité des grands fonds. Un curieux tourbillon de tasses, de couverts et de livres défila sous ses yeux. Il tendit la main vers eux, mais ne put que les regarder s'éloigner. On aurait dit qu'ils dansaient. Connor sourit. Sous l'eau, tout était paisible, un havre de paix loin de la tempête qui faisait rage au-dessus. C'était tentant de rester là et de se laisser dériver avec les objets du monde auquel il avait appartenu. Cela serait peut-être une bonne façon de mourir.

Mais non, il fallait retrouver Grace ! Connor s'arracha à l'état de torpeur dans lequel il était tombé et, mobilisant toutes ses forces, combattit le courant et entama sa remontée. L'exercice fut difficile, douloureux, mais c'était le seul moyen de ne pas abandonner, de ne pas s'offrir à l'emprise de l'eau et de ne pas sombrer dans les ténèbres à nouveau.

Connor était fort et il parvint à esquiver le déluge d'éclats qui se mettaient sur son chemin. Il finit par jaillir à l'air libre et resta là, le visage cinglé par les vagues, durant une éternité. Buvant tasse sur tasse d'eau salée, pris de haut-le-cœur, il regarda désespérément alentour, à la recherche d'une épave quelconque à laquelle se raccrocher. À la recherche de sa sœur aussi.

Connor trouva son salut dans un bout de banc. Il s'y agrippa fermement et se hissa sur cette planche de bois comme s'il s'allongeait sur une planche de surf. Cela lui demanda un effort énorme. Ses mains saignaient et les paquets d'eau salée qui le submergeaient à intervalles réguliers ne faisaient qu'ajouter à sa peine. Mais Connor respira profondément et se rassura en se disant qu'il avait réussi. Il était en vie.

En revanche, où était Grace ?

Bien qu'elle se fût un peu calmée, la tempête était loin d'être terminée. Connor examina la surface bouillonnante des flots, dans l'espoir de discerner le visage de sa sœur au milieu des débris. En vain. Apprenant peu à peu à contrôler son surf de fortune, il réussit à se déplacer et poursuivit ses recherches. Il n'y avait aucune trace de Grace.

La mer continua de s'apaiser, mais Connor n'y voyait plus goutte. Il comprit que la brume tombait. Elle s'épaissit de plus en plus jusqu'à l'envelopper complètement. Oh, non ! Maintenant, il n'avait plus aucune chance de retrouver Grace. Agitant les mains pour tenter de repousser ce brouillard qui l'enserrait, il faillit perdre l'équilibre. Vaincu, il s'abandonna. À quoi tout cela servait-il ? Si Grace avait disparu, il ne lui restait plus rien. Autant se laisser glisser de la planche et replonger dans l'eau. Au moins, ils seraient de nouveau ensemble.

Connor perdit le fil du temps. Il lui sembla qu'il dérivait depuis une éternité, à moins que ce ne fût une poignée de secondes, que son désespoir et son épuisement rendaient interminables. Puis la brume se dissipa un peu. Connor discerna alors l'ombre d'un bateau. Lointaine, certes, mais la silhouette était bien là. On aurait dit un vieux galion. Connor n'en avait vu que dans les livres et en maquette au musée de la Marine. Il devait rêver, avoir des visions, c'était la mort qui approchait.

Mais non, la présence d'un bateau se confirma. Plus la brume se levait, mieux il le voyait – qui faisait demi-tour. Pourquoi changeait-il de cap au beau milieu de l'océan ? Pour lui porter secours ?

Ragaillardi par cette pensée, Connor rallia ce qui lui restait de forces pour agiter les bras et appeler d'une voix rauque.

— Par ici ! Par ici !

Mais le bateau fit de nouveau machine arrière.

Ce n'était pas pour lui qu'il était venu. De toute évidence, on ne l'avait pas vu.

La brume continua de se lever et révéla le pont du galion. Il n'y avait personne dessus. Puis un faible rayon de lumière dorée tomba sur sa figure de proue. Si seulement cette jeune femme sculptée avait été vivante ! Connor aurait juré que ses yeux perçants l'observaient, mais, bien sûr, ils n'étaient rien de plus que des points peints sur le bois.

Le bateau boucla son demi-tour et s'éloigna. Connor se rendit compte alors qu'il n'avait jamais vu de voiles comme les siennes. On aurait dit des ailes, veinées de fines lignes de lumière chatoyante.

— Hé ! appela-t-il de nouveau. À l'aide !

Mais sa voix était faible et le bateau, déjà trop loin. Il ne pouvait plus distinguer que la silhouette sombre de ses étranges voiles déchirées. Ces dernières semblaient claquer avec légèreté au gré de l'avancée du galion qui, malgré la houle encore forte, donnait l'impression d'effleurer l'eau, indifférent aux courants.

Son esprit lui jouait des tours, se dit Connor. Cela n'avait aucun sens. Son corps était engourdi, lourd et, de toute évidence, son esprit était en train de rendre les armes aussi. Grace avait disparu. Le bateau qui aurait pu lui sauver la vie s'en était allé. Il n'avait pas d'autre solution que de renoncer et de rejoindre sa sœur dans sa sépulture marine.

Une voix à ses côtés interrompit soudain sa rêverie :

— Hé, accroche-toi à mon bras. Tu es hors de danger maintenant.

6

LES PIRATES

Fasciné par le mystérieux galion, Connor n'avait même pas vu la chaloupe qui se dirigeait vers lui. Quelqu'un le tira d'un coup sec et l'allongea sur les planches en bois de la petite embarcation. Là, toutes ses forces l'abandonnèrent.

— Reste tranquille et respire du mieux que tu peux. Tu as failli te noyer, mais tu vivras.

La voix de son sauveteur était douce et précise.

Connor ouvrit les yeux sur une paire de bottes droites, surmontées d'un collant serré, mais alors qu'il tentait de soulever la tête pour y voir mieux, une douleur fulgurante lui traversa le cou.

— Ne bouge pas, petit. Pas de mouvement brusque. Ta carcasse a été salement malmenée.

C'était la voix d'une jeune femme.

— Qui êtes-vous ? Où m'emmenez-vous ? lui demanda Connor en levant de nouveau la tête.

Il voulait savoir à qui il parlait. Des yeux perçants, marron et en amande, le fixaient. Les cheveux, longs et noirs, avaient été tirés en arrière, loin du visage, et noués par des lanières de cuir en une queue-de-cheval serrée.

— Je m'appelle Cheng Li.

Le regard de Connor continua alors de détailler l'étrange accoutrement de la jeune femme. Sur un fin maillot de couleur foncée, elle portait un pourpoint de cuir. L'un de ses bras était ceint d'un brassard rouge et violet orné d'une pierre sombre et elle avait à la taille une lourde ceinture à laquelle était fixé un étui courbe.

Connor écarquilla les yeux :

— Vous êtes un... pirate ?

— Ah, au moins le cerveau fonctionne toujours. Oui, petit, je suis un pirate.

Ce disant, elle montra son brassard du doigt, comme pour expliquer :

— Second du capitaine Molucco Rage.

— Où m'emmenez-vous ?

— Sur notre bateau, bien sûr. Le *El Diablo*.

Connor se laissa retomber, puis se contenta de regarder Cheng Li ramer. Ses mouvements étaient sûrs et précis. Elle était petite, à peine plus grande que Grace, mais visiblement solide.

— Grace ! souffla Connor, ne pouvant s'empêcher de prononcer le prénom de sa sœur à voix haute.

— Qu'est-ce qu'il y a, petit ?

— Ma sœur !

— On est arrivés. Tu me raconteras tes histoires de famille plus tard.

Connor ouvrit la bouche pour protester, mais il remarqua au même moment qu'ils avaient accosté le long d'un grand navire. Était-ce celui qu'il avait vu plus tôt ? Il leva les yeux vers les voiles, pour voir à quoi elles ressemblaient.

À ce moment, Cheng Li, qui avait rangé les rames, appela :

— Bartholomée, espèce de gros feignant, descends et viens m'aider !

Connor soupira doucement. Pour la première fois depuis longtemps, il se sentait en sécurité. S'abandonnant alors à son épuisement, il ferma les yeux.

La chaloupe se mit à tanguer et il eut l'impression de voler, mais il comprit bientôt qu'on hissait la petite embarcation sur le grand navire. L'opération à peine terminée, Cheng Li sauta sur le pont en lançant des salves d'ordres autour d'elle. Peu après, deux pirates – un homme et une femme – prirent Connor avec précaution dans leurs bras et suivirent Cheng Li. Ce ne fut pas une mince affaire car toute une foule, curieuse de voir ce qui se passait, s'était resserrée autour d'eux.

— Place, place, espèces de crétins ! s'écria Cheng Li.

Aussitôt, l'attroupement se scinda en deux.

— Allongez-le ici.

Les pirates déposèrent Connor sur ce qui ressemblait à de la toile pour voile et à des cordages empilés. Ce lit de fortune était loin d'être confortable, mais Connor était trop reconnaissant de ne plus avoir à combattre des eaux glacées pour se plaindre. Au moins, il pouvait se reposer.

— Ne ferme pas les yeux, lui dit alors Cheng Li d'un ton sec, pas tout de suite. Essaie de rester encore un peu éveillé.

Quel effort. Il était si fatigué ! Mais il voulait lui obéir. Il leva donc les yeux une nouvelle fois, toujours dans l'espoir de voir si les voiles étaient déchirées ou pas. Mais son regard ne rencontra que des gens. Des pirates. Agglutinés autour de lui, ils l'observaient avec intérêt. Connor en profita pour détailler leurs uniformes.

Le brouhaha autour de lui ne cessa d'augmenter jusqu'à ce que Cheng Li lève le bras, faisant scintiller le joyau noir sur son brassard. Aussitôt, le vacarme s'apaisa.

— Le spectacle est terminé, les gars. Et si on se remettait au travail, hein ? Les voiles ont souffert dans la tempête. De Cloux, au gaillard d'avant, y a des réparations à faire. Lucas, Xavier, Antonio, maintenant que le grain est passé, vous pouvez nettoyer les canons. Je me moque de savoir s'il va bientôt faire nuit ou pas, je veux que tout soit fait, et fissa !

Connor promena son regard autour de lui. Il n'y avait pas de doute, il était bien sur un vaisseau pirate. Il frissonna d'effroi. Était-ce la fin de son calvaire ou le commencement d'une nouvelle épreuve ?

L'équipage se dispersa pour se mettre à l'ouvrage et il ne resta bientôt plus que Cheng Li, Bartholomée et l'autre femme. Elle était plus grande que Cheng Li, et visiblement encore plus musclée. Un bandana barrait son front et sa chevelure rousse ondulée.

— Voulez-vous que j'aille chercher le capitaine Rage, madame ? demanda-t-elle à Cheng Li.

— Oui, Cathy, je crois qu'il vaut mieux.

Cheng Li tourna alors les yeux vers Connor :

— Comment tu te sens maintenant, petit ?

— Ça va, lui répondit Connor tout en se rendant compte qu'il n'allait pas bien du tout. Qu'il n'irait plus jamais bien.

— Tu as l'air inquiet, petit. Qu'est-ce qu'il y a ?

— C'est ma sœur. Grace.

— Oui, et alors ?

— Elle est encore là-bas, dans la tempête.

— Trop tard, petit. C'est fini pour elle.

Des larmes brûlantes emplirent les yeux de Connor. Tout se brouilla autour de lui.

— S'il vous plaît. Vous m'avez trouvé, moi. S'il vous plaît, repartez la chercher.

— Je regrette, petit. Il n'y avait aucune trace d'elle.

— Mais...

— La nuit va vite arriver. On ne peut plus rien faire.

Connor eut l'impression que sa tête allait exploser. Tout au fond de lui, il sentit qu'un rugissement terrible se formait. Venu de ses entrailles, il gagna chacune de ses veines et se répandit le long de ses bras et de ses jambes jusqu'à ce que chaque fibre de son corps se mette à hurler :

— NON ! ! ! !

— Calme-toi, petit. Sois content d'être en vie. Honore ta sœur, comme elle aurait souhaité que tu le fasses.

La voix de Cheng Li était douce mais ferme. Étonnamment, elle apaisa Connor, bien que les mots prononcés n'aient pas été ceux qu'il voulait entendre. Que voulait-il entendre d'ailleurs ? Que Cheng Li repartirait dans la chaloupe pour sillonner la mer glacée à la recherche de Grace ? En son for intérieur, il savait lui aussi que ce serait en vain. Il était tout simplement impossible que Grace ait survécu. Il avait toujours été le plus résistant des deux. L'endurance acquise durant ses années de sport lui avait permis d'attendre qu'on lui porte secours. Grace était plus intelligente que lui. Grace *avait été* plus intelligente que lui, se reprit-il. Il ne pouvait parler d'elle qu'au passé désormais. Elle *avait été* plus intelligente que lui ; mais elle *n'avait jamais été* aussi forte. Et cela lui avait coûté la vie.

— Mourir noyée, dit Cheng Li d'un ton songeur. Ce n'est pas si mal.

— Qu'est-ce que vous en savez ? rétorqua Connor.

— Tous les pirates le savent. Nous passons toute notre vie sur l'eau. J'ai moi-même frôlé la mort une fois. C'était comme quand on s'endort – on se laisse aller peu à peu. La noyade est une mort douce. Ta sœur n'a pas beaucoup souffert, c'est certain, petit.

De nouveau, les mots employés étaient brutaux, mais Connor en tira un peu de réconfort. Ils lui semblaient justes. Il se souvint de sa chute, dans la cascade de débris. La sensation n'avait pas été totalement désagréable. Il avait même ressenti un certain calme. Peut-être sa propre mort lui avait-elle fait signe, mais tant bien que mal, il avait échappé à ses griffes.

— Il y avait un bateau, murmura-t-il, se sentant subitement obligé de partager son secret avec le second du capitaine. Un autre bateau, avant que vous n'arriviez. Il est sorti de la brume. Un vieux galion. Très vieux...

Ses propres mots ouvrirent la porte à d'autres souvenirs enfouis au fond de lui, sans qu'il pût encore en comprendre le sens.

— Le bateau a fait demi-tour. Il a modifié son cap, au beau milieu de l'océan. Comme s'il avait changé d'avis. Je pensais qu'il allait me repêcher.

66

J'ai appelé. Mais personne ne m'a entendu. Personne ne m'a vu.

Une nouvelle pensée crépita dans son cerveau comme un feu d'artifice.

— Si ça se trouve, il avait déjà repêché quelqu'un ! Grace ! Qu'est-ce que vous en pensez ?

Il tourna la tête vers Cheng Li. Les yeux sombres du second l'observaient attentivement.

— La brume s'est un peu levée. J'ai aperçu la figure de proue du navire. C'était une femme, très belle. J'avais l'impression qu'elle me regardait. Et puis le bateau s'est éloigné. Il avait des voiles incroyables. On aurait plutôt dit des ailes...

C'est alors qu'il y eut un déclic dans son pauvre esprit troublé.

Qui claquent comme des ailes en pleine envolée.

Il avait envie de hurler, de taper des poings. De nouveau, il croisa le regard de Cheng Li. De nouveau, il le trouva impénétrable.

— Mais vous ne voyez donc pas ? s'exclama-t-il en riant de joie. Ce bateau a certainement sauvé Grace ! Elle ne s'est pas noyée. Elle a été repêchée par un bateau qui voyage depuis la nuit des temps. Elle a été repêchée par les Vampirates !

Connor s'était épuisé à parler ainsi et dut laisser ses paupières se fermer. Pourtant, bien que sa raison fût un peu chancelante, tout lui sembla clair. Le navire lui apparut une nouvelle fois. Il filait dans la lumière dorée du crépuscule. Sa figure de proue lui souriait affectueusement et ses voiles déchirées claquaient doucement. Debout, à la barre, seule mais sereine, se tenait Grace.

7

LORCAN FUREY

Lorsque Grace s'éveilla, la première chose qu'elle vit fut le ciel. D'un bleu radieux, juste au-dessus d'elle. Puis un événement étrange se produisit. Ce bleu saisissant se contracta, avant de s'étirer et se séparer en deux cercles tout aussi bleus. Au fur et à mesure qu'elle retrouvait ses esprits, Grace comprit que ce n'était pas du tout le ciel qu'elle regardait, mais une paire d'yeux d'un bleu profond.

Ceux de Connor étaient verts, comme les siens. Ceux qui se trouvaient au-dessus d'elle ne lui étaient pas familiers. Ils la dévisageaient avec intensité.

Ils reculèrent, et elle vit alors qu'ils appartenaient à un garçon. Celui-ci semblait plus âgé qu'elle et Connor – il avait dix-sept ou dix-huit ans peut-être. Ses cheveux étaient longs, et noirs, comme ses sourcils. Le garçon continua de la regarder, avant de se renfrogner :

— Vous allez me donner du souci, fit-il.

Ses mots furent pour Grace aussi mystérieux que tout le reste, si ce n'est qu'elle reconnut dans sa voix un fort accent irlandais. Le garçon se pencha vers elle et écarta délicatement les mèches de cheveux qui lui étaient tombées sur les yeux. Il portait au doigt un anneau de Claddagh[1]. Elle avait toujours rêvé d'en avoir un, avec sa couronne sur le dessus et son cœur serré entre deux mains. Cependant celui que portait le garçon était légèrement différent. Les mains ne serraient pas un cœur, mais un crâne.

— Qui êtes-vous ? lui demanda-t-elle en tremblant. Où suis-je ?

Le garçon fronça de nouveau les sourcils. Ne

---

1. Bague celtique, du nom d'un bourg de pêcheurs non loin de Galway, sur la côte ouest de l'Irlande. Selon la légende, cet anneau symbolise l'union. Il est surmonté d'une couronne, la fidélité, qui repose sur un cœur, l'amour, serré entre deux mains représentant l'amitié. (N.d.T.)

pouvait-il donc pas la comprendre ? Pourtant, il venait de lui parler dans la même langue que la sienne. Elle répéta sa question :

— Qui êtes-vous ?

Cette fois, elle entendit le son de sa propre voix. « Quiévououou », disait-elle. Son souffle était faible, sa bouche et sa langue, sèches.

— Tenez, buvez.

Le garçon sortit de sa poche une flasque gainée de cuir et fit tomber quelques gouttes d'eau sur ses lèvres. L'eau était glacée, mais c'était bon. Grace essaya d'ouvrir la bouche pour boire. Il lui fallut un moment avant que ses muscles lui obéissent. Absorbée par cet effort, elle remarqua à peine que le garçon lui soulevait la tête pour glisser sous sa nuque sa veste roulée en boule. Elle éprouva tout de même une certaine sensation de confort lorsqu'elle eut fini d'avaler et qu'elle se laissa retomber.

Le moelleux de cet oreiller de fortune contrastait nettement avec la rudesse du sol sur lequel elle était allongée. Elle regarda à droite, puis à gauche, et ne vit de chaque côté que des planches de bois peintes en rouge. Au-delà, et de tous côtés, sa visibilité était limitée par une brume épaisse.

Elle leva de nouveau les yeux vers le garçon,

dont le visage semblait flotter dans cette nappe nébuleuse.

— Qui êtes-vous ? reprit-elle.

Cette fois, il la comprit :

— Mon nom est Lorcan, lui dit-il. Lorcan Furey.

— Lorcan, répéta-t-elle.

Elle n'avait jamais entendu ce prénom auparavant.

— Tenez, prenez encore un peu d'eau.

Il porta une nouvelle fois la flasque à ses lèvres et elle but une autre gorgée.

— Où suis-je ?

Le garçon sourit :

— Ça ne se voit donc pas, ma petite demoiselle ? Vous êtes en mer.

Non, elle ne voyait rien, mais juste à ce moment-là, elle sentit une embardée, puis distingua le fracas de vagues.

— Comment suis-je arrivée ici ?

— Vous ne vous souvenez pas ? Il y a eu une tempête.

Lorsqu'il prononça ce mot, tout le corps de Grace s'éveilla. Subitement, elle se revit au cœur de l'ouragan, elle entendit le mât se briser au-dessus d'elle, et se rappela l'eau salée qui avait englouti son corps tout entier.

— Je vous ai trouvée dans l'eau, lui dit Lorcan.

— Oui, souffla-t-elle.

Elle venait enfin de remarquer que lui aussi était trempé, que ses cheveux et sa chemise étaient collés contre sa peau. Son visage était pâle, presque aussi pâle que la brume.

— Il était grand temps que j'arrive, d'ailleurs, reprit Lorcan. Vous vous apprêtiez à rejoindre les sirènes.

— Et Connor ? Où est-il ? Quand pourrai-je le voir ?

Lorcan la regarda d'un air triste. C'est alors qu'elle comprit.

— Je suis la seule que vous ayez repêchée.

Lorcan acquiesça.

— Il faut repartir le chercher. Il n'est pas trop tard. Vous vous souvenez de l'endroit où vous m'avez trouvée ? Il ne doit pas être loin de là. Vous avez dû voir le bateau.

— Il n'y avait pas de bateau. Il n'y avait que vous, ballottée comme les saumons dans le Shannon[1].

Oui. Elle se souvenait maintenant, l'impression de l'eau sur sa peau. Si froide. Qui engour-

---

1. Fleuve d'Irlande. *(N.d.T.)*

dit. Mais, soudain, sa mémoire l'abandonna, comme un rêve qui finit trop tôt. Elle tenta désespérément de la réactiver, de repartir dans l'eau en pensée. Ses efforts lui firent mal à la tête.

— Un bateau ne peut pas disparaître, reprit-elle. C'est tout simplement impossible.

— Dans une tempête comme celle-ci, même un vaisseau de la taille du nôtre peut disparaître, lui dit Lorcan. La mer peut se comporter en brute sans merci quand elle en a envie.

— Mais mon frère, Connor ! Nous sommes jumeaux. Nous sommes tout l'un pour l'autre. Je ne peux pas vivre sans lui.

Son cœur se mit à cogner. Elle sentit son rythme s'accélérer, comme une bombe prête à exploser.

— Des jumeaux, dites-vous ?

Les yeux de Lorcan brillaient d'intensité.

— Aspirant Furey.

Grace entendit l'autre voix, sans pouvoir discerner dans la brume à qui elle appartenait. Elle n'avait été qu'un murmure et, pourtant, elle avait clairement résonné dans sa tête.

Lorcan se tourna.

— Capitaine ?

Il y eut un moment de silence, puis Grace

entendit l'écho de deux pas lourds sur les lattes de bois.

— Aspirant Furey, vous devez rentrer. La brume va bientôt se lever.

Il y eut encore deux pas.

Lorcan semblait paralysé. Peut-être l'eau glacée avait-elle aussi engourdi ses os. Peut-être l'effort qu'il avait fourni pour la sauver se faisait-il sentir. Comme elle, il avait visiblement perdu la capacité de voir et de parler.

— C'est la petite ?

L'autre voix. Bien qu'elle n'ait de nouveau été qu'un chuchotement, on ne pouvait se méprendre sur son ton ferme et autoritaire. Grace eut aussi l'impression qu'elle avait empli les moindres recoins de son cerveau.

— Oui, capitaine, finit par dire Lorcan. Elle a failli se noyer. Elle dit qu'elle a un frère jumeau.

— Un jumeau...

— Oui, intervint Grace. Mon frère Connor est là-bas, quelque part. S'il vous plaît, aidez-moi à le retrouver !

— Des jumeaux...

De nouveau, le murmure envahit lentement son cerveau.

Grace aurait bien aimé voir ce capitaine, mais

la brume était encore trop épaisse pour distinguer quoi que ce fût au-delà de Lorcan.

— Portez-la à l'intérieur. La cabine attenante à la mienne. Faites vite. Il vaut mieux que les autres ne sachent rien de tout cela. Pas encore.

— Et Connor ? implora Grace.

— Portez-la dans la cabine attenante à la mienne.

Le murmure n'avait rien perdu de sa fermeté. Comme si le capitaine n'avait pas entendu sa prière. Ou qu'il l'ignorât.

— Et après ? lui demanda Lorcan.

— Ensuite, venez me voir dans ma cabine. Il ne nous reste pas beaucoup de temps. Il fera bientôt nuit et le Festin va commencer.

Le Festin ? De quoi parlait-il ? Allaient-ils partir à la recherche de Connor oui ou non ? Ce n'était pas clair du tout.

— La brume se dissipe, aspirant Furey. Nous devons rentrer. Il n'y a pas un instant à perdre.

Le murmure s'estompa tandis que l'écho des pas lourds s'éloignait. Grace leva la tête et plongea son regard dans les yeux bleus de Lorcan.

— S'il vous plaît, lui dit-elle, s'il vous plaît. Allez chercher mon frère. L'eau est si froide.

Lorcan lui adressa un sourire ténu.

— Nous allons déjà vous mettre au chaud.

— Mais après, irez-vous le chercher ?

— Nous allons d'abord nous occuper de vous.

Il se baissa et la prit dans ses bras. Il l'emporta dans la brume et elle eut l'impression de traverser des nuages en volant. Puis de se noyer. Elle voulut s'arracher aux bras qui la tenaient et replonger dans l'eau à la recherche de Connor. Mais son corps était lourd d'une fatigue qu'elle n'avait jamais ressentie auparavant. En outre, Lorcan Furey la tenait avec une force singulière pour son jeune âge.

8

MOLUCCO RAGE

Connor ouvrit les yeux et scruta le ciel qui continuait de s'assombrir. Même là, il espérait y voir l'autre bateau. Celui des Vampirates. Celui qui avait emporté Grace.

— Il ne reviendra pas, déclara Cheng Li.

— Comment le savez-vous ?

— Le bateau des Vampirates n'existe pas.

— Mais...

— Ça suffit, le coupa-t-elle en levant la main. Et, s'il te plaît, oublie cette vieille chanson de marins. Peut-être bien que votre père vous la chantait pour vous aider à dormir, ta sœur et toi. Pour quelle raison, ça me dépasse. En tout cas, l'idée qu'un tel bateau puisse exister est tout simplement absurde. Je suis désolée, c'en est fini de ta sœur. C'est un coup dur, je le sais. Mais c'est une réalité. Il faut regarder la vérité en face, petit.

Sans doute, se dit Connor, mais il y avait bien eu un autre bateau. L'image de celui-ci lui apparaissait claire comme le jour. Connor le revoyait en train de faire demi-tour au beau milieu de l'océan. De nouveau, il se remémora les yeux de la superbe figure de proue et la faible lueur des voiles qui semblaient s'élever et s'abaisser comme des ailes tandis que le navire s'éloignait.

Reprenant ses esprits, Connor constata que Cheng Li s'était éloignée. Il l'entendait, derrière lui, donner des ordres à quelques hommes. Toujours allongé, il essaya de regarder par-dessus son épaule. Cheng Li était tournée et Connor vit alors qu'en plus d'un coutelas à la hanche, elle portait deux autres armes en bandoulière dans le dos. Bien qu'elles fussent enfermées dans leur fourreau de cuir, Connor était certain que les lames à l'intérieur étaient aussi coupantes et cinglantes que la langue de leur propriétaire.

— Laissez passer le capitaine !

Connor continua d'observer Cheng Li en réfléchissant. Cette femme ne voulait rien entendre. Selon elle, il s'était imaginé le bateau des Vampirates, point à la ligne. Il la connaissait à peine, mais il avait déjà compris qu'elle faisait partie de ceux qui ne reviennent pas aisément sur leurs décisions. Peut-être d'autres sur ce vaisseau seraient-ils prêts à le croire, le capitaine par exemple ? Connor sentit son cœur palpiter. De peur ? D'impatience ? Quelle sorte d'homme fallait-il être pour commander un ramassis de pirates ?

— Laissez passer le capitaine, laissez passer !

L'air agacé, Cheng Li revint auprès de Connor. Bartholomée et Cathy approchaient. Derrière eux, le pas incertain, suivait un homme d'un âge indéterminé, avec une longue tignasse tout emmêlée et des petites lunettes bleues et rondes sur le nez. Il portait un grand manteau de velours bleu ciel, sous lequel pointaient deux dagues enfermées dans des fourreaux argentés. Ses bottes de cuir, hautes et pointues comme des couteaux, étaient ornées d'éperons en métal blanc qui cliquetaient à chacun de ses pas. Les railleries fusaient sur son passage et lui y répondait du tac au tac par des salves d'insultes. Visiblement, c'était un jeu, car son visage était barré par un large sourire. C'est donc sous les éclats de rire et en se pavanant que le capitaine, de toute évidence aimé et respecté par son équipage, finit par se planter devant Connor.

— Le voici, capitaine, lui dit Bartholomée avant de s'écarter en même temps que Cathy.

— Voyons, voyons, fit le capitaine. Qu'est-ce que nous avons là ? On a pris du poisson, madame Li ?

Il entreprit de faire tout le tour de Connor. Ce dernier découvrit ainsi avec stupéfaction sa chevelure multicolore. De loin, il avait pensé qu'elle avait des reflets châtains, mais non, il y avait là des cheveux blancs – couleur argent plus précisément – et verts – comme des algues. L'étrange palette était ponctuée par deux ou trois dreadlocks tenues par des coquillages. La coiffure était pour le moins inhabituelle, mais le capitaine semblait l'assumer sans aucune difficulté. Malgré son allure de dandy et l'étrange oscillation de sa démarche, Connor voyait clairement qu'il était solide comme un roc et qu'il avait le charisme des grands chefs.

Une fois qu'il eut fait le tour complet, le capitaine s'arrêta pour étudier les vêtements trempés de Connor. Une main croulant sous des saphirs étincelants vint caresser son menton mal rasé. « C'est un miracle qu'il parvienne à bouger les doigts », pensa Connor.

— Humm, voyons voir. À mon avis, tu sors de l'océan, mais tu n'es pas un poisson de mer.

Il souleva ses lunettes rondes et, pour la première fois, Connor put voir ses yeux. Ils étaient grands, magnétiques et, à l'instar de ses cheveux, mouchetés de taches de couleur.

— Quel est ton nom, gamin ?

— Connor. Connor Tempête.

— Tempête, hein ? ricana le capitaine. Connor Tempête, qui nous a été envoyé par un ouragan ? Excellent !... Molucco Rage, capitaine de ce vieux rafiot, se présenta-t-il alors en lui serrant la main d'une poigne de fer. Bienvenue à bord, Connor Tempête !

— Merci... monsieur Rage, hasarda Connor.

— Capitaine Rage, pas monsieur, le reprit l'homme tout en gardant le sourire. Bon, dites-moi, monsieur Tempête, qu'est-ce qui vous amène parmi nous ?

Connor lança un regard discret vers Cheng Li, dont l'expression s'était fixée quelque part entre l'impatience et l'ennui. Elle avait les bras croisés sur la poitrine et les poignées des deux armes dans son dos pointaient par-dessus ses épaules comme des ailes noires prêtes à se déployer.

— Oui, je sais que le second Li vous a repêché. Mais avant cela. Qu'est-ce que vous êtes venu faire si loin dans des eaux si dangereuses ?

— Nous avons été surpris par l'orage, ma sœur Grace et moi – nous sommes jumeaux. Nous sommes partis de la baie du Croissant-de-Lune.

Connor essayait de se concentrer mais, décidément, les cheveux de l'homme l'intriguaient. Un coup de vent venait de faire tomber une longue mèche noire, qui se balançait maintenant devant ses yeux.

— Oui, et après ? Tu n'es pas très loquace, mon garçon.

Connor ouvrit la bouche pour reprendre la parole, mais la mèche se redressa en crochet avant de s'étirer le long du front du capitaine. C'est alors que Connor comprit. Ce n'était pas du tout une mèche. Mais un serpent.

— Qu'est-ce qu'il t'arrive ? Tu as perdu ta langue, gamin ?

— Je vous prie de m'excuser, capitaine Rage, mais je crois bien que vous avez un... serpent dans vos cheveux.

Cela ne faisait aucun doute. L'animal avait

extrait son corps entier de la tignasse du capitaine et se glissait maintenant le long de son oreille.

— Tiens, tiens, fit le capitaine Rage en souriant. Bonjour, Scrimshaw, tu veux saluer M. Tempête peut-être ?

Le capitaine leva la main et le serpent passa tranquillement de son oreille à son poignet, autour duquel il s'enroula comme si de rien n'était. Connor, pétrifié, regarda alors le capitaine approcher de lui le bras orné de ce bracelet vivant. Le serpent dressa la tête comme pour l'étudier. Connor n'avait pas la moindre idée de ce qu'il était censé faire.

— Allez, dis bonjour à mon second, mon garçon ! s'esclaffa Molucco Rage. Oh, mais je plaisante, madame Li ! Tout le monde sait bien que c'est vous mon capitaine en second ici.

Connor resta sans souffler mot. Il ne voulait pas risquer de mouvement brusque. Le serpent était petit, mais d'une espèce qu'il ne connaissait pas. Peut-être était-il venimeux et sa langue fourchue sifflait bien trop près de lui pour qu'il se sentît à l'aise.

Finalement, le capitaine Rage releva le bras. Connor laissa échapper un soupir de soulagement en voyant le serpent s'éloigner par la même occasion.

— Alors, Scrimshaw, on a dit bonjour à M. Tempête ? Maintenant que tu t'es rempli les mirettes, c'est l'heure de repartir à la niche.

Le capitaine Rage porta alors la main à sa tête et le serpent, obéissant, replongea dans la masse enchevêtrée de sa tignasse.

— Bien, où en étions-nous, petit ? Ah oui ! Tu me parlais du ravin de la Pleine-Lune.

— Hum... de la baie du Croissant-de-Lune, capitaine. C'est là que nous habitons. Enfin, que nous habitions. Notre père était gardien de phare, mais il est mort et nous nous sommes retrouvés sans maison. On voulait nous placer dans un orphelinat, ou pire, chez des gens que nous n'aimions pas. Nous n'avions plus le choix. Nous avons pris la mer avec le bateau de notre père. Nous pensions suivre la côte vers le sud, mais soudain le temps a changé. Nous avons été emportés par la tempête.

Les mots de Connor jaillissaient comme un torrent :

— Le bateau a chaviré et s'est brisé en mille morceaux, reprit-il. Nous avons été projetés dans l'eau. J'ai nagé de toutes mes forces pour remonter, mais il y avait des débris partout. J'ai perdu

Grace de vue. Quand je suis revenu à la surface, je me suis hissé sur un morceau de banc cassé. J'ai cherché Grace partout, mais je ne l'ai pas revue... Je ne l'ai pas revue...

Molucco Rage s'était mis à pleurer. Il sortit de sa poche un grand mouchoir bordé de dentelle et sécha ses larmes avec.

— Quelle tristesse, monsieur Tempête ! Quelle histoire terriblement, terriblement triste ! Heureusement que le second Li vous a retrouvé. Vous ferez une nouvelle recrue parfaite. Nous avons besoin de jeunes comme vous.

— Merci, capitaine, mais ce que je veux, c'est retrouver ma sœur.

— Votre sœur ? s'étonna Molucco Rage en le regardant d'un air perplexe. Mais je croyais qu'elle avait disparu.

Connor secoua la tête d'un air déterminé :

— Non, j'ai vu un autre bateau qui la repêchait. D'abord, j'ai cru que c'était ce...

— Un autre bateau, dites-vous ? Un bateau de pirates ? Oh, mais alors, votre histoire risque de bien se terminer, après tout ! Nous allons retrouver ce fameux navire, et vous et votre sœur serez bientôt réunis.

Connor secoua de nouveau la tête :

— Ce n'était pas un bateau de pirates, monsieur. C'était un bateau d'un genre différent.

Connor sentit le regard incendiaire de Cheng Li sur lui, mais se garda bien de tourner les yeux vers elle.

— Un bateau d'un genre différent ? répéta le capitaine Rage. Que voulez-vous dire par là ?

— Avez-vous déjà entendu parler des Vampirates, capitaine ?

— Les Vampirates ? Non, je ne crois pas, mon garçon.

— Il existe une vieille chanson de marins, monsieur...

— Capitaine, pas monsieur !

La voix de Cheng Li avait fendu l'air avec la force et le tranchant d'une épée. Mais le capitaine l'ignora.

— Capitaine Rage, j'ai dit ! insista Cheng Li.

— Madame Li, maîtrisez-vous, que diable !

— Mais capitaine, ce garçon ne sait pas ce qu'il dit.

— Nous sommes tous un peu comme lui, madame Li, mais je lui ai posé une question et je compte bien avoir une réponse.

— Le bateau des Vampirates est un bateau noir qui voyage depuis la nuit des temps, dit alors Connor, se rendant compte que les minutes lui étaient peut-être comptées. Son équipage est fait de démons ou, plus exactement, de vampires.

— Quelle histoire ! s'exclama le capitaine Rage. Si je puis me permettre, comment sais-tu tout cela, mon garçon ?

— Par mon père. C'est lui qui nous chantait cette chanson.

— Une chanson de marins, hein ? J'adore les chansons de marins. On adore tous les chansons de marins ici, pas vrai, les gars ?

L'équipage, hommes et femmes compris, répondit par une bordée de *oui !* Seule Cheng Li garda le silence, l'expression toujours à mi-chemin entre l'impatience et l'ennui. Au moins, pensa Connor, elle semblait avoir détourné son attention sur le capitaine.

— Eh bien, écoutons-la, cette fameuse chanson, reprit le capitaine Rage. Allez, monsieur Connor Tempête. Chantez pour nous, et nous vous dirons ce que nous en pensons.

Connor respira profondément et entonna :

Voici une histoire de Vampirates,
Une histoire très ancienne et très vraie...

Tout en chantant, il observa le visage du capitaine. Celui-ci semblait l'écouter très attentivement. Le serpent même, Scrimshaw, avait ressorti la tête de la tignasse de son maître, comme charmé.

Pourtant, la voix de Connor était fatiguée et rauque à cause de toute cette eau salée qu'il avait ingurgitée. C'est donc avec soulagement qu'il arriva à la fin de sa chanson :

Que tes yeux jamais un Vampirate ne voient...
... Et que jamais ils ne posent la main sur toi.

À peine avait-il terminé que des applaudissements et des vivats s'élevèrent du groupe des pirates. Puis plus rien. Connor regarda Cheng Li et le capitaine Rage. Celui-ci se pencha et lui tapota l'épaule un moment.

— C'est une belle chanson, mon garçon. Mais je crains bien qu'il faille en rester là. Je portais encore des couches que je traversais déjà les océans et jamais je n'ai vu ni entendu parler de ces démons.

— J'ai vu leur bateau, de mes propres yeux, insista Connor.

— Tu l'as vu ?

— Oui. Il a fait demi-tour. C'était un vieux

galion avec des voiles comme des ailes, qui claquaient...

— Ce gamin est épuisé. Il délire, l'interrompit Cheng Li, en venant se poster à côté du capitaine.

— Non, ce n'est pas vrai, rétorqua Connor. Je vous dis que j'ai vu ce bateau !

Mais il dut se rendre à l'évidence que, malgré sa bonne volonté, le capitaine Rage avait du mal à le croire aussi. Dès lors, Connor douta de sa propre mémoire. Peut-être avait-il réellement inventé cette image. Il ne savait plus que penser.

— Bon. Tout le monde peut repartir au travail, lança le capitaine. Toi, Bartholomée, tu restes ici.

Dociles, les pirates s'égaillèrent. Bartholomée attendit comme on lui avait demandé de le faire. Et Cheng Li attendit aussi, bien qu'on ne lui eût rien demandé du tout.

Le capitaine se pencha de nouveau vers Connor et, cette fois, serra fort son épaule, comme son père le faisait quand il était en vie. Connor se mordit la lèvre pour ne pas pleurer.

— J'ai deux frères, monsieur Tempête. Des pirates, comme moi. Je ne m'entends pas toujours avec eux, mais je les aime de tout mon cœur. Je comprends pourquoi vous essayez de vous accrocher à une idée, quelle qu'elle soit, qui vous donne l'espoir de retrouver votre sœur en vie. Mais, pour votre propre bien, vous devez regarder la réalité en face, aussi terrible soit-elle.

Le capitaine plongea son regard dans celui de Connor :

— Vous êtes venus à nous au jour le plus sombre de votre vie, Connor Tempête, mais nous vous aiderons à retrouver la lumière du soleil. Vous pouvez me faire confiance.

À court de mots, Connor se contenta de hocher la tête. Son regard avisa le grand mât. Il le suivit alors des yeux jusqu'au nid-de-pie, avant de découvrir tout en haut une tête de mort et des os croisés qui battaient au vent sur un pavillon noir. Le ciel, au-delà, était d'un indigo presque parfait, mais la lune s'était levée et avait pris le crâne blanc dans la lumière froide de ses rayons.

9

PRISONNIÈRE

Grace fut réveillée par le son d'une cloche. À la manière des paroles du capitaine, chaque carillon semblait résonner jusque dans les moindres recoins de son cerveau. Puis la cloche se tut, aussitôt remplacée par une musique étrange ponctuée par un roulement de tambour rythmé, presque tribal.

Grace ouvrit les yeux. Elle était allongée dans un lit à baldaquin, dans une mer d'oreillers blancs frais et vaporeux et sous les draps les plus soyeux qu'elle eût jamais touchés. Ses bras étaient nus. Soulevant ses couvertures, elle constata alors que ses vieux vêtements mouillés avaient disparu et qu'elle était vêtue d'une jolie chemise de nuit en coton finement brodée. D'où venait-elle ? À qui appartenait-elle ? Et qui, se demanda-t-elle avec un certain embarras, la lui avait passée ?

À l'extérieur, la musique s'intensifiait. Grace se souleva sur ses coudes et promena son regard alentour. Elle se trouvait dans une cabine. Cette dernière, tout en bois, était éclairée par des bougies placées dans des lanternes de verre, dont la faible lumière s'en allait vaciller sur le sol et contre les murs.

Décidant d'explorer la pièce, Grace se leva. À peine eut-elle mis les pieds à terre que le bateau fit une embardée manquant de la faire tomber. Elle reprit son équilibre, fit quelques pas et se retourna. Les colonnes en bois du lit se terminaient par des motifs finement ouvragés. Quant au dais, il était orné de lourdes broderies. Grace avisa ensuite un petit coin toilette avec une cuvette en porcelaine et un broc. Elle avait l'impression d'être dans un palais exotique somptueux.

Soudain, par-dessus la musique qui continuait de jouer, elle entendit des voix, derrière elle. Elle pivota sur ses talons et découvrit ainsi un rideau, qui devait obturer un hublot. Une note y était épinglée. Elle s'approcha pour la lire :

Grace, merci de garder ce rideau toujours fermé. Pour votre sécurité.
Votre ami,
Lorcan Furey

Les lettres avaient la forme de celles que l'on voit dans les vieux manuscrits, si ce n'est que la main qui les avait tracées n'y avait pas apporté grand soin. Lorcan avait dû utiliser une plume d'oie, car le bout de papier était maculé de taches d'encre. Grace se demanda pourquoi Lorcan avait écrit « pour votre sécurité ». Ces mots, ainsi que la vitesse évidente à laquelle il les avait griffonnés, la firent frissonner.

Toutefois, la tentation était grande de lui désobéir. Mais Grace se souvint alors des propos du capitaine : *Il vaut mieux que les autres ne sachent rien de tout cela.* Qui étaient « les autres » ? Sur quel genre de bateau se trouvait-elle ?

Elle fut tirée de ses réflexions par les voix, qui se remirent à parler juste devant le hublot cette fois :

— Je suis affamé ce soir.

— Moi aussi. Qu'est-ce qu'il me tarde que le Festin commence !

Le Festin. Le capitaine l'avait mentionné aussi. Apparemment, c'était un événement que tout le monde attendait. L'équipage n'avait pas dû manger à sa faim depuis longtemps et peut-être le bateau venait-il juste de faire escale et de remplir ses soutes de provisions.

Grace tendit l'oreille dans l'espoir d'en entendre davantage, mais les personnes avaient apparemment continué leur chemin. Son envie de soulever le rideau était si forte qu'elle se força à poursuivre l'examen de la cabine pour se distraire. Ce faisant, ses yeux tombèrent sur les bougies dans les lanternes et une idée lui vint. Pourquoi ne pas les éteindre ? Ainsi leur lueur n'attirerait pas l'attention une fois le rideau tiré.

Avant qu'elle ait le temps de céder à son impulsion, une nouvelle voix, bourrue, s'éleva :

— Bonsoir, aspirant Furey.

— Bonsoir, lieutenant Sidorio.

Grace reconnut l'accent irlandais de Lorcan.

— Alors, prêt pour le Festin ?

— Ah, ça oui, lieutenant.

— Au fait, est-ce vous que j'ai entendu sur le pont un peu plus tôt ?

— Non, lieutenant. Sur le pont ? Quand exactement ?

— Avant la cloche du soir.

— Avant ? ! Comment aurais-je pu ? Personne en dehors du capitaine ne s'aventure à la lumière.

— Cela, je le sais, merci. Pourtant, j'aurais juré que c'était vous.

— Peut-être avez-vous rêvé, lui répondit Lorcan.

— Je ne rêve plus, aspirant Furey.

Tandis que les deux hommes parlaient, la musique avait encore augmenté de volume et Grace s'approcha un peu plus du rideau dans l'espoir de mieux les entendre. Mais Lorcan et son interlocuteur soupçonneux semblaient, eux aussi, avoir continué leur chemin.

Grace tenta d'analyser leur conversation. Lorcan était bien allé sur le pont. Son mensonge indiquait, sans doute possible, que lui et le capitaine voulaient absolument dissimuler sa présence à bord. Mais qu'est-ce que c'était que la « cloche du soir » et pourquoi personne en dehors du capitaine n'avait-il le droit de sortir à la lumière ? Voilà une consigne bien étrange.

Pensant avoir perçu le bruit de pas, Grace resta près du hublot. Mais ce ne devait être que le battement de la musique, car aucune autre voix ne s'éleva. D'ailleurs, peu à peu, les roulements de tambour se firent plus feutrés et bientôt le silence s'installa. Un silence complet. Le fameux Festin avait dû commencer.

Grace se détourna du rideau. Ce faisant, ses yeux tombèrent sur un pupitre et une chaise. Elle s'en approcha. La surface du petit bureau était couverte de plumes d'oie, d'encriers, de stylos divers et variés, de crayons à la mine bien taillée et de piles de carnets. Il y avait quelque chose de délicieusement attirant dans la jolie reliure de ces derniers. Repérant un stylo à encre ancien, Grace l'attrapa, mais il lui glissa des mains et sa plume la piqua au pouce. Aussitôt, une goutte de sang perla sur sa peau, avant de tomber sur la couverture de l'un des petits carnets. Instinctivement, Grace porta son pouce à sa bouche pour l'empêcher de saigner. C'était un geste qu'elle avait souvent fait, après s'être coupée sur une feuille de papier ou piquée sur une épine de rose. Le sang avait un goût de métal qui n'était pas désagréable.

Très vite, la piqûre sur son doigt n'y parut plus. Mais Grace ne parvint pas à nettoyer le carnet. Tout comme la plume du stylo, qui semblait avoir été plongée dans de l'encre pourpre, la couverture resta tachée de rouge. Avec un frisson, Grace s'éloigna et tâcha de reporter son attention sur le reste de la pièce.

Cette fois, son regard tomba sur une commode laquée décorée d'étranges figures. Sur le dessus, se trouvaient une brosse à cheveux et un miroir à main en argent richement ciselé et serti de pierres scintillantes semblables à des diamants taillés. Grace souleva le miroir et le tourna pour se voir. Mais le miroir, vieux et cassé, n'avait plus de glace. Quel dommage !

Juste à côté, un petit encensoir de bois allumé diffusait dans la pièce un mélange riche et lourd de fleurs de vanille et de jasmin.

Se sentant très lasse, Grace repartit vers le lit et laissa son corps s'enfoncer dans le moelleux du matelas. Mais soudain, elle repensa à Connor. Comment pouvait-elle rester là à explorer cette cabine avec oisiveté ? Son esprit tout entier aurait dû être concentré sur son frère et sur la façon dont elle pourrait le retrouver.

Peut-être avait-il déjà été repêché. Mais si c'était le cas, assurément, on l'aurait déjà conduit à elle. Le capitaine avait demandé à Lorcan de le retrouver dans sa cabine. Elle s'en souvenait. Qu'avaient-ils décidé ? Une inquiétude folle lui glaça le sang dans les veines.

Elle devait sortir de cette cabine. Elle devait parler à Lorcan et au capitaine. Elle devait leur demander si Connor était à bord de ce bateau, s'il était sain et sauf.

Se reprochant de ne pas l'avoir fait plus tôt, elle se releva et se dirigea d'un pas résolu vers la porte. Elle posa la main sur la poignée, et tourna. Mais sa main glissa. Une carte du monde était gravée sur le globe en laiton parfaitement rond. Grace l'empoigna de nouveau. Cette fois, elle tourna, mais la porte resta sans bouger. Grace fit un troisième essai et appuya si fort que les contours gravés de tous les pays du monde s'imprimèrent dans la paume de sa main. La porte continua de résister. Elle était fermée à clef.

Bouillant de frustration et de colère, malgré la fatigue toujours plus grande qui l'envahissait, Grace repartit en titubant vers le hublot. Elle relut l'avertissement de Lorcan : *Merci de garder ce rideau toujours tiré.* Peu importe. Respirant profondément, elle le souleva et pressa son visage contre la vitre glacée.

Le cœur battant, elle regarda. Elle s'attendait plus ou moins à ce qu'une alarme se déclenche ou bien encore à se trouver nez à nez avec les deux yeux furieux de Lorcan ou du mystérieux capitaine. Aucune alarme ne se déclencha.

Aucun être humain ne la dévisagea. Il n'y avait là que le pont du bateau. Désert. Cela semblait normal. Ils – peu importe ce que ce *ils* représentait – étaient tous occupés par leur Festin. Quelle chance !

Elle aussi avait faim, mais personne n'avait pensé à lui apporter à manger. Plus personne ne pensait à elle. Son père était mort. Tout semblait indiquer que son frère avait également disparu. À cette pensée, découragée, Grace laissa retomber le rideau et se détourna du hublot. Elle se demandait ce qu'elle allait bien pouvoir faire, lorsqu'elle avisa un bol de soupe sur sa table de nuit. Elle ne l'avait pas vu jusqu'ici. Comment était-ce possible ?

Elle s'en approcha et voulut le prendre dans ses mains. Mais il était brûlant et elle le reposa aussitôt. Grace réfléchit. S'il avait été là depuis son réveil, il aurait déjà refroidi. Comment était-il arrivé ici ? D'où venait-il ? Perplexe, elle observa les volutes de vapeur qui s'élevaient du liquide. Toutefois, sa perplexité céda vite le pas à la faim. Si l'équipage était affamé, elle ne l'était pas moins, et cette soupe sentait très bon. Une cuillère était posée tout à côté du bol, enveloppée dans une serviette en tissu. Grace souleva celle-ci et entreprit de la dérouler. C'est alors qu'un bout de papier s'en échappa et alla tomber en virevoltant sur le sol. Grace se baissa pour le ramasser. L'écriture tremblée était la même que celle de la première note.

Buvez. Cette soupe vous fera du bien. Soyez patiente !
Votre ami,
Lorcan Furey

Soyez patiente ? Grace se renfrogna. Elle avait atterri sur un bateau décidément bien étrange. Sur le pont duquel seul le capitaine s'aventurait en plein jour. Sur lequel il suffisait de vouloir manger pour que la nourriture apparaisse. Et sur lequel personne n'était censé avoir vent de sa présence. C'en était trop pour Grace.

Sans plus chercher à comprendre, elle s'attaqua à son bol de soupe. Jamais elle n'avait bu pareil breuvage. Il était divin.

10

LA VIE D'UN PIRATE

— Tu peux prendre cette couchette, dit Bartho-lomée à Connor.

Elle était rudimentaire, pour dire le moins. Un simple cadre en bois avec un fin matelas et un minuscule espace en dessous où ranger ses affaires. Non que Connor en eût beaucoup. Lui et Grace s'étaient enfuis de Baie-du-Croissant-de-Lune avec un seul bagage chacun. Que la tempête leur avait volé. Il ne possédait plus que les vêtements en lambeaux qu'il avait sur le dos.

— Tu ne vas pas dormir avec ces fripes toutes

mouillées, mon vieux. Tiens, prends cette chemise et ce pantalon, ça devrait t'aller.

— Merci.

Connor attrapa à la volée les vêtements que Bartholomée lui lançait. Il ôta les siens, les mit à sécher sur des chevrons, puis enfila sa nouvelle tenue. Bartholomée faisait quelques centimètres de plus que lui et il dut retrousser le bas du pantalon ainsi que les poignets de la chemise. Mais peu lui importait. Il était soulagé d'être enfin au sec.

Connor s'assit sur sa nouvelle couchette et les ressorts du matelas se mirent à couiner. Ce dernier était visiblement vieux et usé.

— Tu finiras par t'y habituer, lui dit Bartholomée. On travaille dur sur ce bateau. Alors ce n'est pas un matelas grinçant qui t'empêchera de piquer un bon roupillon.

— Attends un peu... est-ce que c'est ta couchette ?

— Une de perdue, dix de retrouvées, fit Bartholomée en haussant les épaules.

Connor fut touché par la gentillesse du jeune homme. Il n'était qu'un étranger pour lui et, pourtant, il lui donnait son lit.

— Non, je ne peux pas, se reprit Connor.

D'abord tes vêtements, maintenant ta couchette. Et toi, où vas-tu dormir ?

— Ne t'inquiète pas pour moi. Je peux dormir n'importe où.

Sur ce, Bartholomée jeta à terre quelques sacs de jute dans un coin de sol encore libre. Puis il prit son ballot et le tapota pour le faire bouffer comme s'il s'était agi d'un bel oreiller. Il déboutonna sa chemise et la suspendit à un chevron. Ainsi, avec pour seul vêtement sur le torse un vieux débardeur maculé de taches de transpiration et de crasse, il s'allongea et s'étira comme s'il s'installait sur le plus douillet et le plus confortable de tous les lits du monde. Puis il tira de derrière son oreille une cigarette roulée, l'alluma et inspira lentement la fumée.

Connor fit la grimace.

— Oh, désolé Connor, lui dit Bartholomée. Tu en veux une aussi ? Je crois que j'ai assez de tabac pour en rouler une autre.

Ce n'était pas du tout ce que Connor attendait. Au contraire, il avait horreur de la fumée. Mais comment aurait-il pu se plaindre alors que Bartholomée était si généreux ?

— C'est sympa, Bartholomée. Mais je ne fume pas. Merci quand même.

— Tu peux m'appeler Bart, mon vieux. Bartholomée, c'est trop long et trop compliqué à prononcer.

Connor hocha la tête, passa un moment à regarder son nouvel ami souffler des cercles de fumée dans le halo de lumière de la bougie, puis décida de s'allonger. Ah ça, on ne pouvait pas dire que le matelas était silencieux ! Il couinait comme un animal qu'on étrangle. De plus, tandis que Connor se tortillait pour trouver la meilleure position possible, un ressort cassé vint s'enfoncer dans son dos. Sans se plaindre, Connor se redressa, se déplaça un peu, puis s'allongea et s'étira une nouvelle fois.

— C'est un peu rudimentaire, fit Bart en soufflant une énième spirale de fumée. Ici, tout le monde doit mettre la main à la pâte. Le capitaine est du genre vieille école, d'humeur pas toujours régulière, mais il nous traite comme si on faisait partie de sa famille. C'est un homme bien.

Connor se souleva sur ses coudes et, se penchant vers Bart, lui dit à voix basse :

— Et Cheng Li ? Le capitaine et elle n'ont pas l'air de beaucoup s'apprécier.

— C'est le moins qu'on puisse dire, répondit Bart en souriant. En gros, Cheng Li est une épine dans le pied du capitaine ; quant à lui, eh bien, ce serait plutôt un énorme poignard couvert de sang dans ses côtes à elle, s'esclaffa Bart. Comme je te le disais, le capitaine Rage, il est du genre vieille école. Mais je suppose que tu ne sais pas grand-chose du monde des pirates, pas vrai ?

Connor confirma d'un hochement de tête.

— Ce n'est pas grave. Peu de terriens nous connaissent ou nous comprennent. Vois-tu, dans notre monde, Molucco Rage, c'est une sorte de légende. Et lui et sa famille, c'est comme une lignée de rois. Molucco a trois frères, tous capitaines. Lui, c'est l'aîné. Après vient Barbarro. Ils ne sont pas en très bons termes et, d'après ce qu'on dit, ils ne se sont pas vus depuis des années. Le plus jeune s'appelle Porfirio. Alors là, le capitaine parle souvent de lui. Il est persuadé qu'il deviendra le plus célèbre des trois.

Bart, qui venait de jeter son mégot, chercha à tâtons sa tabatière et entreprit de rouler une autre cigarette.

— Donc, comme je te le disais, les frères Rage font partie de la vieille école des pirates. Moi aussi, je suppose.

— Quel âge as-tu ? lui demanda Connor.

— À ton avis ?

— Vingt-neuf ? Trente ? suggéra Connor en haussant les épaules.

— Merci bien, vieux ! s'esclaffa Bart. J'en ai vingt-deux ! Mais je suppose que j'ai déjà bien vécu. Trente ans, tu dis ? Tu sais quoi, vieux, j'aurai de la chance si j'arrive à fêter ma trentième année. Je suis pratiquement sûr qu'un galeux de pirate m'aura transpercé le corps avec son sabre avant.

« La perspective n'a pas l'air de trop l'inquiéter », se dit Connor en regardant Bart allumer sa deuxième cigarette.

— Pour moi, reprit Bart, comme pour le capitaine Rage et tous les autres ici, la vie d'un pirate, c'est d'aller chercher soi-même ce qu'on veut, *quand* on le veut. La vie, c'est une aventure, n'est-ce pas ? Enfin, c'est ce que ça devrait être. Je ne pourrais jamais vivre à terre, enfermé dans un bureau, piégé entre quatre murs.

Connor parcourut des yeux la minuscule cabine dans laquelle ils se trouvaient.

— Ouais, je sais, on dirait une boîte, reprit Bartholomée. Mais ce n'est pas ici que je vis. Je vis là-haut, dehors. Mon bureau, c'est l'océan, oui, mon cher. Les îles et les récifs sont les seuls murs qui me limitent. Peut-être que je travaille plus que les autres, Peut-être que je travaille plus que celui qui est dans un bureau, tout ça pour me nourrir, mais je suis un homme libre. Eux n'ont pas la moindre idée de ce qu'être libre veut dire. Et tu sais quoi ?

Bart se tourna vers Connor, des flammes dans les yeux :

— Quand cette épée me passera dans le corps, je serai prêt, mon vieux. Parce qu'en vingt-deux ans, j'aurai vécu plus de choses que la plupart de ces gars-là en une vie entière.

Connor était subjugué par la force du discours de Bartholomée. Son propre cœur battait la chamade. Il ne pouvait pas encore dire pourquoi. Était-ce de la peur ? Peur de la mort ? D'une certaine façon, après tout ce qu'il venait de lui arriver, la mort avait perdu de son mystère. La mort avait pris son père et, très probablement sa sœur, ou du moins s'apprêtait-elle à la prendre. En somme, du jour au lendemain, la Mort était devenue un intrus qui ne voulait pas laisser Connor Tempête tranquille. Connor se demanda alors si, plus que de la peur, ce n'était pas de la colère ou du ressentiment qu'il éprouvait envers elle. Il ne se laisserait pas vaincre sans se battre !

— Parle-moi de Cheng Li, dit Connor pour changer de sujet. Tu dis que le capitaine Rage fait partie des pirates de la vieille école. Et elle ?

— Mme Li est on ne peut plus moderne. Elle est fraîche émoulue de l'École des pirates. Je ne plaisante pas, c'est le vrai nom de l'école. Elle en est sortie avec son diplôme en poche, et les félicitations du jury par-dessus le marché. Ce qui en fait, en gros, le pirate le plus diplômé qui ait jamais écumé les mers. Mais il faut dire qu'elle aussi a du sang de pirate dans les veines. Son père, Chang Ko Li, était l'un des plus sanguinaires de son époque. Il était célèbre, la crème de la crème. Ça ne doit pas être facile tous les jours de se montrer à la hauteur d'un tel héritage.

Bart plaça sa cigarette roulée dans la flamme de la bougie et en regarda le bout brûler.

— Bref, sur ce bateau, Mme Li n'est qu'une apprentie. Elle y effectue son stage de titularisation. Maintenant qu'elle a réussi toute la partie théorique, il faut qu'elle passe la pratique. Si tu veux mon avis, c'est de la rigolade. Elle sort tout juste de l'école et elle se retrouve second d'un capitaine. Alors que d'autres braves gars, bien plus expérimentés... enfin bon... ça ne paraît pas très juste, c'est tout. Tu vois ce que je veux dire ?

— Tu dis ça parce que c'est une femme ? lui demanda Connor. Comment les pirates réagissent-ils à ce niveau ?

— Oh, non ! Ce n'est pas ça du tout. On n'est pas sexistes, nous les pirates. Non. Regarde

110

Cathy, enfin Cathy Coutelas. Elle fait partie des meilleurs, et des plus appréciés, sur ce bateau. Quand il y a du grabuge, c'est sous ses ordres que les gars veulent se battre. Et tu peux être sûr que si elle ne sait pas répondre à une question sur les armes blanches, ce n'est pas par ignorance, c'est que la question posée était stupide.

Mâchoires grandes ouvertes, Bart bâilla longuement.

— Personnellement, je n'ai rien contre le second Li. Au contraire, elle a plutôt été droite avec moi. Pour sûr, elle râle pas mal et elle est toujours après nous, à nous surveiller. Mais le fond du fond, c'est qu'elle a peur. C'est ce que je crois, que c'est une pauvre petite fille transie de peur. Une école pour pirates ? Ppfff, ça n'a pas de sens. Rien ne peut préparer à la vie en mer. Rien du tout.

Là-dessus, Bart écrasa sa cigarette, martela son ballot pour lui redonner forme, et ferma les yeux.

— Bonne nuit, vieux frère. Et prends garde à ces coquins de ressorts. Ils peuvent blesser leur homme là où on se le souhaiterait le moins, lança-t-il en pouffant de rire.

Puis il se tourna et, en moins de temps qu'il n'en faut pour le dire, il s'endormit.

Connor, lui, resta éveillé. Outre les ronflements puissants de son nouveau compagnon de chambrée, il était si fatigué que ses nerfs avaient pris le dessus. Sans compter que la masse d'informations qu'il venait d'entendre lui donnait le tournis. C'était comme un rêve – ou un cauchemar. Dont il aurait bien aimé se réveiller.

Son regard fit le tour de la cabine. Elle était bien réelle. Il était bien sur un bateau de pirates et, lorsqu'il se lèverait le lendemain matin, il y serait encore. C'est là que sa nouvelle vie commencerait.

Et Grace. Où était-elle ? Avait-elle réellement été repêchée ou bien l'avait-il juste imaginé ?

Il ne pouvait se raccrocher à rien d'autre qu'au souvenir de cet étrange navire et à la curieuse impression de calme qui l'avait envahi en regardant sa figure de proue.

Il ferma les yeux et, aussitôt, sa sœur endormie lui apparut à l'esprit. L'image le réconforta. Elle était là, dans la cabine du bateau qui lui avait porté secours, bien au chaud sous des couvertures. À l'inverse de Connor et de sa couchette exiguë et rudimentaire, Grace dormait dans un vrai lit, grand et douillet.

Connor se demanda un instant d'où cette vision avait surgi. Il n'en savait rien, et en fait ne se souciait guère de la réponse. Quelle qu'en fût l'origine, elle venait de lui offrir ce dont il avait le plus besoin : un canot de survie dans lequel son âme fiévreuse s'apaisât tandis qu'il dérivait doucement sur les doux flots du sommeil.

11

UN DANGER PAS COMME LES AUTRES

Grace fut réveillée par le bruit de la porte. « Combien de temps ai-je dormi ? » se demanda-t-elle tandis que Lorcan Furey entrait dans la cabine et refermait derrière lui. Elle n'était pas très satisfaite de le voir surgir ainsi sans prévenir.

— Je suis désolé, lui dit-il comme s'il lisait dans ses pensées. Je ne voulais pas frapper trop fort, pour ne pas attirer l'attention.

La colère de Grace céda alors la place à l'embarras d'être surprise à demi endormie dans une chemise de nuit pour le moins légère. Promptement, elle remonta les draps sur elle, puis s'assit.

— La soupe vous a plu ? lui demanda Lorcan.

Grace jeta un coup d'œil vers le bol. Elle avait eu si faim et le breuvage était si divin qu'elle n'en avait pas laissé une goutte. Un événement pour quelqu'un qui n'aimait pas trop la soupe.

— Elle était délicieuse, répondit-elle à Lorcan. Mais comment avez-vous pu me l'apporter sans que je m'en rende compte ?

— J'ai fait avec les moyens du bord, fit Lorcan d'un ton jovial. Avec les moyens du bord ! Je me suis dit que vous auriez besoin de vous réchauffer après votre petit séjour dans l'eau glacée.

Ses yeux bleus pétillaient. Il semblait plus détendu – sa peau, ridée par l'anxiété la première fois qu'elle l'avait vu, était lisse désormais.

Il était moins pâle aussi. « C'est peut-être la lueur de la bougie », songea Grace en le regardant aller et venir dans la cabine. Mais non, il avait l'air définitivement plus vivant. Ce fameux Festin avait dû lui faire du bien.

— Quelle heure est-il ? lui demanda-t-elle. J'ai un peu perdu la notion du temps et je n'arrive pas à retrouver ma montre.

116

— La nuit est noire, lui répondit-il. C'est l'heure la plus sombre...

On aurait dit qu'il s'apprêtait à déclamer un poème.

— Et vous n'êtes pas fatigué ? l'interrompit-elle. Vous avez eu une longue journée.

— Pas le moins du monde, fit Lorcan avec un large sourire. J'ai bien dormi et je vais pouvoir recommencer dès que le soleil se lèvera.

Ah, maintenant, elle comprenait ! Il devait prendre son quart le soir. C'était certainement pour cette raison qu'elle l'avait entendu dire plus tôt qu'il ne sortait pas avant qu'il fasse noir. Quoi de plus logique ? « Par contre, ils sont drôlement silencieux », pensa Grace aussitôt. Il n'y avait pas un seul bruit sur le pont. À moins que le gros du travail ne se fît durant la journée. C'était fort probable.

— Qu'est-ce que c'est que ça ? s'exclama soudain Lorcan, interrompant Grace dans ses pensées.

Il était penché sur le pupitre.

— Quoi ?

Il se tourna vers elle, tout en tapotant du doigt le carnet taché de sang qu'il avait pris. Il s'approcha du lit.

— C'est vous qui avez fait ça ?

— Oui, répondit-elle, confuse. Je me suis coupée.

— Ma pauvre ! Montrez-moi !

— Ce n'est rien, ne vous inquiétez pas. J'ai voulu prendre un stylo, il m'a glissé des mains et la plume m'a piquée, c'est tout.

— Montrez-moi, insista-t-il en s'asseyant devant elle.

Ne sachant plus comment refuser, elle sortit son bras de sous ses draps. Délicatement, Lorcan lui prit le poignet et tourna la paume de sa main vers lui pour examiner la petite plaie. Son toucher réconforta et embarrassa Grace tout à la fois. Puis elle eut la chair de poule. Comme les mains de Lorcan étaient froides !

— Vous avez beaucoup saigné ? s'enquit-il avec une grande douceur.

— Non, lui répondit-elle tout en retirant sa main des siennes. Juste un peu. Je vous prie de m'excuser d'avoir taché le carnet. J'ai essayé de le nettoyer, mais je n'y suis pas parvenue.

— Ne vous faites pas de souci, Grace, lui répliqua-t-il en secouant la tête. Ne vous faites aucun souci.

Se sentant toujours aussi mal à l'aise d'être devant lui en chemise de nuit, Grace lui demanda alors :

— Savez-vous où se trouvent mes affaires ? Je n'ai pas réussi à les retrouver.

— Bien sûr que je le sais, elles sont juste là.

D'un bond, il se leva et alla prendre la pile de vêtements sur la chaise, devant le pupitre. Ils étaient bien pliés et avaient l'air tout propres. Pourtant elle était certaine – enfin, aussi certaine qu'elle pouvait l'être depuis quelque temps – qu'ils n'y étaient pas quand elle avait inspecté la pièce. Mais elle devait se tromper.

— Oh, regardez, votre montre est là aussi !

Lorcan posa les vêtements sur le lit et souleva la montre, dont la chaîne se balança un instant au bout de ses doigts, jusqu'à ce qu'il la laisse tomber. Grace la rattrapa et s'empressa de regarder l'heure. Sept heures et demie. Étrange. Lorcan ne lui avait-il pas dit que c'était le milieu de la nuit ?

Elle porta la montre à son oreille. Elle était arrêtée.

— Elle ne marche plus ! s'exclama-t-elle.

— L'eau de mer se sera infiltrée dans son mécanisme.

Grace hocha la tête, avant de se souvenir que c'était une montre étanche, qui plus est, faite pour supporter de grandes profondeurs. Comme c'était curieux !

— Certains seraient heureux de pouvoir se passer du tic-tac incessant de leur montre, reprit Lorcan.

« Papa disait la même chose », pensa Grace. Il n'en avait jamais porté ; il préférait se repérer au soleil et à la lune, et laisser le va-et-vient de la lumière et des marées guider ses journées. Peut-être l'équipage de ce bateau fonctionnait-il de la même façon : un groupe pour la nuit, un groupe pour le jour.

Lorcan lui sourit, puis parcourut la cabine du regard. Lorsque ses yeux tombèrent sur la note épinglée au rideau, il fronça les sourcils.

— Je vous prie de m'excuser pour ce mot un peu théâtral, lui dit-il. Mais il vaut mieux que personne d'autre n'ait vent de votre présence ici, c'est tout. Pas encore.

— Et pourquoi ? lui demanda Grace.

Il hésita avant de répondre et, ce faisant, son humeur changea et son front se plissa.

— Ordre du capitaine, Grace. Il pense que c'est plus sûr.

— Plus sûr ? Est-ce que je suis en danger ?

— En danger ? Non, bien sûr que non.

— Lorcan, je ne comprends rien à ce que vous me dites. S'il est plus sûr que je reste cachée, c'est que je dois être en danger d'une façon ou d'une autre.

Lorcan resta muet, l'air à présent renfrogné.

— Si j'étais réellement en danger, vous ne me le cacheriez pas, n'est-ce pas ?

— Non, bien sûr, Grace.

Il semblait inquiet. La discussion était venue à bout de son humeur joviale.

— Que se passe-t-il ? insista Grace.

Lorcan ferma les yeux un instant. Grace ne put s'empêcher de remarquer la longueur de ses cils noirs, qui projetaient de fines ombres sur ses joues.

— Ce bateau n'est pas un bateau ordinaire, Grace, finit-il par dire en rouvrant les yeux. Nous avons de drôles d'habitudes. Je ne suis pas sûr que vous vous plaisiez ici.

Que voulait-il dire ?

— Pourquoi ? bredouilla-t-elle. Pourquoi est-ce que je ne me plairais pas parmi vous ?

Il secoua la tête, comme pour repousser de sombres pensées.

— Je voudrais pouvoir vous en dire davantage, mais le capitaine ne le souhaite pas.

— Pourquoi ?

— Il ne veut pas vous effrayer. Oh... quel maladroit je fais !

— Ça, vous pouvez le dire, parce que maintenant, vous me faites vraiment peur.

— Ce n'est pas mon intention. Croyez-moi, Grace, c'est la dernière des choses que je souhaite faire.

— Alors arrêtez de jouer aux devinettes ! s'exclama-t-elle, exaspérée, avant de se dire qu'elle était peut-être allée trop loin.

— Des devinettes ? répéta-t-il. Je comprends votre réaction, mais il n'y a rien de bien mystérieux à ce que je vous dis.

Elle soupira. Chacune de ses réponses semblait destinée à provoquer plus de questions.

— Je suis sûre que vous voulez des nouvelles de votre frère, dit-il alors.

Grace fut surprise par ce brusque revirement de situation. Elle voulait lui poser cette question depuis qu'il était entré, mais elle attendait le moment opportun. Elle avait compris qu'il était essentiel pour elle de gagner d'abord sa confiance.

— Vous avez des nouvelles de mon frère ? fit-elle d'une voix aussi neutre que possible pour dissimuler son angoisse et son impatience.

— Selon le capitaine, il est sain et sauf.

— Ah bon ? Et comment le sait-il ? Connor est-il à bord de ce bateau ?

— Je ne peux pas vous en dire davantage.

— Vous le devez, Lorcan. Vous m'avez demandé d'être patiente et je l'ai été. Vous avez tout fait pour ne pas répondre clairement à mes questions concernant ce bateau et la raison pour laquelle je dois rester enfermée comme un animal. Je n'ai pas insisté. Mais quand il s'agit de mon frère, je veux tout savoir. C'est extrêmement important pour moi.

En colère, elle planta son regard dans le bleu des yeux de Lorcan, mais ces derniers étaient si profonds qu'elle en eut le vertige.

— Tout ce que je peux vous dire, c'est que vous devez faire confiance au capitaine, lui répondit Lorcan. Il affirme que votre frère va bien et vous devez le croire.

— Mais comment ? Comment puis-je le croire ? Comment le sait-il ?

— Le capitaine sait beaucoup de choses, plus de choses que je ne pourrais en retenir même si je vivais mille ans.

Grace ne comprenait toujours pas le sens de ses mots, mais elle voyait bien qu'elle n'obtiendrait pas d'autre réponse que celle-là... pour l'instant. Il lui faudrait attendre. Continuer à gagner sa confiance. Ensuite, il lui en dirait plus. Elle avait déjà remarqué que Lorcan laissait souvent échapper des informations qu'il ne souhaitait pas donner. Bientôt, il lui parlerait de ce fameux capitaine dont elle ne connaissait pour l'heure que le murmure désincarné.

Soudain, des voix s'élevèrent à l'extérieur.

— Reviens ici !

— Non, vous en avez eu assez.

— Assez ? C'est moi qui décide quand j'en ai eu assez ou pas !

Les sourcils froncés, Lorcan se précipita vers le rideau. Mais la conversation avait cessé, jusqu'à ce que...

— Non ! Laissez-moi partir !

— N'essaie pas de me résister. Tu sais bien que tu ne peux pas gagner.

À ce point de la conversation, Lorcan tourna les talons et traversa la cabine en courant.

— Je reviens tout de suite ! cria-t-il à Grace.

Sur ce, il ouvrit la porte en grand et disparut. La porte se referma doucement derrière lui. Grace attendit le bruit de la clé dans la serrure, mais visiblement, Lorcan était si pressé qu'il avait oublié de l'enfermer. Le cœur de Grace se mit à battre la chamade. La chance jouait en sa faveur.

Sautant à bas du lit, elle ôta sa chemise de nuit et enfila ses vieilles affaires. Elle nouait ses lacets lorsqu'elle entendit une voix familière derrière le hublot :

— Laissez-le tranquille, Sidorio, il est trop faible.

C'était Lorcan.

— Et alors ? J'ai faim, moi.

— Vous avez déjà soupé. Vous avez déjà eu votre part.

— Ce n'était pas assez !

— Vous savez bien que si. Le capitaine dit que...

— Peut-être en ai-je assez que le capitaine nous *dise* quoi faire. Peut-être ai-je envie de décider de faire ce qu'il me plaît.

Bien qu'elle ne soit pas sûre de comprendre le sujet de la discussion, Grace en avait entendu assez pour s'alarmer. Cette fois, elle ne se contenterait pas d'écouter. Faisant le tour de la cabine comme une fusée, elle y éteignit toutes les bougies. Lorsque la dernière flamme s'évanouit, elle se trouva plongée dans un noir complet. Il lui fallut un moment pour s'orienter dans l'obscurité. Puis, lentement, elle s'approcha du rideau, et le souleva.

Lorcan était aux prises avec quelqu'un – probablement Sidorio.

— Retourne dans ta cabine ! s'écria-t-il sou-

dain tout en retenant au mieux le fameux lieutenant.

Aussitôt, une troisième silhouette passa en
titubant juste devant le hublot. Un vieil homme.
Au visage pâle et déformé par la peur. Aux yeux
creux.

Cependant, dans la bagarre, les deux hommes
avaient tourné et le visage de Sidorio apparut à
Grace. Jamais elle n'avait vu scène plus horrible.
Ses traits étaient révulsés, ses yeux, tels des
foyers ardents, sa bouche, ruisselante de sang.
On aurait dit un chien sauvage enragé plus qu'un
être humain.

Sidorio l'avait vue aussi et s'était figé. Intrigué,
Lorcan se retourna. L'espace d'un instant, les
deux hommes la dévisagèrent. Jusqu'à ce que les
mains laissent retomber le rideau. Pourtant,
Grace n'avait pas l'impression de l'avoir lâché.
Quoi qu'il en soit, le hublot lui était de nouveau
condamné. Malgré sa peur, elle essaya de relever
le tissu, mais celui-ci était devenu lourd comme
du plomb. Peut-être ses forces s'amenuisaient-
elles – à moins qu'elle ne fût soumise à quelque
magie noire ?

Elle en était là de ses réflexions lorsque, l'une
après l'autre, les bougies qu'elle avait éteintes se
rallumèrent. Comment était-ce possible ? Médu-

sée, Grace regarda la pièce s'emplir de lumière. Elle se précipita alors vers la porte de la cabine, mais au moment où elle posait la main sur la poignée, elle entendit la clé tourner dans la serrure. Elle tenta d'ouvrir malgré tout. Trop tard. On l'avait de nouveau enfermée. Mais qui ? Il était impossible que ce soit Lorcan. Il n'aurait jamais pu se déplacer aussi vite.

Vaincue, elle se détourna de la porte et, ce faisant, remarqua sur sa table de nuit une tasse. Une volute de vapeur s'en élevait, comme pour souligner que le breuvage venait de lui être apporté de façon aussi subite et mystérieuse que le bol de soupe.

Emplie de crainte et de stupeur, elle s'en approcha. Une forte odeur de chocolat chaud mêlée d'orange et de noix de muscade lui tourna la tête, éveillant en elle une faim irrésistible – une faim dont elle n'avait même pas eu conscience quelques minutes plus tôt.

Décidément, plus le temps passait, moins elle comprenait ce qui lui arrivait.

— Buvez votre chocolat tant qu'il est chaud, entendit-elle dans sa tête. Buvez.

Elle avait déjà entendu cette voix, ce murmure plus précisément. C'était celui du capitaine.

12

UNE MORT DOUCE ?

Le petit déjeuner à bord du bateau pirate se déroulait dans un chaos organisé. Quand Bart et Connor arrivèrent dans le carré, celui-ci grouillait déjà de monde.

— Dépêche-toi, vieux, va nous garder des places avant qu'elles s'envolent.

Tant bien que mal, Connor se fraya un chemin à travers la cohue et se jeta sur un banc de bois où il réserva aussitôt de la main l'espace à côté de lui. Les hommes assis en face levèrent les yeux de leurs assiettes.

— J'te connais pas, dit l'un d'eux, découvrant des gencives désertiques uniquement ponctuées de quelques racines de dents pourries et marron et de restes de nourriture sporadiques.

— Ça doit êt' le gosse qui a pris l'bouillon et qu'm'dame Li a r'pêché, dit son voisin en se penchant vers Connor pour mieux l'examiner.

Connor acquiesça d'un signe de tête en retenant son souffle pour ne pas sentir l'haleine fétide qui s'exhalait de la bouche de l'homme.

— Mon bateau a fait naufrage. Cheng Li m'a sauvé la vie, finit-il par expliquer.

— Ah bon ? fit le premier marin. Et maintenant ? Tu veux d'venir pirate ? demanda-t-il à Connor tout en malaxant son morceau de pain entre ses gencives édentées.

— Peut-être, lui répondit Connor.

— Tu crois que t'as c'qui faut pour ça, gamin ? lui demanda l'autre, les sourcils arqués et le regard inquisiteur. Faut des tripes pour êt' pirate.

— Ouais, beaucoup d'tripes, reprit son voisin. Et Boule Puante, y sait d'quoi y parle. Ouais, y sait tout sur les tripes !

Sur ce, il décocha un grand coup de coude dans le ventre plein de graisse de son compagnon et, partant d'un éclat de rire fracassant, projeta une pluie de miettes de pain à demi mâchées sur le pauvre Connor. Quant au fameux Boule Puante, bouche fermée et gloussant par le nez, il fit retentir trois énormes pets l'un à la suite de l'autre.

Par bonheur, Bart arriva au même instant. Il se glissa sur le banc à côté de Connor et planta sur la table deux assiettes pleines à craquer.

— Je vois que t'as déjà fait connaissance avec Jack l'Édenté et Boule Puante, lança-t-il à Connor, avant d'ajouter tout bas : Y a pas pire vermine qu'eux comme pirates...

Tâchant de dissimuler son envie de sourire, Connor baissa les yeux vers le monceau de nourriture empilé devant lui. Il n'était pas sûr de son contenu, mais le tout sentait assez bon et, de toute façon, il mourait de faim. Il planta d'abord sa fourchette dans des œufs, puis s'attaqua à une sorte de bouillie, bourrative à souhait, qui ressemblait vaguement à du porridge et qu'il engloutit d'un seul trait. Il avisa ensuite un morceau calciné, difficile à identifier ; en tout cas, que ce fût du bacon ou du poisson séché, c'était bon. Et pour finir, Connor eut le plaisir de savourer une tranche de pastèque. En moins de temps qu'il ne faut pour le dire, son assiette était vide.

131

— Ben mon vieux, t'avais faim ! s'étonna Bart.

— Miam, fit Connor en se léchant les babines. Je peux en reprendre ?

— Tu rêves, l'orphelin, lui répondit Bart. Pourquoi crois-tu que j'ai rempli les assiettes comme ça dès le départ ? Ici, quand il y a à manger, faut foncer et en prendre autant qu'on peut. La coquerie est plutôt bien approvisionnée en ce moment, mais c'est pas toujours le cas... Puisque t'as été si rapide, pourquoi tu vas pas nous chercher une tasse de thé ? Avec du lait pour moi, sans sucre, merci.

Sur ce, Bart poussa Connor en lui indiquant du menton la direction à prendre. De nouveau, Connor dut se battre pour se faufiler dans la cohue braillarde et désordonnée des pirates entassés. C'était un groupe disparate – il y avait des jeunes, des vieux, des gros, des maigres, des petits, des grands, et de toutes les nationalités imaginables. En outre, les femmes étaient aussi nombreuses que les hommes... et tout aussi bruyantes et indisciplinées.

Connor finit par apercevoir la porte d'écoutille qui menait à la coquerie. Il s'y engouffra et se plaça dans la queue. Bientôt, un adolescent au visage rond, rouge comme une betterave et généreusement parsemé de boutons, lui cria :

— Ouais ?

— Deux thés... s'il vous plaît.

À peine avait-il prononcé ces mots que Connor se retrouva avec deux grandes tasses en émail dans les mains.

— Bouge tes fesses, petit, tonna aussitôt le pirate derrière lui au risque de lui percer les tympans.

Tout en essayant de ne pas renverser le thé brûlant, Connor s'empressa de libérer la place. Maintenant que la plupart des pirates avaient fini de manger, ils se décontractaient. Certains faisaient des bras de fer au milieu des assiettes vides, tandis que d'autres roulaient leur première cigarette de la journée ou démarraient une partie de cartes avant d'aller s'attaquer à leurs corvées.

En chemin, Connor rencontra Jack l'Édenté et Boule Puante qui se dirigeaient vers la sortie.

— Amuse-toi bien, Cap'taine Courage ! lui lança Jack.

Connor accéléra le pas en se renfrognant, tandis que Boule Puante se soulageait encore une fois bruyamment en passant tout près de lui.

Connor était diablement content de partager sa cabine avec Bart.

Il était presque arrivé devant leur table lorsqu'il sentit une main sur son épaule. Se retournant vivement, il se trouva nez à nez avec Cheng Li.

Son cœur se mit à battre. C'était la dernière personne qu'il avait envie de voir.

— Je dois te parler, lui dit-elle. Allons dehors.

Connor jeta un coup d'œil vers Bart, qui se leva et s'avança vers eux.

— Je veux lui parler seul à seul, lança Cheng Li. Pose tes tasses, ajouta-t-elle à l'intention de Connor.

C'était un matin ensoleillé, mais le vent soufflait en rafales sur le pont et allait s'engouffrer dans les voiles qui se gonflaient et claquaient dans un bruit assourdissant. Certains pirates étaient déjà au travail, affairés à réparer la voilure, à nettoyer les canons ou à grimper dans la mâture pour y prendre leur quart. S'éloignant de toute cette effervescence, Cheng Li conduisit Connor sur l'avant-pont. L'endroit était abrité, plus calme, et ils y étaient seuls.

— Je voulais m'excuser, lui dit-elle sans préambule.

Connor en croyait à peine ses oreilles. Il avait tout envisagé, sauf cette phrase-là.

— Ta journée a été un véritable cauchemar hier, petit, et je ne me suis pas beaucoup préoccupée de ce que tu ressentais.

— Merci, lui répondit Connor, à court de mots, tout en s'efforçant de décrypter l'expression étrange de Cheng Li.

Il lui fallut un moment avant de comprendre qu'elle essayait de lui sourire. Visiblement, les muscles de son visage y étaient si peu habitués qu'ils souffraient le martyre. À un point tel que Cheng Li finit par abandonner.

— Bon. Et comment tu te sens aujourd'hui ?

— Bien, lui répondit Connor.

En réalité, il se sentait mieux que bien. Le repas et la nuit de sommeil l'avaient remis sur pied et le curieux sentiment de sérénité qui s'était installé en lui la veille ne l'avait toujours pas quitté.

— Alors comme ça, même les ronflements de Bartholomée ne t'ont pas empêché de dormir ? reprit Cheng Li, le visage toujours crispé, mais les yeux pétillant un peu.

— Non. Enfin, pas tout à fait... ! répondit Connor en souriant pour sa part sans difficulté.

— Bien... Bien... reprit Cheng Li, de nouveau

sérieuse. Donc, aujourd'hui, tu commences ta nouvelle vie de pirate.

Connor acquiesça d'un signe de tête circonspect.

— Tu sais ce que ça veut dire ?

— Pas vraiment, lui répondit-il tout en se tournant pour embrasser du regard l'ensemble du bateau.

D'autres pirates étaient sortis du poste d'équipage et s'étaient mis aussi à travailler. Apparemment, les corvées étaient nombreuses sur un bâtiment comme celui-ci et chacun savait exactement ce qu'il avait à faire.

— Peu importe, tu arrives au bon moment pour commencer, reprit Cheng Li. Tu as... besoin de changement. Et puis le monde des pirates évolue, Connor. Chaque jour, notre influence grandit. Si tu travailles dur, et que tu apprennes vite, tu pourras te bâtir une belle vie. Et, si tu veux, je peux t'apprendre beaucoup de choses.

Connor se souvint alors de ce que Bart lui avait dit sur Cheng Li, sur le fait qu'elle sortait juste de l'École des pirates, entre autres. Il ne faisait aucun doute qu'elle était ambitieuse, et dévouée à la cause. Il était flatté qu'elle voie en lui un potentiel et se culpabilisait un peu de son manque d'intérêt pour ce qu'elle lui proposait.

Toutefois, il n'aurait servi à rien de l'avouer, que ce soit à elle, au capitaine Rage, à Bart ou à qui que ce soit. Son seul et unique but était de retrouver Grace – de retrouver le navire dont tous ces pirates niaient l'existence, mais que lui, Connor, avait vu de ses propres yeux aussi clairement qu'il voyait le second Li devant lui.

— Et puis, je voulais te dire aussi que j'ai réfléchi, poursuivit Cheng Li. La nuit dernière, j'ai repensé à ce que tu nous as raconté.

De nouveau, Connor eut de la peine à en croire ses oreilles.

— Oui, j'ai repensé à ta chanson de marins et au bateau que tu dis avoir vu avant que je te trouve.

— Alors vous... vous me croyez ?

— Je n'ai jamais mis en doute ta sincérité. Ce qui me laisse perplexe, c'est la possibilité qu'un tel navire existe.

— Pourtant, c'est possible. Il existe vraiment.

— Tu n'as aucune preuve, Connor, lui dit Cheng Li.

— Et la chanson...

— Ce n'est pas une preuve. Ce n'est pas un chant qui va t'aider à retrouver ta sœur.

Encouragé par les propos inattendus de Cheng Li, Connor souffla alors :

— La nuit dernière, juste avant de m'endormir, j'ai vu Grace. Elle dormait paisiblement dans la cabine d'un vaisseau.

Il sourit au souvenir de cette image. Une image si vraie qu'il avait eu l'impression de presque pouvoir toucher les oreillers douillets sur lesquels la tête de sa sœur reposait.

— Excellent, fit Cheng Li. Maintenant, nous avons comme preuves une vision, un rêve et une vieille chanson. Bravo, petit, tes informations me sont à peu près aussi utiles qu'un coutelas en papier. Ce dont j'ai besoin, c'est de faits, et toi, tu ne me donnes que des impressions.

Connor se renfrogna. Le croyait-elle ou ne le croyait-elle pas ?

— Je vous dis ce que je peux dire, lui rétorqua-t-il.

— À ce moment-là, il vaut mieux laisser tomber. Ça ne sert à rien. Sans compter que le capitaine serait fou de rage s'il apprenait que j'ai ce genre de conversations avec toi...

— Je ne lui dirai pas, la rassura Connor, désespéré à l'idée de perdre la confiance de Cheng Li, aussi fragile soit-elle.

L'air pensif, Cheng Li laissa son regard vagabonder sur l'horizon, puis reprit :

— Est-il vraiment possible qu'un tel bateau existe ?

Connor sourit. Bien sûr que c'était possible. Il le savait. Il le sentait dans ses veines. Le bateau des Vampirates était là, quelque part, avec Grace à son bord. Et désormais, malgré ses emportements, il sentait que Cheng Li le croyait – *voulait* le croire. Il avait un allié.

— Par contre, petit, reprit-elle, il y a un élément de taille qu'on a omis de prendre en compte.

Connor la regarda d'un air interrogateur.

— Supposons, juste un instant, que ce bateau existe, poursuivit-elle. Et supposons que ta sœur soit effectivement à son bord...

— Oui... l'interrompit Connor, impatient.

— Ce n'est pas simple à dire, petit. Mais, si c'est un navire rempli de démons, enfin de *Vampirates*, as-tu pensé à ce qu'ils pourraient vouloir faire de ta sœur ?

Elle aurait tout aussi bien pu lui percer le cœur avec un silex de glace. Connor sentit le tranchant de ses mots le traverser de part en part, mais il ne pouvait en sous-estimer le bien-fondé. Quel naïf il faisait ! Il était là, à s'accrocher désespérément à l'espoir que des Vampirates avaient sauvé sa sœur, alors que, même si elle se trouvait à bord de leur vaisseau, elle y était encore moins en sécurité que dans l'eau. Et même si elle était encore en vie, là, au moment précis où il pensait à elle par ce matin ensoleillé, combien de temps le resterait-elle ? Cheng Li lui avait dit que mourir noyé était une mort douce. Il paraissait peu probable que mourir aux mains de Vampirates soit aussi paisible.

13

LE MIROIR BRISÉ

— Depuis combien de temps suis-je ici ?
demanda Grace à Lorcan qui entrait dans sa
cabine, un plateau à la main.

— Bonjour... ! lui fit-il gaiement en guise de
réponse.

— Depuis combien de temps suis-je ici ?
Depuis combien de jours ?

— Voyons voir, reprit-il plus sérieusement en
allant poser le plateau sur le bureau. Je me
demande si cela ne fait pas... trois jours et trois
nuits. Non, non, je me trompe. Quatre.

Quatre jours et quatre nuits. Grace frissonna. Elle ne serait jamais arrivée à ce résultat. Depuis qu'elle se trouvait à bord de ce bateau, elle avait perdu la notion du temps. Bien sûr, rien ne l'aidait non plus à la retrouver. Sa montre était en panne et il n'y avait pas de pendule dans la cabine. Elle était enfermée, le rideau tiré, et ne voyait donc pas, ou que peu, la lumière du jour. En outre, son état de fatigue constant ne faisait qu'ajouter à sa confusion.

— Je vous ai apporté du porridge bien chaud, lui dit Lorcan. Vous devez être affamée.

Elle mourait de faim, en effet, mais elle avait aussi des questions à poser, et elle avait remarqué que Lorcan était devenu par trop habile quand il s'agissait de les éluder. Sa force de persuasion était telle qu'elle finissait toujours par manger ce qu'il lui apportait. Ensuite, gagnée par la fatigue, elle oubliait peu à peu ses questions. Ses yeux se fermaient malgré elle et elle s'endormait. Lorsqu'elle se réveillait, Lorcan était parti sans avoir eu à lui répondre...

Non, cette fois, ça ne se passerait pas comme ça :

— Lorcan, où est mon frère ? demanda-t-elle abruptement.

— Je ne suis pas en mesure de vous répondre, Grace. Sinon, je l'aurais déjà fait.

— Quatre jours ont passé. Maintenant, je veux voir Connor. Je veux qu'on me dise où il se trouve. Je veux qu'on me dise qu'il va bien.

Épuisée, frustrée, effrayée, elle était au bord des larmes.

— Je suis désolée, Grace. Vraiment. Mais je n'ai pas les réponses que vous attendez. Seul le capitaine peut vous les donner.

— Dans ce cas, je veux voir le capitaine, exigea-t-elle, retrouvant subitement sa volonté. Pourriez-vous me conduire jusqu'à lui ?

— Je dois d'abord lui en parler. Je ne peux pas vous emmener le voir sans le lui demander.

— Pourquoi pas ?

— Je vais lui parler, Grace.

— Aujourd'hui ? Ce soir ?

Étourdie par le flot de ses propres questions, Grace se prit la tête entre les mains :

— Est-ce qu'il fait jour ? Ou bien nuit ? Je ne sais plus...

— Il fait nuit, Grace, lui répondit Lorcan en écartant un à un ses doigts tremblants de son visage et en les serrant fort dans ses mains un instant. Ne vous inquiétez pas, je vais parler au capitaine, dès cette nuit, ajouta-t-il d'une voix douce.

En attendant, mangez pendant que c'est encore chaud.

— De toute façon, ça restera chaud. Comme toujours. Tout comme ces bougies ne s'éteignent jamais.

N'y tenant plus, Grace se leva. Ce faisant, son regard s'arrêta sur les parois en verre de l'une des lanternes.

— Je suis ici depuis quatre jours et ces bougies ont toujours été allumées, hormis lorsque je les ai moi-même soufflées, dit-elle alors, excédée. Mais elles se sont toutes rallumées, toutes seules. Vous pouvez m'expliquer pourquoi ? !

— Je vous ai dit que ce bateau n'était pas un bateau ordinaire, lui dit Lorcan en souriant.

— Mais quel type de bateau est-ce enfin ?

Lorcan, les yeux dans le vide, réfléchit un instant.

— C'est un bateau où les jeunes filles qui ne s'alimentent pas sont fatiguées et faibles, reprit-il enfin. Allons, Grace, notre cuisinière a préparé ce porridge spécialement pour vous. Elle va se vexer si vous le laissez, je vous assure.

— Vous n'avez qu'à le manger vous-même !

— Mais je n'ai pas faim.

— Oh, d'accord ! Puisque vous y tenez tant, je vais le faire moi-même.

Contournant Lorcan, Grace se dirigea vers le pupitre. Le porridge se trouvait dans un grand bol blanc. C'est vrai qu'il sentait bon. Il y avait à côté sur le plateau un petit pot de crème et une coupelle contenant des cristaux de sucre roux. Comme chaque fois, on avait enveloppé la cuillère dans une serviette en tissu blanche et amidonnée. Comme chaque fois aussi, Grace ne put résister à l'arôme qui se dégageait de ces mets qu'on lui apportait. Elle déroula la serviette, puis versa du sucre sur le porridge. Elle regarda les cristaux fondre à la chaleur des flocons d'avoine et se transformer en un sirop si bellement épais qu'il aurait été impossible d'y résister. Puis elle recouvrit le tout d'une généreuse couche de crème. Le résultat était si appétissant qu'elle y plongea sans plus tarder sa cuillère et le dévora goulûment.

— C'est bien, Grace. Vous verrez, vous allez vous sentir mieux maintenant, lui dit Lorcan, qui s'était assis sur le bord du lit.

« Le porridge est un plat énergétique. »

Grace avait vu ou lu cette phrase quelque part. Pourtant, à l'image de tout ce qu'elle avait mangé depuis qu'elle se trouvait à bord de ce bateau, le porridge la laissa, certes rassasiée, mais avant tout épuisée. Se tournant alors vers Lorcan, elle lui dit :

— Est-ce que vous me droguez ?

— Quoi ! ? s'esclaffa-t-il.

— Vous avez très bien entendu. Chaque fois que je mange ou que je bois quelque chose, je me sens fatiguée. Ensuite, je passe des heures à dormir, ou du moins c'est l'impression que j'ai. Je n'ai vraiment plus aucune notion du temps.

— Grace, vous avez failli vous noyer, il n'y a que quelques jours de cela. Quand je vous ai trouvée, votre vie ne tenait plus qu'à un fil. Il faut du temps pour qu'un corps et un esprit récupèrent. Ne vous est-il pas venu à l'idée que vous avez peut-être tout simplement besoin de dormir ?

Vu sous cet angle, sa fatigue paraissait logique. Lorcan Furey avait une capacité remarquable à apaiser ses peurs les plus noires. Il semblait à même de trouver un sens à tout ce qui la faisait douter. Cependant, lorsqu'il la quittait – lorsqu'elle se réveillait seule – son effroi lancinant la tenaillait de nouveau.

— Bien, je dois partir maintenant, dit soudain Lorcan en se levant. Je vais aller voir le capitaine, tout de suite, pour lui demander des nouvelles de votre frère. Vous avez raison. Vous avez le droit de savoir. C'est injuste.

— Et je ne peux absolument pas vous accompagner ?

— Je dois y aller seul, lui répondit-il, la main déjà sur la poignée de la porte. Mais je vous comprends. Je vous comprends vraiment, Grace. J'aurais horreur de rester enfermé dans cette cabine, même si c'est l'une des meilleures que nous ayons à bord, et l'une des rares à être aussi bien équipées, ajouta-t-il en pointant le doigt vers le coin toilette. Mais comme je m'escrime à vous le répéter, cela vaut mieux pour votre sécurité. Je ferai vite et, pendant mon absence...

— Je sais, l'interrompit-elle. Je sais. Interdiction de regarder par le hublot.

— Ce que j'allais vous dire, c'était : Essayez de ne pas trop vous inquiéter. Cela dit, puisque vous l'avez mentionné, effectivement, gardez bien le rideau fermé.

Elle acquiesça d'un signe de tête. Il lui sourit, puis se glissa par la porte entrebâillée qu'il referma à clé de l'autre côté.

Une fois seule, Grace se sentit gagnée par la fatigue. Il ne pouvait pas en être autrement : on la droguait vraiment. Et que dire de ce bâton d'encens qui diffusait constamment son parfum entêtant de vanille et de jasmin ? Elle avait soufflé dessus à plusieurs reprises, mais elle n'avait jamais réussi à l'éteindre non plus. Son odeur, qu'elle avait pourtant trouvée délicieuse au début, l'écœurait désormais.

Ah, comme elle avait sommeil !

Mais non ! Elle devait rester éveillée. Ne pas se coucher. C'était essentiel. Il lui fallait trouver une occupation en attendant le retour de Lorcan. C'est alors qu'elle avisa le matériel d'écriture sur le bureau. Une idée lui vint.

Elle prit le plateau et le posa par terre. Puis elle choisit un carnet, l'ouvrit, l'aplatit, et s'empara d'un stylo.

« Quatrième jour, écrivit-elle. Porridge. Lorcan va demander des nouvelles de Connor au capitaine. Lui ai posé la question au sujet des bougies et de la drogue dans ma nourriture... »

Elle s'arrêta et se relut. Son texte n'était pas une œuvre d'art et ne lui aurait certainement pas valu une bonne note à l'école, mais l'exercice l'aiderait peut-être à mieux se souvenir du temps qui passait.

C'est alors qu'elle entendit du bruit, dehors, sur le pont. Des bruits de pas et de voix. Elle posa le stylo, se leva, et s'approcha du rideau. En général, elle n'arrivait à suivre les conversations que lorsque les interlocuteurs se tenaient juste devant elle ou bien s'ils parlaient assez fort. Pour l'heure, le bruit qu'elle avait entendu restait indistinct. Cela signifiait que les personnes étaient loin et qu'elle pouvait prendre le risque de regarder.

Ce n'était pas la première fois qu'elle désobéissait à l'ordre de Lorcan – ni la deuxième, ni même la troisième. Elle était devenue très habile dans l'art de soulever le rideau de quelques millimètres seulement et d'obturer la lueur des bougies en collant aussitôt son visage contre le verre.

C'est exactement ce qu'elle fit cette fois encore, avant de chercher du regard, d'un côté, puis de l'autre, d'où le bruit était venu. Tout d'abord, elle eut l'impression que le pont était désert. Puis, du coin de l'œil, elle crut distinguer un groupe de personnes. Elle tendit l'oreille, mais les voix étaient décidément trop éloignées.

— Approchez, murmura-t-elle, mais approchez donc.

Comme s'ils l'avaient entendue, les individus s'éloignèrent du bastingage et, ce faisant, entrèrent clairement dans son champ de vision. Grace se pressa encore contre le hublot, de peur que la lueur des bougies ne se vît de l'extérieur.

Retenant son souffle, elle regarda les gens passer devant elle. Mais seuls des fragments de conversation impossibles à mettre bout à bout lui parvinrent.

Soudain, elle sursauta. Elle venait de reconnaître parmi les individus l'homme qui s'était battu avec Lorcan et qui, ce faisant, l'avait surprise, elle, derrière le hublot. Sidorio – c'était son nom. Elle se souvint alors comme son regard, cette nuit-là, l'avait *traversée*, et comme son visage s'était métamorphosé. Pourtant, à cet instant, il avait l'aspect d'un être humain tout à fait normal. S'était-elle imaginé son étrange mutation ? Sans doute. Elle avait dû faire un mauvais rêve.

Le bruit de la serrure se fit entendre juste à ce moment. Lorcan. Promptement, elle laissa tomber le rideau et se jeta dans son lit.

Lorcan entra furtivement par la porte à peine entrouverte et referma à clé derrière lui.

— J'ai parlé au capitaine, lui dit-il.

— Merci, lui répondit Grace, le cœur battant. Que vous a-t-il dit ? Connor est-il ici ?

— Le capitaine tient à ce que vous sachiez que votre frère est sain et sauf, mais qu'il n'est pas à bord de ce bateau.

— Non ? Alors comment sait-il qu'il va bien ?

— Il le sait, c'est tout.

Elle sentit la colère et la frustration l'envahir de nouveau :

— Et quand le capitaine va-t-il daigner venir me parler lui-même ?

— Pas ce soir, Grace.

— Dans ce cas, c'est vous qui allez me conduire à sa cabine.

— Ce n'est pas le moment, Grace. Le capitaine est très pris par ses responsabilités.

Très pris par ses responsabilités ? Que pouvait-il avoir de plus important à faire ? Quel genre de monstre était ce capitaine pour ignorer ainsi ses prières ? Comment pouvait-il être si cruel ? Les larmes lui brûlaient les yeux.

Lorcan choisit ce moment pour lui tourner le dos, comme s'il s'apprêtait à quitter la pièce.

— Ne me laissez pas seule ici ! s'exclama-t-elle.

— Mais, Grace, je ne m'en vais pas, lui répondit-il avec un sourire, en lui faisant face de nouveau.

Il avait quelque chose à la main. Le miroir qu'elle avait vu sur la commode laquée. Le miroir sans glace.

— Prenez-le, lui dit Lorcan.

Elle le regarda d'un air interrogateur.

— Faites-moi confiance. C'est un cadeau du capitaine.

Un cadeau ? Un miroir brisé ? Plus le temps passait, plus son antipathie pour le capitaine grandissait. Si c'était cela, son sens de l'humour...

— Prenez-le, insista Lorcan.

Grace haussa les épaules et s'exécuta. Après tout, que risquait-elle ? Pourtant, dès qu'elle eut le miroir dans les mains, un événement étrange se produisit. Une volute de brume l'enveloppa soudain. La brume sortait du miroir même – de là où le verre aurait dû se trouver. Déconcertée, Grace leva les yeux vers Lorcan, mais la brume était déjà si épaisse qu'elle ne le voyait presque plus. Très vite, elle se retrouva prisonnière d'un impénétrable nuage blanc. Sa tête se mit à tourner.

Puis la brume se dissipa. Grace n'était plus dans la cabine. Elle se trouvait sur le pont supérieur d'un bateau. Elle baissa les yeux vers le sol. Les lattes de bois étaient marron – et non peintes en rouge. Grace releva la tête et là, à moins d'un mètre d'elle, elle découvrit son frère.

— Connor ! s'exclama-t-elle, un immense sourire aux lèvres.

Aussitôt, elle s'élança vers lui, mais au fur et à mesure qu'elle courait, lui s'éloignait. Ou plus précisément, la distance entre elle et lui restait la même. Elle s'arrêta, et se rendit compte qu'en réalité, elle n'avait pas bougé.

— Connor ! appela-t-elle une seconde fois sans qu'il semble l'entendre davantage.

C'est alors qu'elle comprit. Aussi réel qu'il parût, il n'était qu'une image. Elle le voyait, elle l'entendait, mais lui non. « Peu importe, pensa-t-elle, c'est mieux que rien, bien mieux. »

Car il n'y avait aucun doute, c'était Connor, même si les vêtements qu'il portait n'étaient pas les siens, mais ceux d'un marin. Il avait l'air assez heureux. Elle le vit soudain se diriger en courant vers une grosse poutre. Un mât. Puis il se mit à tirer sur un filin. Il hissait un pavillon ? Grace leva les yeux : un crâne et deux os croisés flottaient au vent. Connor était sur un bateau de pirates !

C'est alors que la vision se brouilla. Elle le perdait. Déjà !

— Encore un peu, implora-t-elle. S'il vous plaît, juste un peu.

Mais la brume l'enveloppa de nouveau. Lorsqu'elle disparut, Grace était revenue dans sa cabine, le miroir brisé toujours à la main.

Lorcan la regardait.

— Alors, avez-vous apprécié le cadeau du capitaine ?

Elle hocha la tête.

— Oui, souffla-t-elle, heureuse et sereine. Oh, oui ! S'il vous plaît, remerciez-le de ma part.

— Certainement.

— Dites-lui... dites-lui que je comprends.

Lorcan la regarda d'un air perplexe :

— Vous comprenez ? Que comprenez-vous, Grace ?

— Tout, lui répondit-elle avec un sourire bienveillant. Maintenant, je comprends tout.

Lorcan ne semblait pas plus avancé.

— Je pense que je n'ai pas besoin de vous expliquer, lui dit-elle.

— Je pense que si, au contraire, Grace. Je ne vois pas du tout où vous voulez en venir.

Elle secoua la tête, amusée par ce nouveau jeu de devinettes.

— Ce que je veux dire, Lorcan, c'est que je viens de comprendre que je suis morte. Je me suis noyée. Vous ne m'avez pas sauvée, enfin pas au sens propre du terme. Vous m'avez repêchée dans l'eau et vous m'avez amenée ici, en attendant... ma destination finale. Mais Connor, lui, va bien. Il est en vie. J'en suis convaincue maintenant. Le capitaine m'a permis de le voir, juste un instant. Oh, vous ne pouvez pas savoir comme je suis heureuse, Lorcan ! Je suis morte, mais comme je suis heureuse !

14

L'AUBE

Grace ne se rappelait pas avoir jamais dormi d'un sommeil si profond. Comme c'était étrange de découvrir à quel point l'existence d'un mort ressemblait à celle des vivants ! Au moins, elle savait désormais pourquoi elle avait une notion si distordue du temps et pourquoi elle se sentait si fatiguée – peut-être son enveloppe charnelle devenait-elle trop lourde à porter et sans doute serait-elle vite obligée de l'abandonner. Elle ouvrit les yeux et eut la surprise de découvrir Lorcan, assis sur la chaise près du hublot, les épaules voûtées, assoupi. Il n'avait encore jamais dormi dans sa cabine. Que cela signifiait-il ? Allait-on la faire passer dans l'autre monde ? Où irait-elle ? Peut-être son père l'accueillerait-il, se dit-elle gaiement.

Quelle heure était-il ? Grace n'avait toujours aucun moyen de le savoir, à moins de regarder dehors. Elle se glissa hors de son lit et, passant à pas feutrés devant Lorcan, s'approcha du rideau. Le soulevant avec précaution, elle vit que le ciel pâlissait. L'aube se préparait. Était-ce celle qui saluait les vivants ou les morts ? Grace était impatiente de le savoir. Si seulement Lorcan daignait se réveiller. Elle avait tout un lot de nouvelles questions à lui poser.

Au même instant, le bateau fit une embardée. Perdant l'équilibre, Grace manqua de tomber et réveilla Lorcan en sursaut.

— Je suis désolée, s'excusa-t-elle. Je ne voulais pas vous faire peur, mais j'ai trébuché.

— Combien de temps ai-je dormi ? lui demanda-t-il, l'air affolé.

— Je ne sais pas, lui répondit Grace en haussant les épaules. Je vous l'ai déjà dit, je n'ai plus aucune notion du temps. La seule chose que je sache, c'est que le jour commence à se lever.

— Le jour ?

Lorcan ouvrit de grands yeux épouvantés.

— Oui, regardez, fit-elle en soulevant le rideau.

Le matin serait là bientôt. Le voile gris se levait, déjà remplacé par les traînées roses du soleil.

Aussitôt, comme saisi d'une vive douleur, Lorcan se détourna en se couvrant le visage des mains.

— Que se passe-t-il ? s'exclama Grace. Qu'avez-vous ?

— Je n'aurais pas dû dormir. Je ne devrais pas être ici.

— Pourquoi êtes-vous resté la nuit dernière ?

— Je m'inquiétais à votre sujet. Vous aviez l'air fiévreuse. Vous disiez que vous étiez morte.

— Mais je le suis. Et je ne me sens pas fiévreuse du tout. En fait, je ne me suis jamais sentie aussi bien.

— Grace, vous devez m'écouter. Vous n'êtes pas morte.

— Non ?

Tout semblait simple depuis qu'elle pensait l'être ; mais si elle ne l'était pas, tout redevenait compliqué.

— Comment ai-je pu ne pas entendre la

cloche du matin ? se lamenta Lorcan, le visage toujours dans les mains.

— Parce qu'il n'y a rien eu. Je l'aurais entendue si elle avait sonné. J'étais réveillée.

Lorcan se mit à trembler.

— Mais Darcy fait toujours sonner la cloche. Comment aurait-elle pu oublier ?

— Qui est Darcy ? demanda Grace. Et pourquoi cette cloche est-elle si importante ? Lorcan, s'il vous plaît, êtes-vous bien certain que je ne suis pas morte ?

— Cent pour cent certain, Grace. La première preuve, c'est que les jeunes filles mortes ne mangent pas de porridge, lui dit-il en indiquant le bol sur le plateau. Mais je vous en prie, je dois partir.

— Eh bien, allez-y !

— Non, je n'y arriverai pas à temps, fit Lorcan, se ravisant. Je...

Il s'interrompit, se frappant la main du poing.

Légèrement désarçonnée par cette démonstration de violence, Grace préféra reporter son attention sur la beauté des lueurs de l'aube. Elle souleva donc le rideau. Le ciel ressemblait aux pétales d'une fleur qui s'ouvre.

— Refermez-le, Grace, lui intima Lorcan d'une voix rauque.

— Mais pourquoi enfin ?

— Je vous en prie, Grace, fermez ce rideau.

Grace obtempéra. Le comportement de Lorcan était pour le moins étrange, d'autant qu'elle ne le connaissait que calme et posé. Lorsque l'obscurité fut revenue, il soupira de soulagement et écarta progressivement les mains de son visage.

— Je vais rester ici, finit-il par lui annoncer. Je vais rester avec vous. C'est mieux ainsi.

— C'est très aimable, mais vous n'avez pas besoin de vous inquiéter pour moi. Je ne suis pas fiévreuse, un peu désorientée certes, mais...

— Ce n'est pas pour vous que je m'inquiète.

— Pour qui alors ? Lorcan, que se passe-t-il ?

— Rien, finit-il par dire en secouant la tête. Parfois, il vaut mieux ne pas être au courant de certaines choses.

Il tremblait encore. Comme lui la veille, elle tendit les bras pour prendre ses mains dans les siennes. Puis elle eut une idée de génie. Elle savait comment l'apaiser. Et elle entonna :

Voici une histoire de Vampirates,
Une histoire très ancienne et très vraie.
Oui, voici la chanson d'un vieux voilier
Et de son équipage qui tous effraie.

Oui, voici la chanson d'un vieux voilier,
Qui parcourt l'océan bleu,
Qui hante l'océan bleu...

Lorcan la regarda, bouche bée, puis d'une voix qui était à peine plus qu'un murmure, lui dit :

— Vous voulez dire que vous savez ?

— Je sais quoi ? lui demanda Grace en secouant la tête, déconcertée.

Les yeux toujours écarquillés, Lorcan resta sans répondre.

— C'est une chanson de marins que mon père nous chantait, à Connor et à moi. C'est comme cela qu'il nous consolait quand nous étions tristes.

Le sourire aux lèvres, Grace reprit alors :

Le bateau vampire a des voiles déchirées
Qui claquent comme des ailes en pleine envolée
On dit que le capitaine, il est voilé
Pour tempérer l'effroi de celui qui le voit,
Car livide est sa peau
Et ses yeux sont sans vie
Et ses dents, perçantes comme la nuit.
Oh, on dit que le capitaine, il est voilé
Et que de lumière ses yeux sont privés.

162

En prononçant ces derniers mots, instinctivement, Grace tourna la tête vers le hublot. Et tout s'éclaircit. C'était comme si toutes les pièces du puzzle, soudain, s'étaient ordonnées.

Elle répéta, sans chanter cette fois : « *Et que de lumière ses yeux sont privés.* » Sur ce, elle tendit le bras vers le rideau.

— Non ! ! s'écria Lorcan en se jetant sur elle.

Trop tard. Ses doigts avaient agrippé le coin du tissu et, lorsque Lorcan la tira à lui, ils emportèrent avec eux le rideau. La lumière envahit la cabine.

Aussitôt, Lorcan lâcha Grace, se couvrit de nouveau le visage et, d'un bond, alla se tapir dans un coin.

— Refermez-le, geignit-il. Refermez-le, je vous en conjure, Grace.

Grace était trop choquée pour pouvoir réagir. Pétrifiée, elle ne parvenait pas à le quitter des yeux. Comme c'était triste à voir ! On aurait dit une bête effarouchée, vaincue.

Alors, au bout d'un instant, malgré l'horreur de la découverte qu'elle venait de faire, elle reprit le rideau qui, dans la bataille, était à demi tombé de sa tringle, et le plaqua au mieux contre le

163

hublot. Elle ne pouvait supporter de voir Lorcan souffrir ainsi.

Lui leva des yeux reconnaissants vers elle.

— Merci, lui dit-il, la voix toujours éraillée.

— De rien.

Elle renfila les passants du rideau sur la tringle et les noua à chaque extrémité. S'étant assurée que le tissu couvrait toujours complètement le hublot, elle se retourna enfin vers Lorcan :

— Eh bien, je suppose que j'avais presque raison, n'est-ce pas ? La seule chose, c'est que ce n'est pas moi qui suis morte, mais vous, c'est bien cela ?

Sans souffler mot, Lorcan hocha la tête.

— Vous avez tout intérêt à rester ici jusqu'à la tombée de la nuit, Lorcan Furey. C'est parfait. Comme cela, vous aurez le temps de m'expliquer.

On aurait pu penser qu'elle contrôlait parfaitement la situation, mais la vérité était bien différente. Elle dévisageait ce garçon, ce beau jeune homme qui semblait n'avoir que quelques années de plus qu'elle, mais elle ne pouvait plus le regarder de la même façon. Pour la première fois, elle voyait au-delà de ses beaux cheveux noirs et du bleu pétillant de ses yeux. Pour l'instant, il lui souriait, mais son humeur pouvait changer. Et une fois ce beau sourire effacé, qui sait quel danger se dessinerait ?

15

LE DUEL

Sur le bateau pirate, les espoirs et les craintes de Connor se succédaient au rythme des marées. Il s'accrochait à l'idée que Grace était en vie, que le bateau des Vampirates l'avait bien secourue et que, tant bien que mal, et contre toute attente, elle parvenait à y survivre. Durant la journée, Connor n'avait pas trop de mal à se convaincre. Mais dès que la nuit tombait et qu'il avait terminé ses corvées, il était assailli de peurs terribles.

Il lui était difficile d'imaginer qu'une semaine

plus tôt à peine Grace et lui vivaient encore au phare. Bien qu'il eût tout fait pour repartir en arrière si cela lui avait redonné sa sœur, il devait admettre que la vie en mer présentait de nombreux avantages. Malgré les tensions entre le capitaine Rage et Cheng Li, le *El Diablo* était un vaisseau très gai. Connor y avait trouvé un bon ami en la personne de Bart. Quant aux autres pirates, ils se montraient dans l'ensemble assez accueillants. Connor se contentait simplement d'éviter Boule Puante et Jack l'Édenté.

— Réfléchis moins et frotte un peu plus fort, s'il te plaît.

Connor leva les yeux et vit Cheng Li passer d'un pas vif à côté de lui, ses deux armes en bandoulière ballottant dans son dos. Elle lui avait encore donné l'ordre de briquer le pont. Il en aurait hurlé, mais dès qu'il s'était mis au travail, il s'était rendu compte que l'effort ne lui coûtait pas trop. C'était bon d'être dehors, au soleil, à se dépenser physiquement.

— Ohé, le limaçon ! lui cria Bart en apparaissant d'un bond à ses côtés. Connor lui sourit. Bart avait reçu la même corvée que lui, mais, visiblement, il était allé plus vite.

— Oui, quel limaçon vous faites, monsieur Tempête, reprit Bart avec un sourire narquois.

168

Vous avez un problème peut-être ? La serpillière est un peu trop lourde pour vous, l'nouveau ?

— Ouais, exactement... lui répondit Connor.

Là-dessus, attrapant à pleines mains le manche de son balai, il le tira du seau et le secoua vigoureusement dans la direction de Bart.

Douché de la tête aux pieds par les jets d'eau sortis des bouts de cordage assemblés, Bart resta pétrifié. Connor eut peur de l'avoir vexé. Mais soudain, Bart se jeta sur son propre balai, le mouilla, et répliqua.

Pris de court, Connor se mit en garde comme s'il avait été armé d'une épée et, voyant le faubert de Bart arriver sur lui, leva les bras. Les deux manches de bois s'entrechoquèrent dans une gerbe d'eau.

— On dirait que t'as fait ça toute ta vie, remarqua Bart. Cathy Couteau sera drôlement impressionnée !

Sur ce, il recula pour se remettre en garde. Connor en profita pour recharger son arme en eau. Maintenant, c'était à lui d'attaquer. Il allongea une botte, mais Bart réussit à retourner le balai de Connor presque entièrement sur lui. D'abord saisi par le froid de l'eau, puis revigoré, Connor attaqua de nouveau. Bart para, et recula. Nouvelle botte de Connor. Parée. Bart recula.

De botte en parade, de parade en botte, les deux adversaires eurent tôt fait de remonter le pont entier et de se retrouver à l'extrémité de la proue du bateau.

Bart avait l'avantage et tenait Connor le dos pressé contre la lisse.

— Bon, j'te laisse tranquille pour cette fois, mon mignon. Je vais pas te forcer à passer par-dessus bord, enfin pas encore, lança-t-il, l'œil toujours aussi mauvais.

Mais Connor, qui avait repris son souffle et rassemblé toutes ses forces, d'un coup repoussa son ami qui, surpris, recula sous l'offensive avant de pousser un cri de joie et de se préparer à ce nouveau défi.

Les deux adversaires repartirent en marche arrière, les manches de leurs fauberts se croisant avec toujours autant de force. Botte. Parade. Attaque. Bientôt, l'avantage fut à Connor, qui réussit à plaquer Bart contre une porte de cabine, la pointe de son balai sur sa poitrine.

— Ah, tu m'as eu ! lança Bart, abaissant son arme.

Souriant, haletant, Connor fit de même et relâcha son attention. C'est alors que Bart, d'un saut de côté suivi d'un bond, disparut derrière Connor. Lorsque celui-ci pivota sur ses talons, il se retrouva nez à nez avec le manche à balai de Bartholomée.

— D'accord, je m'incline ! s'esclaffa Connor. Mais je veux que tu m'apprennes cette feinte, promis ?

— Oui, bien sûr, répondit Bart, très satisfait de lui. Mais tu t'en es pas mal sorti, l'cadet. Tu n'as fait qu'une véritable erreur, juste maintenant : tu as regardé mon arme, au lieu de me regarder, moi. N'oublie pas : il faut toujours observer son adversaire. Son épée peut mentir, mais ses yeux, jamais.

Sur ce, avec un sourire facétieux, il secoua la tête de son balai encore trempé d'eau sale au-dessus du visage de Connor.

C'est alors que, sur la dunette, quelqu'un applaudit. Connor leva la tête en plissant ses yeux mouillés contre la lumière du soleil. Molucco Rage les regardait, penché par-dessus la balustrade.

— Félicitations, messieurs, leur dit-il. Scrimshaw et moi avons beaucoup apprécié le spectacle, n'est-ce pas, Scrimshaw ? Des balais et des serpillières. Ce serait peut-être une bonne idée pour notre prochain abordage. Qu'en pensez-vous, Bartholomée ?

171

— Si monsieur me le permet, je préférerais garder mon sabre.

— Comme il vous plaira, monsieur Bartholomée. Bien. Monsieur Tempête, auriez-vous l'amabilité de monter me voir dans ma cabine ? J'aimerais vous dire un mot.

Là-dessus, il tourna les talons, et disparut.

— Allez, bouge-toi ! chuchota Bart à Connor en lui décochant un coup de coude. Vaut mieux pas faire attendre le capitaine.

La porte de la cabine était ouverte. Hésitant, Connor frappa sur le montant en bois.

— Entrez, monsieur Tempête !

Connor s'exécuta. La pièce semblait vaste et regorgeait d'un amoncellement d'objets de toutes sortes. Connor se dit que c'était à cela que devait ressembler la chambre funéraire d'un pharaon. La statue en marbre d'une déesse trônait sur un coffre débordant de pièces en or et de bijoux. Des tableaux, dont l'un, représentant des tournesols, rappelait définitivement quelque chose à Connor, étaient posés contre des fauteuils anciens.

Un peu plus loin se trouvaient deux bébés éléphants, sertis de pierres et grandeur nature ou presque. Il y avait aussi des miroirs, plus grands que Connor, qui décuplaient l'ampleur des richesses entreposées. Sans doute étaient-ce les pièces de différents butins amassés par le *El Diablo*. De toute évidence, commander un navire de pirates comportait des avantages certains.

N'ayant toujours pas situé Molucco Rage, Connor continua d'avancer et entendit alors de la musique – une mélodie étrange, obsédante. Tournant la tête dans la direction d'où elle venait, il avisa derrière une paire de grands vases chinois le capitaine, assis comme un sultan au beau milieu d'une mer de coussins de soie vaporeux. À ses côtés, Scrimshaw, lové sur un coussinet violet, se réveillait. Lentement, le serpent déroula son corps et se dirigea vers une table sur laquelle était posée une assiette remplie de dattes au miel.

— Vous avez pris votre temps, monsieur Tempête, lui dit le capitaine. Enfin... asseyez-vous ! Je vais arrêter la musique.

Connor s'installa en tailleur sur un grand carré de soie dorée.

— J'ai dit : « Je vais arrêter la musique » ! répéta le capitaine Rage un peu plus fort que la première fois.

Il n'avait pas bougé et l'étrange mélodie persistait. Connor se demanda si c'était à lui de la faire cesser.

— Par ma barbe ! aboya le capitaine.

Se tournant sur son séant, il empoigna une bassinoire – un bel objet d'antiquité – et l'aplatit d'un grand coup derrière lui.

Instantanément, la musique s'arrêta. Puis un gémissement s'éleva et un homme, une cithare à la main, vint s'affaler aux pieds de Connor dans les coussins.

— Ah ! soupira le capitaine. On peut enfin s'entendre penser.

Connor risqua un coup d'œil vers le joueur de cithare et fut rassuré de voir qu'apparemment il respirait encore.

— Bien. Maintenant, parlons de choses sérieuses, reprit le capitaine en partageant une datte avec Scrimshaw. Est-ce que vous vous habituez à la vie en mer ?

— Oui, à peu près, monsieur.

— Vous devez beaucoup penser à votre sœur et à votre père.

— Oui.

— C'est normal, et c'est bien, mon garçon. C'est le seul moyen de vraiment faire son deuil.

Connor acquiesça d'un signe de tête en s'efforçant de ne pas trahir son émotion. Visiblement, le capitaine avait totalement écarté la possibilité que Grace fût encore en vie. Et pour l'heure, il paraissait inutile d'essayer de le contredire.

— On ne compense jamais la perte d'êtres chers, monsieur Tempête, mais si vous le souhaitez, sachez que vous pouvez nous considérer comme votre nouvelle famille. Non pas que nous remplacerions la vôtre, cela nous serait impossible, mais nous serions heureux de nous occuper de vous, de vous assurer une place dans le monde. Vous ne seriez plus seul.

Les mots et la délicatesse du capitaine allèrent droit au cœur de Connor.

— Tout le monde m'a accueilli avec beaucoup de gentillesse, dit-il. Bart, Cathy Couteau, Cheng Li...

C'est alors que Molucco Rage, les yeux sortis de leurs orbites, porta la main à son cou. Était-il en train de s'étouffer sur un morceau de datte ? Connor s'affola, car il avait oublié les gestes à faire dans ces cas-là. Il chercha du regard un verre d'eau. Mais soudain, le capitaine éclata de rire.

— Ne vous inquiétez pas, cher petit. C'est juste que, parfois, la seule mention du nom de mon second me procure une espèce de choc. Curieux, non ?

Connor hocha la tête et sourit, tout en se promettant à l'avenir de ne mentionner Cheng Li que lorsque ce serait absolument nécessaire. Puis il trouva vite un autre sujet de conversation :

— Est-ce que tous ces objets viennent de bateaux que vous avez attaqués ?

— Absolu-certaine-ment, mon garçon, lui répondit fièrement le capitaine Rage. La plupart ne sont là que depuis la semaine dernière, un jour ou deux à peine avant qu'on ne fasse votre connaissance.

— Vous avez pris tout cela en une seule fois ? s'exclama Connor, incrédule.

— Bien sûr, mais il faut reconnaître que cette opération aura été un succès. Nous avons attaqué à terre. On avait entendu dire que le gouverneur avait quitté sa demeure de Port Hasard pour quelque temps. Alors on est allés y faire un p'tit tour.

— Je pensais que les pirates ne pillaient que les bateaux, s'étonna Connor.

— La seule règle qui existe, lui répondit le capitaine, rayonnant, c'est qu'il n'y a pas de règle ! Ce qui compte, c'est l'effet de surprise. Faire ce à quoi personne ne s'attend. Un pirate illustre a dit un jour que la vie des forbans est courte mais joyeuse. Eh bien, la mienne aura été joyeuse et, je suis heureux de pouvoir le dire, pas si courte que cela. Voilà une nouvelle qui se fête !

Sur ce, Molucco Rage attrapa sa flasque et se rinça le gosier avec une grande rasade de rhum. Connor ne put s'empêcher de sourire. Il y avait quelque chose d'irrésistiblement engageant chez le capitaine du *El Diablo*. Il était pirate par tous les pores de sa peau.

— Une vie courte mais joyeuse, vous m'entendez, monsieur Tempête ? Ah, mon garçon ! Le monde des pirates compte beaucoup trop de rabat-joie de nos jours. Il suffit de regarder Mme Li. Tout ce qu'elle sait, elle l'a appris dans les livres. Et encore, elle avait un père pirate, un vrai de vrai. Mais vicieux ! Hé, hé ! Oh oui, vicieux... Enfin, bon. Qu'est-ce que je disais ? Oui, beaucoup de jeunes aujourd'hui apprennent le métier dans les livres seulement. Ils se ligotent les poings avec des règles et des règlements, de la bureaucratie. Mais c'est pas ça être pirate ! C'est une affaire d'instinct, de chance, de prise de risque pour sauver ses frères. On est tous frères ici. C'est une question d'honneur, vous comprenez, mon garçon ? L'honneur d'un pirate. Alors, quand on rapporte un butin au bercail, pourquoi se tracasser ? C'est rien qu'des objets, lança-t-il en montrant sa cabine d'un large geste de la main. De jolis tableaux, des statues, des éléphants dorés, peu importe. Des objets, vous dis-je. La semaine dernière, ils appartenaient au gouverneur. Maintenant, ils sont à moi. C'est aussi simple que cela.

Le capitaine s'interrompit, prit un diamant dans une caissette à côté de lui et, avec un sourire en coin, il leva la main qui tenait la pierre, regarda Connor et lui dit :

— Je paierais cher pour connaître vos pensées...

Puis il mordit dans le diamant et ajouta :

— Oh, mais c'est de la bonne qualité ! En fait, je crois que je vais le garder.

Trop absorbé par ses sentiments pour répondre à la plaisanterie, Connor lui dit :

— Je veux que vous sachiez, monsieur, à quel point je vous suis reconnaissant... pour tout.

— N'y pensez même pas, monsieur Tempête. Nous sommes une grande famille et vous en faites partie. Vous voulez une datte ? C'est le péché mignon de Scrimshaw. Nous sommes obligés de contourner le Cap pour aller les acheter en grande quantité, mais qu'est-ce qu'on ne ferait pas pour notre cher ami...

Là-dessus, il prit Scrimshaw dans ses mains, l'approcha de son visage et, avec un grand sourire, lui fit des gouzi-gouzi avec le nez. Connor avait beau apprécier le capitaine, il trouvait un peu difficile de s'habituer à son reptile chéri.

Quoi qu'il en soit, il prit une datte. Mais il aurait juré que Scrimshaw le regardait d'un air irrité et c'est plein de culpabilité qu'il mâchonna discrètement son dessert.

— Que pensez-vous de ces vases, monsieur Tempête ? Ne sont-ils pas magnifiques ? reprit alors le capitaine.

— Et énormes, fit Connor.

— Je les ai reçus en cadeau, en gage de paix si vous préférez, du gouverneur.

— Le gouverneur dont vous avez pillé la demeure ?

— En personne, mon garçon ! Il me les a fait livrer ce matin. C'est sa façon de me dire qu'il n'y a pas de rancune entre nous.

— N'est-ce pas un peu étrange ?

À peine Connor eut-il posé sa question qu'un carillon se fit entendre. Connor leva les yeux, essayant de localiser le son. Aussitôt, il pensa que c'était la cloche du bateau. Un appel aux armes ? Manifestement, le capitaine Rage était tout aussi surpris que lui.

Le bruit retentit une seconde fois. Plus intense. Puis une troisième, et ainsi de suite, à intervalles réguliers, toujours plus fort.

À ce stade, les deux hommes avaient compris que ce n'était pas un son de cloche. Ni celui d'une pendule. Le bruit semblait se produire juste en face d'eux. Pourtant, c'était impossible. Il n'y avait là que les deux grands vases chinois, avec leurs pagodes près d'une rivière sinueuse, sous un saule pleureur et...

Tout à coup, sur chaque vase, le paysage peint se craquela et la porcelaine se brisa en mille morceaux. Apparurent alors à la place deux silhouettes vêtues de noir de la tête aux pieds et brandissant au-dessus de leur tête poignard et coutelas.

— Par le tonnerre ! s'écria le capitaine Rage.

16

L'ATTAQUE

— Par tous les diables ! Qui êtes-vous ? Que voulez-vous ?

S'il était inquiet – et il avait toutes les raisons de l'être –, le capitaine Rage faisait rudement bonne figure. Bien sûr, ce n'était pas la première fois, loin de là, qu'il était forcé de regarder la mort en face.

Sans mot dire, les deux hommes s'avancèrent vers eux, lentement, arme au poing, le corps fléchi en avant. Arrivés tout près, celui au poignard fit un signe à son complice. D'un bond, ce dernier vint se positionner à côté de Connor et de Molucco Rage, son coutelas pointé sur eux.

Le cœur de Connor battait la chamade. Il avait pris son premier cours de combat au balai avec Bartholomée. Et voilà qu'on s'apprêtait déjà à lui faire passer le niveau deux. Serait-il capable de le réussir et d'atteindre un jour le niveau trois ?

L'homme au poignard s'approcha de lui et fit courir sa lame sur ses hanches. Connor comprit qu'il vérifiait s'il était armé. L'inconnu se dirigea ensuite vers le capitaine, qui ne pouvait dissimuler les deux fourreaux argentés renfermant ses dagues. D'un mouvement vif et précis, l'homme au poignard trancha les pattes de cuir qui les reliaient à sa ceinture. Les deux armes s'affaissèrent par terre, manquant de peu Scrimshaw, qui disparut sous la table sans demander son reste.

L'homme au poignard défit alors une bande de tissu noir qu'il portait enroulée autour de la taille. Il la jeta à Connor tout en lui indiquant le capitaine d'un signe de la tête. Connor comprit qu'il lui ordonnait d'aller le ligoter.

Il tourna un regard plein d'espoir vers Molucco Rage, pensant lire une idée de génie dans ses yeux. Avec l'expérience qu'il avait, il devait bien avoir un plan. Mais à sa grande surprise, le capitaine lui lança :

— Fais ce qu'on te dit de faire, petit. Ce n'est jamais une bonne idée de jouer les fiers-à-bras avec la pointe d'une épée sous le nez.

Sur ce, il joignit ses deux mains dans son dos.

Était-ce une ruse ? Que devait comprendre Connor ? Qu'il ne fallait pas serrer les nœuds Peut-être ? Rien dans l'expression du capitaine ne lui donnait de réponse. En outre, les attaquants étaient bien trop près pour qu'il réussît à les tromper. La mort dans l'âme, Connor alla donc nouer le tissu sur les poignets de Molucco Rage. Dès qu'il eut terminé, de la pointe de son poignard, l'homme lui ordonna de reculer. Connor s'exécuta et l'intrus vérifia la solidité des liens.

Une fois fait, il éventra d'un coup tous les coussins.

Une nuée de plumes s'éleva, provoquant chez Connor une série d'éternuements. Déséquilibré, il recula un peu et, ce faisant, sentit un objet s'enfoncer dans son dos. C'était la poignée de la bassinoire, utilisée plus tôt par le capitaine sur la tête du malheureux joueur de cithare, qui gisait toujours inerte sur le sol. Sans plus bouger, Connor réfléchit à la façon dont il pourrait s'emparer de cette arme potentielle.

Entre-temps, l'homme au poignard s'était baissé pour ramasser les deux fourreaux du capitaine. Il passa l'un d'eux dans sa ceinture, prit le second, en sortit la dague, et la jeta à son complice qui la rattrapa d'une main experte.

L'homme au poignard entreprit alors d'inspecter le reste de la cabine. En l'observant s'éloigner dans les plumes qui formaient comme des petits amas de neige sur le sol et sur les meubles, Connor comprit qu'il n'avait pas tailladé les coussins pour rien. Il cherchait quelque chose.

Ayant les mains libres, Connor se dit qu'il devait profiter de l'occasion pour agir. Mais l'homme qui les surveillait avec son coutelas et sa dague l'impressionnait. C'est alors que le conseil de Bart lui revint à l'esprit. *Il faut toujours observer son adversaire. Son épée peut mentir, mais ses yeux, jamais.* Connor leva la tête vers le visage de l'inconnu. Il avait de grands yeux marron. Connor tenta de voir au travers, au-delà de la couleur et, à sa grande surprise, y décela de la frayeur.

Attentif à ne rien laisser paraître, Connor rebaissa la tête aussitôt. Était-il possible que leur attaquant ait peur ? Peur de l'issue de l'opération ? Peur de ne pas oser utiliser ses armes ? Fort de sa découverte, Connor eut une idée. Il ne lui restait plus qu'à attendre le moment opportun pour la mettre en application.

Pendant ce temps, l'homme au poignard s'était lancé dans le saccage en bonne et due forme de la cabine du capitaine. Connor ne le voyait plus, mais il entendait son arme taillader les tableaux, défoncer les chaises. D'autres objets tombaient et se fracassaient sur le sol. Quel carnage !

De leur côté, ni Connor, ni le capitaine, ni leur gardien n'osaient bouger. On les aurait dit enfermés dans une bulle d'immobilité.

Au bout d'un moment, l'homme au poignard revint vers eux, non sans renverser un paravent orné de petits miroirs dont les éclats s'en allèrent joncher le sol. Connor se surprit à avoir une pensée pour Scrimshaw, qui ne pouvait faire autrement que ramper.

Puis il vit l'homme se diriger vers la statue en marbre et, le regard noir étincelant de joie, faire courir sa lame sur la gorge de la déesse. Connor tressaillit. Était-ce un avertissement ? Chez lui, Connor ne détectait aucune peur, aucune hésitation.

C'est alors qu'un événement étrange se produisit. Une traînée rouge apparut sur le marbre. L'homme, comme fou, les yeux écarquillés, repassa sa lame sur toute la largeur du cou. Connor se recroquevilla de dégoût. Que se passait-il donc ? Quel secret cette statue dissimulait-elle ? L'homme au poignard ne fut pas long à le découvrir. Plongeant cette fois son arme jusqu'au fond, il décapita purement et simplement la déesse. La tête bascula et alla s'écraser sur le sol, aussitôt suivie par une gerbe de pierres rouges qui s'amoncelèrent aux pieds de l'inconnu. Des rubis. La statue était remplie de rubis !

Manifestement, c'était cela que les intrus cherchaient. Sans plus attendre, l'homme au poignard dégrafa un sac noir de sa ceinture et, rengainant son poignard, entreprit de ramasser les gemmes à pleines mains.

Son complice ne put résister à l'envie de jeter un coup d'œil curieux par-dessus son épaule. C'était maintenant ou jamais.

Discrètement, Connor passa les mains dans son dos pour attraper la bassinoire. Au même instant, du coin de l'œil, il vit Scrimshaw sortir de dessous la table et, bravant le danger que constituaient pour lui les bris de verre, se diriger vers l'homme aux coutelas. Qu'allait-il faire ?

Connor comprit très vite. Le reptile, avec la vitesse de l'éclair, s'enroula autour de ses chevilles. Aussitôt, les yeux de l'homme s'écarquillèrent et il se mit à crier. Connor en profita pour refermer une main sur la bassinoire. Alerté par le tumulte, l'homme au poignard s'était retourné, les rubis se reflétant dans ses yeux noirs.

Il n'y avait pas un instant à perdre. Connor, d'un mouvement habile, fit passer la bassinoire devant lui, puis, la saisissant des deux mains par la poignée, la fit voltiger dans les airs avant d'aller l'aplatir au son d'un cri guerrier sur la tête de l'homme au poignard agenouillé. Sonné, ce dernier s'effondra.

Cependant, son complice s'efforçait de se débarrasser de Scrimshaw avec la pointe de son coutelas.

— Ah, non ! hurla le capitaine. Lui, vous le laissez tranquille !

Connor se saisit alors du poignard de l'inconnu. Ainsi armé, il se jeta sur le deuxième attaquant. Bien que ce dernier eût pour se défendre une dague et un coutelas, la terreur que lui inspirait Scrimshaw était telle que Connor n'eut aucun mal à le désarmer, d'une botte, de sa dague.

Sous le coup, l'homme retrouva ses esprits et, tant bien que mal, se tourna vers Connor. Malgré l'aide de Scrimshaw, les forces restaient disproportionnées. Un coutelas contre un poignard. Comment Connor pourrait-il s'en sortir ? Il pensa de nouveau au conseil de Bart. Il planta son regard dans les yeux de son adversaire et vit que sa peur n'avait pas disparu.

Pour se donner le temps de réfléchir, et pour s'habituer à cette arme qu'il n'avait jamais utilisée, Connor fit avec elle plusieurs moulinets au-dessus de sa tête. Mais soudain, l'homme frappa. Les deux lames s'entrechoquèrent et un bras de fer s'ensuivit. Malgré son désavantage, Connor résista. Lorsque la main de son adversaire se mit à trembler, il y vit sa chance. Il lâcha prise, recula, rassembla toute son énergie et abattit de nouveau le poignard sur le coutelas, qui s'en alla cliqueter sur le sol. D'un bond triomphant, Connor le ramassa. Il avait désormais un coutelas à la main droite et un poignard dans son poing gauche.

Ne voulant pas s'avouer vaincu, son rival se pencha pour récupérer la dague. Mais avant qu'il ait le temps de se redresser, il se trouva ceinturé... par une corde de cithare. Le musicien s'était réveillé ! La bataille était terminée ; le combat, gagné par un instrument de musique, un serpent, et un jeune garçon inexpérimenté.

— Joli travail, les enfants ! s'écria le capitaine tandis que Connor lui déliait les bras et que Scrimshaw arrivait pour s'enrouler sur son poignet. Magnifique ! reprit-il. Ça, c'est ce qu'on appelle du travail d'équipe. Un excellent travail d'équipe même. Mes félicitations !

17

LE VAMPIRE

Le cœur de Grace battait à cent à l'heure. Elle avait décidé de rester près du hublot, prête à soulever le rideau à la moindre alerte. Elle avait aussi demandé à Lorcan de s'asseoir de l'autre côté de la cabine. C'était un bon compromis. En effet, il lui avait juré qu'il ne l'attaquerait pas, mais comment pouvait-elle en être sûre maintenant qu'elle savait ce qu'elle savait ? Tant qu'elle contrôlait la lumière, elle se ménageait une marge de sécurité. S'il esquissait le moindre mouvement, elle lèverait immédiatement le rideau pour le forcer à battre en retraite.

Grace ne parvenait pas à se représenter ce qu'il était vraiment. Personne ne ressemblait moins que lui à un monstre sanguinaire. De plus, depuis son arrivée, c'était son allié. C'était lui qui lui avait sauvé la vie. Était-il possible qu'il puisse vouloir lui faire du mal ? Était-il possible qu'il soit un vrai... un vrai... Elle ne réussissait même pas à former le mot dans sa tête.

— Quel âge avez-vous ? lui demanda-t-elle pour se changer les idées.

— Dix-sept ans. Mais vous le savez déjà, n'est-ce pas ?

— Oui, mais ce que je veux savoir exactement, c'est en quelle année vous êtes né.

— Ah ! répondit-il avec un sourire, sans répondre toutefois.

— Quelle année, Lorcan ? J'ai besoin de savoir.

— Mille huit cent trois.

— Donc, vous avez... vous avez sept cent deux ans !

— Non, Grace. Vous ne pouvez pas calculer de cette façon. C'est difficile à comprendre, je sais, mais j'ai bien dix-sept ans. C'est l'âge que j'avais quand j'ai traversé. Et c'est l'âge que j'aurai toujours.

— En tout cas, cela fait plus de sept siècles que vous voyagez ainsi sur les océans, n'est-ce pas ?

— Le temps passe différemment dans notre monde, lui dit Lorcan, qui avait un peu baissé la voix. Quoique... à dire vrai, j'ai beaucoup perdu la notion de la façon dont il s'écoulait avant.

— Vous ne vous souvenez pas de votre vie ?

— Si, plus que jamais, lui répondit-il en hochant la tête. Je me souviens de Dublin et de tout ce qu'il m'est arrivé là-bas. Je me souviens aussi de ma propre fin. Mais c'est comme si c'était une histoire qu'on m'aurait racontée des centaines de fois. J'en connais les moindres détails, mais j'en ai oublié la sensation.

Grace observa ce garçon, qui n'avait que trois ans de plus qu'elle selon ses critères à lui, mais plusieurs siècles de plus à l'échelle des vivants. Elle avait bien du mal à assimiler cette différence.

— Quand on passe de mon côté de la barrière, reprit Lorcan, les rythmes du monde des vivants disparaissent. Je peux parler et marcher comme avant. Je peux travailler sur un beau vaisseau comme celui-ci. Mais je ne peux pas ressentir ce que vous ressentez. C'est difficile à expliquer, Grace. Je donnerais tout pour avoir de nouveau des sensations. Je préférerais connaître votre douleur plutôt que le néant que constitue mon quotidien.

Intérieurement, Grace s'offusqua. Que savait-il de sa douleur ? Et s'il était si friand d'échanger leurs rôles, qu'à cela ne tienne, qu'il prenne le sien et qu'il souffre ! Que lui restait-il dans cette vie après tout ? Elle n'avait plus de père, plus de frère...

Elle en était là de ses réflexions lorsqu'elle remarqua une drôle d'expression sur le visage de Lorcan. Il s'était transformé. Ses yeux semblaient creux comme ceux d'une statue, ses narines étaient dilatées. Puis sa bouche s'ouvrit légèrement et Grace remarqua que l'une de ses dents était particulièrement pointue. Elle frissonna. Il ressemblait aux autres – à Sidorio, au neveu de la cuisinière.... Elle comprit alors : ils étaient nombreux à se ressembler sur ce bateau. Sans doute très nombreux.

Cependant, sur sa chaise, Lorcan avait tressailli. Ses traits retrouvèrent peu à peu leur forme habituelle, puis il leva vers elle le regard qu'elle lui connaissait. Où était-il parti pendant ces

quelques secondes, si brèves mais si intenses ?
Elle n'osa pas le lui demander.

— Je ne devrais pas vous raconter tout cela,
reprit-il comme si de rien n'était.

— Pourquoi, vous pourriez être puni ? Que
fera le capitaine ?

— Le capitaine est un homme juste. Je ne fais
pas partie de cet équipage depuis très longtemps,
je ne le connais donc pas encore très bien et ce
n'est pas quelqu'un qui se livre facilement. Mais
il nous traite tous à égalité. Sa façon de voir les
choses n'est pas habituelle. Entre le moment où
j'ai traversé et aujourd'hui, j'ai connu des lieux
affreux, des endroits plongés dans des ténèbres
que je ne souhaite à personne de jamais voir.
Maintenant, je suis en sécurité. Ce bateau est
mon havre de paix.

— Et moi ? Suis-je aussi en sécurité ? lança
Grace.

— Avec moi ? Oui, Grace, bien sûr. Je vous
l'ai déjà dit et je vous le redirai encore. Je ne vous
ferai jamais aucun mal.

Elle voulait tant le croire. Elle avait le sentiment qu'elle pouvait lui faire confiance. Et pourtant, elle gardait le rideau fermement serré entre
ses doigts.

— Et avec les autres ?

Lorcan baissa les yeux. Puis il sortit de sa poche une clé dorée, qu'il laissa se balancer au bout de la longue chaîne à laquelle elle était attachée.

— À votre avis, pourquoi nous gardons-vous enfermée dans la cabine attenante à celle du capitaine ?

Comme hypnotisée, Grace regarda cette clé qui allait et venait et se demanda soudain si elle pourrait s'en saisir et s'enfuir. Si elle ouvrait le rideau, très vite, Lorcan serait obligé de se couvrir le visage avec les mains. Cela lui donnerait assez de temps à elle...

— Peut-être nous gardons-vous enfermée, Grace, reprit Lorcan, non pour vous empêcher de sortir, mais pour en empêcher d'autres d'entrer.

Ses mots la glacèrent. Mais bien sûr qu'il ne lui servirait à rien de s'échapper ! Une foule de créatures sanguinaires l'attendait certainement derrière cette porte.

Lorcan remit la clé dans sa poche.

— Les choses ne sont pas toujours comme elles paraissent, Grace. Mais je pense que vous le saviez déjà. Le capitaine m'a donné l'ordre de vous protéger. C'est la raison pour laquelle vous êtes dans cette cabine, et c'est la raison pour laquelle vous devez y rester.

— Mais que me veut ce capitaine ? Je ne comprends pas.

— Cela, je ne le sais pas, Grace. J'obéis à ses ordres, c'est tout.

Ainsi donc, sa situation ne faisait que s'aggraver. Lorcan la protégeait d'un équipage commandé par un capitaine qui, de fait, pouvait décider de son sort comme il l'entendait.

— Je veux le voir, proclama-t-elle alors.

— Voir qui ?

— Le capitaine. Pouvez-vous me conduire à lui ?

— Est-ce que je n'ai pas déjà été assez clair à ce sujet ? s'exclama Lorcan. Personne, absolument personne, ne somme le capitaine de le voir, Grace. Il vous verra quand il estimera que c'est le moment.

— Je me moque de ce qu'il pense, insista Grace. J'ai attendu assez longtemps. Je veux le voir. Demandez-lui de venir ici ou alors menez-moi jusqu'à lui. Maintenant !

Grace s'emballait. Elle devait trouver une solution !

— Même si je le voulais, Grace, je ne pourrais pas le faire, lui répondit Lorcan. Pas tant qu'il y a de la lumière. Tout le bateau dort pendant la journée. Quand la cloche du matin sonne, les ponts se vident et tout le monde va chercher refuge dans l'obscurité.

— Mais la cloche n'a pas sonné. Vous l'avez dit vous-même.

— Peut-être, mais cela ne change rien. Je ne sais pas pourquoi Darcy n'a pas fait son travail, mais je vous le répète, cela ne change rien. Seul le capitaine peut supporter la lumière du soleil.

Tiens donc, une nouvelle information. Grace réfléchit un instant.

— Vous ne pouvez pas sortir, mais moi, si, finit-elle par dire. Si vous me donnez la clé, je pourrai aller trouver le capitaine moi-même. Vous m'avez dit que sa cabine était juste à côté.

— Je ne vous donnerai pas cette clé, Grace, lui dit Lorcan en secouant la tête. Je suis désolé.

Elle le regarda les sourcils froncés ; lui soutint son regard d'un air obstiné.

— Je pensais que vous étiez mon ami.

— C'est un coup bas que vous me faites, Grace. Vous savez que je fais ce que je peux pour vous. Je me suis jeté dans des eaux glaciales. J'ai plaidé pour votre cause auprès du capitaine. Et j'ai mis en danger ma propre sécurité, et ma réputation, en restant ici avec vous. Mais je dois obéir aux ordres.

Grace croisa les bras sur sa poitrine et se mordit les lèvres de frustration. Trop fort. Une goutte de sang perla sur ses lèvres.

D'un bond, Lorcan se jeta sur elle, plongea ses yeux dans les siens, approcha sa main de la sienne. De frayeur, elle avait lâché le rideau. Elle était prisonnière ! Il lui tourna le poignet... Puis elle sentit un métal froid dans la paume de sa main.

— Allez-y, lui dit-il en pressant la clé contre sa peau. Allez-y, avant... avant que je ne change d'avis.

À ces mots, tremblant, il se détourna et se couvrit les yeux.

Médusée, Grace resta un instant pétrifiée. Puis, sans un mot, comme hypnotisée, elle se dirigea vers la porte dont elle avait enfin la clé.

18

JUSTE CHÂTIMENT

— Et maintenant, voyons qui se cache derrière ces masques, annonça le capitaine à la foule sur-excitée de ses hommes d'équipage.

L'agression contre le capitaine, sans compter la dévastation de sa cabine, constituait un événe-ment sans précédent qui avait entraîné le rassem-blement général des pirates, impatients de découvrir qui avait osé perpétrer ce méfait. L'agi-tation était à son comble.

Molucco Rage leva le bras et, aussitôt, le silence s'installa.

— Monsieur Tempête, à vous l'honneur, dit-il alors en poussant doucement Connor vers les deux prisonniers. Ôtez donc leurs masques à ces canailles, que l'on voie enfin leur visage.

Connor se planta devant les deux hommes. Ils avaient les mains attachées dans le dos et leur corps était ligoté du torse jusqu'aux genoux. Quelle différence entre ce moment et celui où ils les menaçaient, lui et le capitaine, de leur poignard et de leur coutelas !

— Qu'est-ce que t'attends ? lança une voix éraillée.

— Vas-y, petit ! dit une autre.

Le capitaine Rage demanda à nouveau le silence et Connor, se décidant enfin, arracha les deux masques à la fois, avant de s'écarter pour révéler l'identité des deux inconnus.

Connor l'avait pressenti. Les coupables n'étaient que deux jeunes garçons, à peine plus âgés que lui. Deux adolescents qui avaient eu le courage de monter à bord du *El Diablo* cachés dans de grands vases et qui, par leur patience, avaient réussi à tromper la vigilance de tout un équipage.

— Mais je vous connais ! s'exclama Molucco Rage en s'approchant d'eux. Je suis sûr que je vous ai déjà vus.

— Tranchez-leur le nez ! hurla un des pirates.

— Non, coupez-leur les oreilles ! renchérit un autre.

Et le vacarme reprit. Tant et tant que Connor fut seul à s'apercevoir que l'un des deux garçons essayait de dire quelque chose.

— Il veut parler, souffla-t-il à l'oreille du capitaine.

Celui-ci leva le bras, mais eut bien du mal à se faire respecter cette fois. Tout le monde vociférait, y allant de sa suggestion de punition, chacune plus porteuse de cruauté que les autres.

— Bien, lança le capitaine, par-dessus les quelques voix qui persistaient, si tu as quelque chose à dire, petit, dis-le vite. Je ne vais pas pouvoir contenir mes hommes bien longtemps.

— Nous habitons à Port Hasard. C'est notre père et notre maison que vous avez pillés et on voulait vous donner une bonne leçon !

La fougue du garçon, dont la position était pourtant loin d'être enviable, impressionna beaucoup Connor. Tout comme le capitaine, apparemment.

— Vous vouliez me donner une bonne leçon, dites-vous ? Poursuivez, mon garçon. Nous sommes tout ouïe. Allez, allez, on attend.

— Ce qu'on veut, c'est que vous restiez chez

vous. Vous avez peut-être le contrôle des mers, mais la terre, elle, elle est à nous !

Sa provocation déchaîna une bordée de huées du côté des pirates. Cependant, Connor avait remarqué que l'autre garçon était au bord des larmes. Manifestement, le venin qui coulait dans les veines de son frère ne coulait pas dans les siennes. C'était lui le plus jeune, et lui qui avait tenu le coutelas. Il avait fait montre de flair pendant leur duel, mais ses yeux, effectivement, avaient trahi son manque de confiance en lui. Une bonne leçon pour Connor.

— Vous feriez mieux de nous laisser partir, disait maintenant l'aîné au capitaine Rage.

— Je ferais mieux, hein ? Et pour quelle raison, je vous prie, jeune homme ? Auriez-vous encore un poignard dissimulé dans votre bas ou un coutelas télescopique derrière l'oreille Peut-être ? Si tel est le cas, montrez-nous un peu ce que vous savez faire. Cela nous intéresse beaucoup.

— Plongez-les dans la marmite ! hurla quelqu'un.

— Pendez-les au gréement ! dit un autre.

À sa grande surprise, Connor reconnut la voix de Bart.

— S'il nous arrive quoi que ce soit, à mon

frère et moi, poursuivit le garçon sans se démonter, notre père enverra à vos trousses la flotte la plus puissante que vous ayez jamais vue. Vous et votre équipage serez tous massacrés. Et même si vous passez le Cap et remontez vers le nord, ils vous y retrouveront. Nous avons des amis là-bas aussi. Si vous nous tuez, vous signez votre arrêt de mort avec votre propre sang !

C'en était trop pour le plus jeune, qui rendit tripes et boyaux presque sur le manteau de velours bleu ciel du capitaine.

— Intéressant, dit celui-ci sans y prêter attention et tout en se tournant vers son faraud de frère. Très intéressant. Sans doute y a-t-il du vrai dans ce que vous dites.

Le garçon leva un regard triomphant vers le capitaine et vers Connor, qui repensa avec quelle intensité les rubis s'étaient reflétés dans ses yeux si noirs.

— Je ne pense pas que je vous tuerai, reprit Molucco Rage, déclenchant chez ses hommes une salve de protestations. Du calme, du calme ! Je n'ai pas terminé. Je disais donc : je ne pense pas que je vous tuerai... du moins pas tout de suite. La situation demande réflexion. Aussi, pendant que mes neurones fonctionnent, je crois que je vais suivre le conseil de M. Bartholomée et vous suspendre, petits misérables, tout en haut du grand mât !

Une vague d'acclamations salua la décision du capitaine, qui fit signe à Bart et à quelques hommes de s'avancer pour emporter les deux condamnés.

Bien qu'ils fussent traînés sans ménagement, le plus âgé trouva encore la force de cracher dans la direction de Connor. Son frère, en revanche, menaçait à tout instant de vomir encore. Connor se prit de pitié pour lui. Il aurait parié que son frère l'avait forcé à le suivre dans cette entreprise désespérée.

Il ne fallut pas longtemps à Bart et à ses acolytes pour mener à bien leur tâche. En quelques minutes, les deux garçons, troussés comme des poulets, se balançaient dans les airs, pendus par les pieds.

L'équipage jubilait et n'en finissait pas de leur lancer des insultes. Dans leur excitation, rares furent ceux qui remarquèrent la silhouette qui grimpait à l'échelle de corde sur le flanc du navire avant de sauter d'un bon d'athlète sur le pont.

— Que se passe-t-il ici ? claqua la voix de la nouvelle arrivée.

C'était Cheng Li, le visage aussi sombre que

des nuages d'orage et les yeux aussi étincelants que l'éclair. Connor avait été trop préoccupé par les événements pour se rendre compte de son absence. Il se demanda où elle était allée.

— Ahh, madame Li ! Vous êtes de retour ! Bienvenue ! lui dit le capitaine Rage.

Tout en se frayant un chemin entre les pirates, Cheng Li leur hurla :

— Au travail ! Repartez au travail, j'ai dit !

Tout en grognant, les hommes se dispersèrent peu à peu.

Cheng Li vint alors se planter devant le capitaine, le visage rouge de colère.

— Vous ne savez donc pas qui sont ces garçons ? aboya-t-elle.

— Mais que si, madame Li, je le sais. Ce sont deux sales petits vauriens qui, il y a une heure à peine, ont essayé leur talent de bretteurs contre M. Tempête et moi-même et, n'eût été l'ingéniosité de ce jeune homme et sa bravoure, ces deux mêmes « garçons » comme vous dites nous auraient découpés en morceaux.

— Est-ce que c'est vrai ? demanda Cheng Li en faisant face à Connor.

— Je vous interdis de me tourner le dos, madame Li, tonna Molucco Rage, avant de reprendre, gouailleur : Mais sans doute ai-je manqué quelque chose ? Vous aurait-on remis le commandement du *El Diablo* ? Car, la dernière fois que j'ai vérifié, le nom de Molucco Rage était toujours inscrit au journal de bord, ce me semble.

Connor trembla devant le tour que prenaient les choses. Cheng Li, elle, opta pour la prudence, car son ton était beaucoup plus mesuré lorsqu'elle reprit la parole :

— Je vous prie de m'excuser, monsieur. Je me suis emportée. Mais, je vous en conjure, pour votre bien, et pour notre bien à tous, ces garçons sont les fils du gouverneur Acharo. Acharo a toujours fait preuve d'une grande indulgence à l'égard des pirates. Mais si vous touchez à un seul cheveu de ses enfants, sa vengeance sera terrible.

— J'en suis parfaitement conscient, madame Li, et je n'ai nullement l'intention de leur asséner un châtiment irréversible. Je veux seulement leur faire peur. Puis nous les renverrons chez leur cher papa, même si nos hommes ont de bonnes raisons de réclamer leur tête à cor et à cri. Vous vous rendez compte, ce cher équipage ! Il n'apprécie pas que l'on s'attaque à son capitaine !

Cheng Li ouvrit la bouche pour répondre, mais le capitaine n'en avait pas fini avec elle :

— Ce qui m'amène à penser que nos mesures

de sécurité ne sont peut-être pas si bien appliquées qu'elles devraient l'être, qu'en dites-vous, madame Li ? Si je ne m'abuse, il me souvient que, le jour où vous m'avez mis sous le nez cet ouvrage particulièrement soporifique sur la sécurité à bord de nos bateaux, nous étions convenus que cette dernière serait de votre responsabilité.

De nouveau, Cheng Li essaya de prendre la parole mais, de nouveau, le capitaine la coupa dans son élan avec un ton aussi tranchant que la lame d'un coutelas :

— Oui, madame Li, si ce n'était ce jeune homme ici présent, lança-t-il en enserrant Connor dans ses bras, et lui seul, à l'instant où je vous parle, je ne serais plus de ce monde. Pendant que vous conversiez joliment autour d'un thé accompagné de petit gâteaux à l'École des pirates, ce garçon-là a risqué sa vie pour moi. Et ça, c'est ce qu'on attend des vrais pirates. Je suis persuadé que votre père aurait été d'accord avec moi. Alors maintenant, vous allez attendre que ces garçons aient suffisamment le tournis, puis vous pourrez les renvoyer chez eux, avec un petit avertissement à l'intention du gouverneur Acharo ou de tout prétendant au rang de héros : Qu'on s'attaque à Molucco Rage et à ses hommes d'équipage, et les foudres de l'enfer s'abattront sur eux !

Cheng Li referma la bouche. Il était clair que le moment serait mal choisi de rétorquer. À défaut, elle salua si bas qu'on aurait dit qu'elle faisait une révérence, puis elle se retira.

Lorsqu'elle fut assez loin, Molucco Rage se tourna vers Connor et lui fit un clin d'œil discret :

— Ça faisait longtemps que l'envie me démangeait de me soulager. Ce fut une bonne purge, mon garçon, une excellente purge !

Connor ne put s'empêcher de sourire.

— Quant à vous, cher monsieur, reprit le capitaine, quelle bravoure, quel instinct ! Le moment est venu de choisir votre récompense. Quoi que votre cœur désire, votre souhait sera exaucé.

Connor ne voulait rien tant que retrouver sa sœur. Pour cela, il lui fallait localiser le bateau des Vampirates – et non rester là à attendre qu'il vienne à lui. Jusqu'ici, le capitaine ne l'avait pas pris au sérieux, mais peut-être changerait-il d'avis à présent. Toutefois, Connor risquait gros. Il ne voulait certainement pas essuyer le même type de semonce que celle que Cheng Li avait subie.

— Allons, allons, mon garçon ! Parlez, que diable ! Je vous l'ai dit : tout ce que votre cœur désire.

Le cœur de Connor, précisément, battait la chamade. Il avait peur, mais il devait tenter sa chance une deuxième fois :

— S'il vous plaît, monsieur, j'ai besoin de vous pour retrouver ma sœur.

— Votre sœur ? s'étonna le capitaine en se renfrognant. Mais enfin, mon garçon, on ne pourra jamais la retrouver. J'aimerais tant qu'elle puisse... oh, je l'aurais souhaité de tout mon cœur... mais hélas...

— Je sais que vous ne croyez pas à l'existence des Vampirates, l'interrompit Connor avec l'énergie du désespoir, mais, même si je me trompe à leur sujet, je sens qu'elle est toujours en vie. Elle et moi sommes jumeaux, nous sommes extrêmement proches. Je ne peux pas vous expliquer cette sensation que j'ai, mais je sais qu'elle est en vie.

Le capitaine Rage le regarda d'un air attristé :

— Monsieur Tempête, êtes-vous certain que vous le ressentez ? Ne serait-ce pas plutôt que vous le souhaitiez ?

Le ton du capitaine était si plein de bienveillance et son propos si plein de lucidité, que

Connor en fut désarmé. Dès lors, son enthousiasme et sa détermination l'abandonnèrent. Depuis qu'il était sur ce bateau, il avait survécu en se cramponnant à l'idée que Grace était en vie – et que, d'une façon ou d'une autre, il la retrouverait. Mais qu'adviendrait-il de lui s'il s'était bercé d'illusions et qu'elle se soit vraiment noyée le jour du naufrage ? Peut-être ce navire aux voiles étranges, semblables à des ailes, qui lui avait pourtant semblé si vrai, n'avait-il été qu'une hallucination. Peut-être était-il grand temps d'admettre que Grace ne reviendrait pas et qu'il lui fallait, lui, poursuivre sa route. De pirate.

— Je suis désolé, Connor. Vraiment. Mais je vois la peine que cela vous fait et, qu'à cela ne tienne, je vais mener mon enquête. Toutefois, je ne vous mentirai pas en vous disant que j'ai peu d'espoir quant à son résultat. Voyez-vous, je n'ai pas pour habitude de mentir à mes amis, à mes frères.

Connor hocha la tête tout en s'efforçant de refouler ses larmes. C'en était donc fait. Il était seul. Son père et Grace avaient disparu. Il était orphelin. Un orphelin pirate. Tout à coup, il eut une illumination.

— Capitaine Rage, je vais vous dire quelle

récompense me ferait plaisir : des leçons de combat à l'épée !

Le visage de Molucco Rage s'illumina :

— Voilà une excellente idée, mon garçon, excellente ! Je savais bien qu'il y avait du sang de pirate en vous. Je l'ai senti à la seconde même où je vous ai rencontré, et votre sang-froid, dans ma cabine avec ces gredins, n'a fait que le confirmer. Leçons accordées, monsieur Tempête. Avec notre meilleur enseignant, qui plus est : Cathy Couteau. Je vais l'en informer de ce pas.

À ces mots, souriant de toutes ses dents, Molucco Rage s'éloigna à grandes enjambées.

Resté seul, Connor alla s'accouder au bastingage et contempla l'horizon. C'était vrai qu'il semblait s'étendre à l'infini.

— Je fais ça pour toi, Grace, souffla-t-il. Et pour toi, aussi, papa. Je veux que vous soyez fiers de moi, tous les deux. Je vais devenir le meilleur pirate qui ait jamais parcouru les océans. Et je ne vous oublierai jamais. Ni l'un, ni l'autre.

Tandis qu'il se parlait ainsi, il ressentit plus fortement qu'avant encore, la présence de sa sœur près de lui. Puis un événement étrange se produisit. Une voix s'éleva dans sa tête. On aurait dit la voix de son père :

— Ne l'abandonne pas, Connor. Pas encore. Pas alors qu'elle a tant besoin de toi.

— C'est trop dur, répondit Connor, comme si son père s'était trouvé à ses côtés. Je veux l'aider, mais je ne sais pas comment. Je ne sais ni quoi faire, ni comment la retrouver.

Ses larmes se mirent à couler. De colère, il cligna les yeux pour les sécher. Mais la voix reprit, plus claire encore que la première fois :

— Prépare-toi, Connor. C'est tout. Prépare-toi. Fais confiance à la marée.

Prépare-toi ? Fais confiance à la marée ? Que voulait-il dire ? Pourquoi son père jouait-il aux devinettes ? En outre, était-ce réellement son père ? Connor était désorienté. Et pourtant, cette voix si douce, si familière, l'avait réconforté. Comme elle lui avait manqué !

Espérant qu'elle retentirait de nouveau, il attendit. Mais seuls lui parvinrent le bruit du roulis de l'océan et du cri strident des mouettes.

Sa tête tournait, toutefois un certain nombre de corvées l'attendaient. Avec tous ces événements, il les avait presque oubliées. Tournant les talons à l'horizon, il s'éloigna sur le pont.

19

LE CAPITAINE

Afin de limiter l'inconfort de Lorcan, Grace entrebâilla à peine la porte et se glissa dehors aussi vite qu'elle le put. Quelle étrange sensation que de se retrouver à l'air libre après tant de temps passé cloîtrée dans sa cabine ! Elle ferma les yeux et inspira de grandes bouffées d'air que l'odeur du sel de mer rendait plus revivifiantes encore. Puis elle se laissa bercer un instant par la chaleur, aussi légère que le toucher d'une plume, du soleil sur son visage.

Lorsqu'elle rouvrit les yeux, comme Lorcan le

lui avait annoncé, elle découvrit que les ponts, tous peints de rouge, étaient déserts, à droite comme à gauche. Elle décida alors d'aller s'accouder au bastingage pour contempler l'horizon. Il faisait un temps magnifique. La mer était calme et sa surface cristalline semblait danser avec la lumière du soleil qu'elle réfléchissait.

Tout d'abord, Grace se sentit honorée de pouvoir assister à un spectacle aussi magique. Mais, très vite, son esprit s'assombrit. Si, par ce beau matin, la mer se montrait paisible et majestueuse, la dernière fois où Grace avait eu affaire à elle, son visage avait été tout autre. Ces eaux, si envoûtantes pour l'heure, avaient alors sauvagement sectionné l'embarcation de son père et les avaient engloutis, son frère et elle.

Prise de vertiges, Grace tourna le dos à l'océan et s'adossa au bastingage. Puis, ayant retrouvé ses esprits, elle entreprit d'inspecter les lieux. Devant elle, séparées des autres, se trouvaient deux portes attenantes. Elle était sortie de la première ; la seconde ne pouvait donc être que celle du capitaine. À cet instant précis, la lourde porte de bois s'entrebâilla avec un craquement. Grace se figea. Cela faisait si longtemps qu'elle désirait parler au capitaine. Mais maintenant qu'elle allait vraiment en avoir l'occasion, sa confiance en elle l'abandonnait. Elle savait que ce bateau n'était pas un bateau ordinaire. De quel genre de capitaine allait-elle donc faire la connaissance ? Quel démon l'attendait tapi dans la pénombre ?

— Vous ne voulez pas entrer ?

Comme les fois précédentes, la voix n'avait été qu'un murmure, mais dont les mots tintaient avec une clarté parfaite – comme s'ils sortaient de sa tête même et non de la cabine devant elle. Guidée par son instinct, Grace entra et la porte derrière elle se referma. La pièce était plongée dans l'obscurité.

— Bienvenue, Grace. Entrez !

De nouveau, les mots n'avaient été qu'un souffle. Et de nouveau, Grace eut l'impression qu'ils émanaient de son propre cerveau. En dépit de la douceur avec laquelle ils avaient été prononcés, leur ton était impérieux. Tout d'abord aveuglée par le contraste entre la luminosité extérieure et la nuit qui régnait dans la pièce, Grace finit par s'habituer et s'avança. Sans pouvoir estimer la superficie de la cabine, elle distingua bientôt une table ronde en bois poli jonchée d'objets. Au centre, une lampe à huile luisait faiblement. Grace s'approcha. Il y avait sur la table de nombreux instruments de navigation, dont certains seulement lui étaient familiers, et plusieurs cartes maritimes aussi. L'une d'elles, richement illustrée, attira l'attention de Grace, qui l'examina de plus près, dans l'espoir d'y voir le nom d'un lieu connu.

La voix s'éleva alors :

— Approchez, approchez !

— Où êtes-vous ?

— Ici, bien sûr, où voulez-vous que je sois ?

Là-dessus, deux épais rideaux s'écartèrent et Grace se retrouva face à un panneau de portes-fenêtres fermées par des persiennes, à travers lesquelles la lumière du jour filtrait. Les portes s'ouvrirent toutes en même temps, révélant derrière elles un balcon, sur lequel se tenait une silhouette vêtue de noir dont les mains gantées étaient posées sur une roue de gouvernail immense.

— Je vous en prie, n'ayez pas peur de moi.

Hésitante, Grace s'avança.

Les bras du capitaine disparaissaient sous les nombreux plis d'une ample cape noire de cuir fin. Les yeux de Grace en suivirent les contours jusqu'aux épaules, puis jusqu'au cou, où le tissu s'élevait en une collerette fermée par un collier de gemmes noires. Grace leva alors la tête vers le visage du capitaine. Ou, du moins, vers l'endroit où son visage aurait dû se trouver. En lieu et place, elle y découvrit un masque en filet, qui le dissimulait entièrement à l'exception des yeux et de la bouche. On aurait dit un masque funéraire, à la différence qu'il n'était pas aussi rigide. D'ailleurs, tandis qu'elle l'examinait, il se plissa aux commissures des lèvres. À sa grande surprise, Grace comprit que le capitaine lui souriait.

— Vous deviez bien vous attendre à quelque chose de ce genre, lui dit-il alors avant d'entonner de sa voix creuse, désincarnée : *On dit que le capitaine, il est voilé et que de lumière ses yeux sont privés.* Vous vous souvenez ?

Grace en resta bouche bée.

— Je me suis débarrassé du voile il y a quelques années. Je trouve ce masque plus... pratique.

À l'arrière, le crâne du capitaine était rasé et Grace vit que, loin d'être livide, sa peau était hâlée. Le masque était fixé par trois lanières de cuir : deux partant des oreilles et la troisième, du haut de sa tête, toutes se rejoignant au milieu où elles formaient une boucle en forme d'ailes.

— Mais pourquoi... pourquoi vous couvrez-vous le visage ainsi ? osa demander Grace.

Face au silence qui lui répondit, Grace regretta d'avoir posé la question.

219

— À votre avis ? finit par lui répondre le capitaine.

Très vite, Grace comprit. La réponse était évidente, c'était dit dans la chanson :

On dit que le capitaine, il est voilé
Pour tempérer l'effroi de celui qui le voit,
Car livide est sa peau
Et ses yeux sont sans vie
Et ses dents, perçantes comme...

— Mais votre peau n'est pas livide.

— C'est exact, fit le capitaine en tournant légèrement le gouvernail.

— Ce qui signifie que le reste n'est peut-être pas vrai non plus, risqua Grace.

Le capitaine se contenta de la regarder sans répondre. C'est alors qu'une douleur fulgurante lui traversa la tête. Au même instant, elle eut la vision fugace d'un lambeau de peau noire arrachée et tachée de sang pourpre. C'était horrible, mais l'image disparut aussi vite qu'elle était venue. Grace regarda le capitaine. Quel monstre se cachait derrière ce masque ? Peut-être n'était-il même pas humain. Peut-être ne l'avait-il jamais été.

La douleur revint, plus intense encore. Grace

ferma les yeux, pour moins souffrir et pour éviter la vision d'horreur qu'elle venait d'avoir. Rien n'y fit. Le lambeau de peau noire arrachée et tachée de sang pourpre s'imposa une seconde fois.

Puis douleur et vision disparurent simultanément. Grace était hébétée, presque sonnée. Craintivement, elle risqua alors un regard vers les étranges yeux vides du capitaine. Mais elle n'y vit rien qui ressemblait de près ou de loin à l'expression d'un démon.

— Est-ce une blessure que vous dissimulez ? s'aventura-t-elle à demander.

Après un long silence, le capitaine hocha lentement la tête.

— Excellent, Grace. Je me doutais que vous étiez quelqu'un de remarquable. Les autres ne voient que mon masque ; vous, vous voyez derrière.

Le capitaine sembla esquisser un nouveau sourire.

— Nous faisons enfin connaissance, vous et moi !

Le murmure n'était pas sans chaleur, mais les mots prononcés n'endiguèrent pas les craintes de Grace. Au contraire. Brûlant d'envie de poser la question depuis un bon moment, elle se lança :

— Que me voulez-vous ?

— Vous me demandez ce que moi, je vous veux ? lui répondit doucement le capitaine. Grace, c'est vous qui êtes venue me chercher, n'est-il pas ?

C'était vrai. Grace avait insisté pour venir le voir dans sa cabine.

— Rentrons, lui dit le capitaine.

— Mais... et le gouvernail ?

Sans mot dire, et frôlant Grace de son ample cape, le capitaine repartit à l'intérieur. Interdite, Grace ne pouvait quitter la roue en bois des yeux. Cette dernière s'était mise à tourner seule, un peu à bâbord, un peu à tribord, comme si les mains du capitaine la guidaient encore.

20

UN HAVRE DE PAIX

Grace se décida enfin à rentrer, elle aussi. Derrière elle, les portes-fenêtres à persiennes se refermèrent et les lourds rideaux retombèrent.

— Qu'est-ce qui vous fait dire que j'attends quelque chose de vous ? souffla le capitaine.

— Ce n'est qu'une intuition, lui répondit Grace tout en cherchant sa silhouette dans le noir. Vous avez donné ce miroir à Lorcan, pour que je puisse voir que Connor était sain et sauf. Vous m'avez fait enfermer dans cette cabine, et vous avez demandé à Lorcan de me protéger, du moins c'est ce qu'il me dit.

— L'aspirant Furey dit la vérité.

— Si c'est le cas, reprit-elle tout en avisant enfin le capitaine, assis devant la table sur laquelle se trouvaient les cartes, il n'y a que deux possibilités. Soit vous me gardez à l'abri d'un danger qui me guette à bord de ce bateau ; soit vous avez un projet en ce qui me concerne. Ou bien les deux... ajouta-t-elle.

— Venez, lui dit-il en hochant la tête. Asseyez-vous près de moi, s'il vous plaît.

Grace s'exécuta et, ce faisant, ses yeux tombèrent sur la cape du capitaine. Elle remarqua alors qu'elle n'était pas en cuir comme elle l'avait pensé au premier abord. Le tissu était plus léger et le halo de la lampe y révélait de fines nervures, qui semblaient absorber la lumière, faisant luire la cape tout entière. Grace aurait bien aimé la toucher.

— Supposons que vous ayez raison, Grace. De quels dangers pensez-vous que je veuille vous protéger ? Et quels desseins pensez-vous que j'aie sur vous ?

Avec un tel capitaine, il n'y avait rien d'étonnant à ce que Lorcan joue aux devinettes tout le temps. De toute évidence, c'était leur mode de communication favori. Qu'à cela ne tienne, elle se plierait à la coutume ! De toute façon, même si elle déplaisait au capitaine, qu'est-ce que cela changerait à sa situation ?

— Je sais ce que vous êtes, lança-t-elle alors. Je ne sais pas combien d'autres vampires se trouvent ici, mais mon petit doigt me dit qu'ils sont assez nombreux. Et les vampires ont besoin de sang, n'est-ce pas ?

— Dans la plupart des cas, effectivement, lui répondit le capitaine.

Intéressant. Que voulait-il dire par « dans la plupart des cas » ?

— Pensez-vous que nous en voulions à votre sang, Grace ?

Assurément, se dit Grace – quelle que soit la gentillesse de Lorcan à son égard, quelle que soit la délicatesse du capitaine. Elle se trouvait sur un bateau de vampires. Et pour eux, elle n'était qu'une source supplémentaire de sang tout frais. À cette pensée, elle fut prise de frissons.

— Le fait est, reprit le capitaine, que... l'équipage ne manque de rien dans ce domaine. Si vous décidez de rester en notre compagnie un peu plus longtemps, vous comprendrez ce que je veux dire. À mon avis, cela vous apparaîtra d'une clarté aveuglante.

Si vous décidez ? Quel tournure étonnante ! Avait-elle effectivement le choix de rester ou non ?

— Que savez-vous de ce bateau, Grace ? lui demanda alors le capitaine.

— Très peu de choses. Ce n'est pas faute de l'avoir prié, mais Lorcan n'a jamais accepté de me laisser sortir.

— Sans doute est-il parfois un peu trop protecteur, mais c'est dans votre propre intérêt.

— Ce qui signifie que je suis effectivement en danger ?

— Je ne peux vous cacher qu'un nouvel arrivant éveille toujours la curiosité.

Grace n'était pas sûre de la signification de cette phrase, mais quelque chose dans le ton du capitaine la convainquit d'abandonner son enquête sur le sujet.

— Vous êtes d'un naturel curieux, n'est-ce pas ? reprit le capitaine. J'aurais dû m'y attendre. Il tombait sous le sens qu'une enfant aussi douée que vous ne supporterait pas d'être enfermée dans une cabine.

Grace n'aimait pas qu'on lui fasse des compliments, mais elle hocha la tête poliment. Car ce que le capitaine disait était vrai. La dernière chose qu'elle voulait, c'était d'être gardée prisonnière. Elle voulait explorer le bateau.

— Il n'y a aucune raison que vous ne vous promeniez pas, Grace, fit le capitaine. Toutefois, il serait plus sûr que vous ne vous montriez pas sur le pont après que Mlle Belle a sonné la cloche du soir.

— Pourquoi ? demanda Grace. Que se passe-t-il à ce moment-là ?

— C'est l'heure à laquelle notre vaisseau revient à la vie, et à laquelle nous nous occupons de toutes les corvées et manœuvres à effectuer. Mes hommes ne peuvent s'y atteler que lorsqu'il fait nuit. Je ne voudrais pas qu'ils soient distraits.

— C'est donc cela ! Effectivement, j'ai vu des gens sur le pont parfois. Ils sont très silencieux quand ils travaillent. Je n'ai jamais rien entendu.

Le capitaine sourit :

— Si je vous comprends bien, vous avez regardé par le hublot, n'est-ce pas ? J'aurais dû m'y attendre aussi. Toutefois, je dois vous avouer que vous avez beaucoup dormi, et dormi très profondément.

— C'est la nourriture, dit-elle. Je sais que vous y mettez quelque chose. Vous me droguez ?

— Non, du moins pas dans le sens conventionnel du terme. C'est plus compliqué que cela.

— Est-ce vous qui m'envoyez à manger ? Et les bougies, est-ce vous qui les rallumez ?

— Que de questions vous avez, ma chère enfant ! Mais rien ne presse. Il y a toujours le temps. Je suis bien placé pour le savoir. On a toujours le temps.

— D'accord. Revenons au bateau alors. Vous m'assurez donc que je peux me promener en toute sécurité sur le pont pendant la journée, quand l'équipage dort, à condition que je reparte me cacher dans mon trou de souris avant que la cloche du soir sonne, c'est bien cela ?

— Fascinant ! Votre courage est étonnant, Grace. N'avez-vous donc pas peur d'être entourée de personnes comme moi ?

— Notre père nous chantait cette chanson de marins pour nous consoler. Il nous disait que, peu importait la raison de notre peur, rien ne pouvait être pire qu'un Vampirate. Mais, avec tout ce que je viens de découvrir, même vous ne m'effrayez plus.

— Et mon masque ? Et ma cape ? Et ma soif de sang ? Plus rien ne vous fait peur, dites-vous ?

— Cela vous dérange-t-il ?

— Bien sûr que non, Grace. Vous êtes mon invitée à bord de ce bateau. Je veux que vous vous y sentiez chez vous.

228

Grace ne put réprimer un sourire :

— Chez moi ? Ici ?

— Notre vaisseau navigue depuis très long-temps. C'est un refuge, Grace, un havre de paix pour les marginaux, pour ceux d'entre nous qui ont été poussés vers les confins du monde.

Le capitaine s'interrompit, laissant à Grace le temps d'assimiler ce qu'il lui avait dit, puis reprit :

— Je crois que vous-même êtes une margi-nale, Grace. Je ne pense pas que vous vous soyez jamais tout à fait adaptée, n'est-ce pas ? Et c'est vrai aussi pour Connor.

Grace était interloquée. Pas seulement par la mention de Connor. Le capitaine semblait en savoir beaucoup sur eux deux. Il disait vrai : les Tempête ne s'étaient jamais intégrés à leur com-munauté. Mais comment lui le savait-il ? Les avait-il observés ? Et si oui, d'où l'avait-il fait ? Depuis combien de temps ? Apparemment, il connaissait même jusqu'à leurs pensées les plus secrètes. Était-ce un subterfuge ? Toutes ces questions la torturaient.

— J'aimerais tant que Connor soit là en ce moment, finit-elle par dire.

— Il le sera bientôt, lui répondit le capitaine. Le cadeau vous a-t-il fait plaisir ?

— Vous parlez du miroir ? Oui. Oh ! oui. C'était troublant, mais si formidable !

— Vous reverrez votre frère, mon enfant, en personne, je vous le promets.

— Où est-il, capitaine ? Sur le bateau pirate ? Est-il près ? Quand le verrai-je ?

— Ah, que de questions ! Il va bien, Grace. Connor s'en sort très bien, comme vous. Vous faites tous deux honneur à votre père.

— Notre père ? Vous le connaissez ?

Il y eut un long silence.

— J'ai bien peur d'être un peu fatigué maintenant, mon enfant. Nous aurons l'occasion de nous reparler, mais pour l'instant, je dois me reposer.

Il se leva de sa chaise et se dirigea vers une cheminée que Grace n'avait pas encore remarquée. Sans doute parce que le feu n'était qu'un lit de braises rougeoyantes. Le capitaine s'installa dans un rocking-chair placé devant l'âtre et arrangea les plis de son ample cape par-dessus les accoudoirs.

— Je suis très heureux de vous avoir enfin rencontrée, Grace, lui dit-il.

Là-dessus, il inclina la tête. Grace comprit qu'elle devait se retirer.

21

PREMIÈRES ARMES

Pour la première fois depuis son arrivée sur le *El Diablo*, Connor dormit bien. La voix de son père l'avait profondément apaisé. Grâce à elle, il avait cessé de se tourmenter à se demander que croire, que faire. *Prépare-toi. Fais confiance à la marée.* Il s'était endormi en se répétant ces mots inlassablement. Peu importait ce que les autres pensaient. Grace était en vie. Il l'avait su, depuis le début.

— Hé, vieux, réveille-toi ! Bouge tes fesses !

Connor ouvrit les yeux et découvrit Bart

devant lui, déjà habillé, rasé et débordant d'énergie.

— Quelle heure est-il ? demanda Connor. J'ai raté le petit déjeuner ?

— Mais non, il est encore tôt. Ne me dis pas que t'as oublié ? Et ta première leçon, alors ? Allez, prends tes affaires. Faut pas faire attendre Cathy !

— Qu'est-ce que c'est que cette odeur ? fit Connor en plissant le nez. Tu t'es ... parfumé ? Pour Cathy ? osa Connor avec un sourire en voyant Bart rougir comme une tomate.

— Je voulais juste me rafraîchir un peu, lui rétorqua celui-ci. Allez, remue-toi, vieux.

Dix minutes plus tard à peine, après un brin de toilette sommaire, Connor arrivait avec Bart sur le pont. Cathy Couteau alignait tout un éventail d'armes sur le sol. Elle salua les deux garçons d'un sourire amical, mais concentré. Sous son bandana habituel, ses cheveux roux étaient lissés et tirés vers l'arrière en une queue-de-cheval soignée. Les yeux pleins de vigueur et de détermination, elle enfila une paire de gants de cuir.

— Je te préviens, ce ne sont pas des jouets, dit-elle à Connor en lui indiquant les armes. Quelques membres de notre équipage persistent à faire joujou avec. Ça ne les mène pas loin. On ne les place jamais au premier rang dans les bagarres, sinon ils se feraient hacher menu. Bien. Aujourd'hui, je vais te montrer celles qu'on utilise le plus. Tu seras plus à l'aise avec certaines qu'avec d'autres car chacune a sa spécificité. Il faut qu'on trouve celle qui te conviendra le mieux. C'est comme quand on rencontre un groupe de personnes pour la première fois. Le courant passe tout de suite avec certains, pas du tout avec d'autres. Une épée, c'est une extension de soi, de son corps, de sa personnalité. Il est donc essentiel de choisir la bonne.

Connor était fasciné.

— Bartholomée, lève-toi s'il te plaît, reprit Cathy.

Bart obtempéra et se posta juste devant elle.

— Qu'est-ce que c'est que cette odeur ? lança alors Cathy en plissant le nez comme Connor l'avait fait plus tôt.

— De l'extrait de citron vert, lui répondit Bart avec un grand sourire.

— Tu as peur d'attraper le scorbut ? lui demanda Cathy d'un air narquois.

Ignorant la pique, Bart, le torse bombé, sourit de nouveau de toutes ses dents. Secouant la tête d'un air affligé, Cathy se contenta de lui fourrer une paire de gants dans les mains.

Docile, Bart les enfila avant de s'emparer de la plus grosse des épées.

— Bien, reprit Cathy. Tu vois, Bartholomée, c'est un grand gars. Alors il prend le sabre. Un sabre, c'est lourd, trop lourd pour certains, mais mis dans les bonnes mains, c'est un allié puissant.

Là-dessus, elle recula :

— Voyons le moulinet, s'il te plaît, Bartholomée.

Levant l'arme à bout de bras, Bart effectua plusieurs mouvements de rotation. La lame de son sabre scintillait au soleil. Le sourire de Bart s'était effacé. Il était devenu sérieux. Son corps commença de se mouvoir avec la grâce d'un danseur de ballet et la précision d'un lanceur de couteaux. Le sabre cinglait l'air de gauche à droite, de haut en bas, en cercle, puis repartait en sens inverse, d'un mouvement lent et assuré.

— C'est bon, c'est bon, le spectacle est fini ! lança soudain Cathy d'un ton ferme. Est-ce que tu as vu, Connor, la façon dont Bart et son sabre ne font qu'un ?

Connor acquiesça, tandis que son ami reposait le sabre avec les autres armes et revenait se poster à ses côtés.

— Maintenant, c'est à ton tour, lui dit Cathy. Mais enfile d'abord ces gantelets.

Connor s'avança et, une fois ses mains glissées dans les gants de cuir épais, il se baissa pour attraper la poignée que Cathy lui tendait. Le sabre était incroyablement lourd. Pourtant, dans les mains de Bart, il avait eu l'air léger comme un roseau. Connor n'était même pas sûr de pouvoir le tenir sans trembler.

— Bien, lui dit Cathy, reste comme tu es. Ce que tu tiens, c'est le pommeau. Les deux parties transversales, ici, ce sont les quillons. Ce bout-là, c'est la partie la plus faible de l'arme. D'ailleurs, ça s'appelle le « faible ».

Elle fit courir son doigt sur le plat de la lame, vers Connor, puis reprit :

— Quant à sa partie la plus forte, elle est ici. C'est le « fort » de la lame.

Cathy se recula et Connor, de ses deux mains, leva le sabre. La puissance qu'il sentait dans sa poigne le fit frissonner. Des éclats de lumière se reflétaient sur les flancs de la lame. Connor n'eut aucun mal à comprendre ce que Cathy lui avait dit. Ce n'était pas un jeu, ce sabre était un instrument de mort.

— Le sabre est une arme de taille, poursuivit Cathy, comme si elle avait lu dans ses pensées. Il est affûté au bout, mais les deux côtés sont coupants comme des rasoirs aussi. Maintenant, voyons ta position.

Pendant que Cathy jaugeait la façon dont il se tenait, Connor, sans bouger, se demanda comment elle pouvait parler avec autant de facilité de ce qu'une arme pouvait faire. Il dut se rendre à l'évidence que, s'il voulait devenir pirate, lui aussi devrait s'habituer au contact de la mort, au quotidien. Pis encore, on lui demanderait de l'infliger lui-même à d'autres. Cela lui donna à réfléchir. Il n'avait que quatorze ans et il s'entraînait à devenir un assassin. Il avala sa salive.

— Ce qu'il faut faire, Connor, c'est se tenir un peu comme un sumo, les pieds plus écartés, reprit Cathy. Voilà, très bien. Protège tes genoux. Plie-les encore un peu.

Connor obtempéra et Cathy acquiesça d'un signe de tête approbateur. Son corps tout entier semblait vibrer d'énergie.

— C'est bien, Connor, très bien. D'accord, tu peux rabaisser ton arme.

Connor ne se fit pas prier, reposa le sabre sur le pont et repartit se placer à côté de Bart.

— Bien, reprit Cathy. Les sabres sont grands et lourds. Ce monstre fait un mètre vingt de long. Quand on part à l'abordage d'un navire ennemi, chaque minute compte. Le sabre présente une quantité de problèmes. Pour commencer, il peut se prendre dans le gréement. Alors voilà ce qu'on fait : on envoie Bart et quelques costauds comme lui en première ligne. Leur tâche : foncer en faisant des moulinets pour taillader le plus de cordages possible. Mais tout ça, ce n'est que de la poudre aux yeux. Un équipage ennemi a toujours peur quand il voit de grosses brutes débarquer et saccager leur bateau. Mais ce n'est fait que pour planter le décor – désolée, Bart – parce que ce n'est qu'après que le vrai spectacle commence et que, moi, j'arrive avec ce petit chéri-là, et c'est moi qui fais les vrais dégâts.

Tout en parlant, Cathy avait pris une épée par terre et l'avait sortie de son fourreau. Elle faisait environ les trois quarts de la longueur du sabre, et elle était beaucoup plus légère et délicate.

— Quand on se bat avec cela, mon ami, c'est comme si l'on se battait avec une aiguille, dit Cathy en se fendant et en marchant en avant, l'épée pointée devant elle.

— C'est dans tes côtes qu'elle est en train d'enfoncer sa lame, mon vieux, expliqua Bart à Connor avec un large sourire. Il suffit d'une petite touche rapide et tes organes éclatent à l'intérieur. Mais tu ne meurs qu'un ou deux jours plus tard, d'une mort lente, et sans jamais savoir comment.

— Avec le sabre, tout est question d'apparence, poursuivit Cathy tout en rompant, avant de se fendre une deuxième fois pour feindre une nouvelle attaque. Avec l'épée, tout est question d'effet. Quand elle trouve les mains appropriées, c'est de la pure poésie en mouvement.

C'en était trop pour Connor, qui fut pris de nausée.

— T'as l'air tout vert, vieux, s'étonna Bart. T'as besoin d'évacuer ?

— Non, non, ça va aller, lui répondit Connor en respirant profondément plusieurs fois.

— Tu es sûr ?

Connor hocha la tête d'un signe affirmatif. Cathy, elle, ne s'était rendu compte de rien. Concentrée sur le travail à effectuer, elle avait replacé l'épée dans son fourreau et en avait pris une autre qu'elle tendit à Connor :

— Maintenant, on va essayer la rapière, d'accord ?

Connor prit une longue inspiration et glissa sa main gantée dans la poignée.

— Très bien. Tu vois la garde ? Regarde son bel arrondi. Voilà, tu vois, ton poing entier s'y loge. C'est comme une cage protectrice.

Connor se sentait beaucoup plus à l'aise avec cette rapière qu'avec le sabre. Elle était à peine plus courte, mais bien plus légère.

— Ah, voilà qui a de l'allure ! Excellent. À présent, pointe la lame devant toi.

Connor étendit le bras.

— Bien, Connor, lança Cathy, l'air ravie. Ce que tu veux, c'est avoir la main en pronation, c'est-à-dire la paume vers le haut. Tu dois être souple aussi, comme tout à l'heure, avec les jambes fléchies. Ton poids doit être réparti sur tes deux pieds. Imagine que tu es au tennis et que tu es prêt à bouger dans toutes les directions.

Connor suivit ses instructions et fut rattrapé par le plaisir. Il en oublia même le sang, les entrailles, la mort. Il ne pensa qu'au sport. Et Connor Tempête ne s'était encore jamais essayé à une discipline sportive qu'il n'eût réussi à maîtriser. Ragaillardi, de nouveau confiant, il appliqua en un tour de bras chacun des nombreux ordres que Cathy lui donnait.

— Maintenant, on va se mettre en garde, marcher et rompre, poursuivit-elle tout émoustillée, en lui montrant le mouvement à effectuer. Tes pieds ne doivent jamais être au même niveau, sinon tu perdrais l'équilibre. Il faut bouger un pied après l'autre, comme moi.

Il la regarda faire et réussit très vite à l'imiter. Cathy s'effaça et, avec Bart, observa leur protégé. Lui ne les voyait plus, tant il était absorbé par sa volonté de réussir à reproduire ces mouvements semblables à des pas de danse.

— Pas mal pour un débutant, lança Bart en ôtant ses gantelets.

— Il a ça en lui, lui répondit Cathy. C'est exactement l'homme qu'on cherchait.

Sur la dunette, debout devant la porte de sa cabine, Molucco Rage les avait observés depuis le début.

— Qu'est-ce que je t'avais dit, Scrimshaw ? chuchota-t-il, rayonnant, à son compagnon tout en le caressant. L'avenir de M. Connor Tempête promet d'être fascinant. Des plus fascinants !

Connor passa le restant de sa journée sur un nuage. Chaque fois qu'il repensait à sa leçon, il ne pouvait s'empêcher de sourire. Cathy lui avait annoncé qu'elle lui donnerait un autre cours le lendemain matin. Il avait hâte que l'heure arrive.

En attendant, il avait du travail à faire. Sa dernière corvée en date consistait à nettoyer les « perriers », des petits canons en bronze placés sur le pont avant. On lui avait donné pour cela une peau de chamois et une pâte à polir qu'il évitait de mettre sous son nez tant elle sentait mauvais. Le nettoyage de la partie supérieure des canons n'avait pas été si difficile, mais maintenant qu'il devait s'allonger sous eux pour les briquer, il lui était impossible de ne pas inhaler l'odeur du produit.

— Alors comme ça, monsieur est une fine lame ?

Connor leva la tête et découvrit Cheng Li debout devant lui, un sourire mi-satisfait, mi-moqueur aux lèvres.

— Je me demande, reprit-elle, s'il est convenable d'obliger notre star à nettoyer des canons.

Heureux qu'on lui donne l'occasion de faire une pause, Connor se mit debout.

— Le capitaine Rage m'a expliqué que tout le monde devait prendre sa part de corvées sur son navire, répondit-il à Cheng Li en rebouchant le pot de pâte à polir.

— Quel bon petit soldat ! Tu as vite appris, dis-moi.

Connor s'étonna du sarcasme de Cheng Li. Qu'avait-il fait pour la contrarier ? Il décida que le mieux était de passer outre.

— Cathy m'a fait essayer tout un tas d'épées, s'exclama-t-il alors avec enthousiasme. Celle que j'ai préférée, c'est la rapière.

— Pas le sabre, comme ton copain Bartholo-mée ?

— Non, c'est trop difficile à manier. Je veux une arme de précision.

— Si c'est de la précision que tu recherches, essaie ça alors.

Passant ses bras en croix par-dessus ses épaules, d'un seul mouvement, Cheng Li tira ses deux armes de leurs fourreaux placés dans son dos.

— Des katanas, dit-elle à Connor tout en fai-sant tournoyer ces lames à l'air redoutable devant elle. Réalisées selon mes spécifications par le fabricant d'épées de l'île de Lantao. Un cadeau de fin d'études, que je me suis fait.

Dans ses mains, ces deux katanas paraissaient aussi légers que des plumes, mais il était évident qu'ils étaient aussi coupants que des lames de rasoir. Sur un dernier moulinet, Cheng Li les ren-gaina. Connor en était bouche bée d'admiration.

— Et l'autre épée que vous avez ? réussit-il à demander.

— Quelle autre épée ?

Connor pointa le doigt vers le fourreau en lai-ton richement orné attaché à sa ceinture par une patte en cuir.

Cheng Li baissa les yeux vers l'arme, l'air songeur.

— C'est un coutelas. Il appartenait à mon père. Tu as peut-être entendu parler de lui.

— Cheng Ko Li, acquiesça Connor. Le meilleur d'entre les meilleurs, m'a dit Bart.

Cheng Li hocha la tête.

— Ouais, le meilleur d'entre les meilleurs, répéta-t-elle d'un ton étonnamment morose.

Elle posa un regard vide sur l'arme, tandis que ses doigts se refermaient sur sa garde.

— Ils me l'ont apporté après sa mort. Je le garde là en souvenir.

— C'est bien que vous ayez un objet qui vous rappelle votre père, lui répondit Connor. J'aimerais bien avoir quelque chose du mien.

— Tu m'as mal comprise, petit. Je ne porte pas ce coutelas sur moi pour me souvenir de mon père, mais pour ne pas oublier que, quels que soient tes exploits, quelle que soit ta renommée, il suffit de la pointe d'une épée pour y mettre fin à jamais. Mon père, malgré sa réputation et malgré toute sa gloire, est mort comme un vulgaire bandit. Voilà la pitoyable vérité sur le grand Cheng Ko Li.

Là-dessus, elle ôta la main du coutelas. Mal-

gré ses efforts pour dissimuler son émotion, visiblement, Cheng Li souffrait.

— Bon, tu ferais mieux de te remettre au travail, finit-elle par dire. Regarde, petit soldat, tu
as oublié de nettoyer ce coin-là.

22

SECRETS DE CUISINE

Grace sortit de la cabine du capitaine. Les questions fusaient dans son esprit. Connor les rejoindrait-il ? Où était-il ?

Elle se rendit compte alors qu'elle n'était pas sur le pont extérieur, comme elle s'y attendait, mais dans un couloir longé de chaque côté de portes fermées.

La cabine du capitaine devait avoir deux entrées. N'osant pas rebrousser chemin, Grace s'aventura dans le corridor, persuadée qu'elle y trouverait une sortie.

En effet, tout au bout, elle découvrit une écoutille à gauche, mais aussi, à droite, un escalier qui s'enfonçait dans les entrailles du bateau. Elle aurait dû prendre l'écoutille, repartir vers la sécurité de sa cabine ou, à tout le moins, sur le pont, qui était désert à cette heure-là.

Mais l'idée de choisir l'escalier lui apparut extrêmement séduisante. Après tout, le capitaine ne lui avait pas interdit d'explorer le navire. Il lui avait seulement demandé d'être rentrée avant la cloche du soir. Le jour était à peine entamé et l'équipage dormait. Elle avait donc amplement le temps de faire un petit détour pour visiter l'entrepont.

Les marches la menèrent dans un autre couloir, longé comme le premier de portes de cabines fermées entre lesquelles brillait la lueur falote d'une lanterne.

Un silence sinistre y régnait, à moins que ce ne fût qu'une impression due au fait que Grace ne cessait de penser aux personnes, aux *créatures*, qui logeaient derrière ces cloisons. En outre, ce couloir était long, si long qu'elle fut tentée de faire marche arrière et d'écourter son exploration.

« Non, c'est idiot », se dit-elle. N'avait-elle pas déjà rencontré deux de ces *créatures* en la personne de Lorcan et du capitaine ? Avaient-ils agi comme des démons ? Loin de là en ce qui concernait Lorcan, hormis sans doute lors de ce bref instant où ses traits s'étaient transformés – mais de façon si éphémère que ce n'avait peut-être été qu'un tour joué par la lumière.

Quant au capitaine, il était vrai que son masque et sa cape étaient rebutants, et qu'il lui avait fallu du temps pour s'accoutumer à sa voix désincarnée. Toutefois, cette voix n'avait exprimé que le désir de prendre soin d'elle. Sans compter qu'en lui permettant de voir Connor dans le miroir, il lui avait aussi redonné espoir.

Ces deux prétendus vampires n'avaient fait preuve que de retenue et de sollicitude à son égard. Pourquoi les autres membres de l'équipage se seraient-ils comportés différemment ou se seraient-ils montrés plus dangereux ? Il n'en restait pas moins que ni Lorcan ni le capitaine ne souhaitaient qu'elle les rencontre. Elle allait donc rester prudente.

Rassurée par le tapis qui recouvrait les planches de bois et absorbait le bruit de ses pas, Grace poursuivit son chemin. Ce faisant, elle entreprit de compter le nombre de portes qu'elle passait pour se donner une idée de la taille de l'équipage. Arrivée à vingt, elle s'arrêta. Si chaque cabine était occupée par deux vampires, cela en faisait déjà quarante. S'ils y étaient quatre, le total se portait à quatre-vingts. Et même s'il n'y en avait qu'un par pièce, cela faisait malgré tout... eh bien, cela faisait un nombre... auquel elle préféra ne pas penser.

Frémissante, elle reprit sa route, en se tenant bien au centre du tapis. Cela lui rappela lorsque, petite, marquée par quelque film, ou un livre – elle ne se souvenait plus –, elle avait évité pendant des mois les crevasses des trottoirs, de peur de tomber dans une fosse remplie de lions, de tigres ou d'ours.

Arrivée au bout du couloir, elle avisa un autre escalier. Elle hésita, mais au point où elle en était, elle n'avait aucune raison de ne pas continuer. Elle s'y engouffra et déboucha en contrebas dans un nouveau couloir, semblable au dernier, mais légèrement plus étroit et encore moins éclairé. Cela signifiait-il que les *créatures* étaient plus nombreuses encore ? Certainement. Grace, cette fois, compta trente portes.

De moins en moins sûre d'elle, elle tenta de se donner du courage en se répétant la phrase du capitaine : *Nous n'en voulons pas à votre sang, Grace. L'équipage ne manque de rien dans ce domaine.*

Cela signifiait-il qu'elle allait tomber sur une cale remplie de barils de sang – la caricature morbide d'un chai à vin ? À cette pensée, elle frémit de plus belle. Il valait mieux remonter.

Mais au moment où elle tournait les talons, elle entendit une porte grincer. Elle se figea. Il n'y avait pas d'erreur possible. C'était bien une porte, mais laquelle ? Se plaquant contre la cloison et retenant son souffle, elle lança un coup d'œil rapide à droite, puis à gauche, à la recherche d'un filet de lumière.

C'est alors qu'un homme apparut en titubant à quelques mètres d'elle seulement. S'il partait vers la gauche, elle était faite comme un rat. Sans pouvoir exactement préjuger de la tournure que prendraient les choses, elle se figura que l'expérience serait loin d'être agréable, pour elle du moins.

L'homme, comme hébété, tangua sur place un moment, donnant à Grace le temps de le reconnaître : c'était le pauvre vieillard qu'elle avait vu à travers son hublot aux prises avec Sidorio.

Devait-elle s'approcher de lui ? Elle craignait de l'effrayer. En outre, il n'était peut-être pas si pitoyable que cela. Et si c'était un vampire aussi ? Avant de se risquer à lui parler, Grace résolut de le suivre. L'homme semblait marcher comme sous hypnose. Peut-être était-ce l'état normal des vampires pendant la journée, et ce même sans la lumière directe du soleil sur eux.

L'homme finit par se décider et, par bonheur, s'engagea à droite. Il chancelait tant qu'il était forcé de prendre appui contre les cloisons pour ne pas tomber. Grace poussa un long soupir de soulagement, puis elle lui emboîta le pas.

Soudain, il disparut, mais, au son de ses pieds sur le sol, elle en conclut qu'il avait emprunté un autre escalier. Elle ne se trompait pas. Elle arriva bientôt en haut de nouvelles marches, qui s'enfonçaient plus profondément encore dans le ventre du navire. En bas, elle entrevit la tête du vieillard, juste avant qu'il tourne l'angle du mur. Grace attendit un instant, puis s'empressa à sa suite.

Ce troisième niveau était différent des autres. Ici, il n'y avait plus de tapis, et encore moins de cabines. Au bout, un flot de lumière se déversait d'une pièce ouverte. L'homme s'y engouffra, et Grace alla alors se tapir contre le mur derrière la porte.

Par la fente entre le cadre et le battant, elle découvrit une grande cuisine. On y préparait à manger. Et de la bonne nourriture apparemment. Elle ne pensait pas avoir faim, mais les odeurs qui flottaient jusqu'à elle étaient si appétissantes qu'elle ne put résister à l'envie soudaine d'entrer. Comme hypnotisée, elle quitta l'ombre et vint se planter en pleine lumière sur le seuil de la porte. Les regards du vieillard et d'une femme ronde et rougeaude, visiblement agacée par son apparition, se tournèrent vers elle.

— Ne restez pas plantée là, demoiselle, lui lança celle qui semblait être la préposée aux cuisines. Installez-vous. Je serai à vous dans une minute.

Là-dessus, la femme se détourna et Grace, docile, s'approcha d'un comptoir devant lequel se trouvaient des tabourets.

— Jamie ! Jamie ! Mais où est-ce qu'il est encore passé ce feignant ?

Tout en clappant de la langue, elle se retourna vers le vieillard. Dans la lumière vive qui éclairait la coquerie, la peau de celui-ci avait l'air aussi pâle et fragile que du papier-calque.

— Juste une seconde, Nathanael, je vais te chercher un bon bol de soupe.

De la soupe ? « Les vampires ne mangent pas de soupe ! » s'étonna Grace.

Pourtant, sous ses yeux, la cuistote plongea une louche dans une marmite remplie de liquide bouillonnant. Elle en versa le contenu dans un bol profond, coupa un morceau de pain noir dans une miche tout juste sortie du four, et posa le tout sur un plateau devant celui qu'elle avait appelé Nathanael.

« Mais les vampires ne mangent pas de pain non plus ! » songea Grace. De cela, elle était presque certaine. Cela signifiait-il que le vieux Nathanael n'était pas un vampire ?

— Ça va te faire du bien, dit la femme à ce dernier.

Le vieillard, un faible sourire aux lèvres, hocha la tête, puis sortit de la cuisine avec son plateau. Grace doutait fort qu'il parvienne à rejoindre sa cabine sans tout renverser.

— Bon, à nous maintenant. Vous voulez aussi un bol ? demanda la femme à Grace, en replongeant sa louche dans la marmite sans attendre sa réponse.

— Jamie ! Jamie ! appela-t-elle alors par-dessus son épaule. C'est pas le moment de dormir. Y a plein de choses à faire et je n'ai que dix doigts, moi ! Jamie ! !

Grace se demanda si son visage était rouge à cause de la vapeur et de la chaleur des fourneaux, ou bien à force de hurler. Ne craignait-elle pas de déranger les membres de l'équipage, de les tirer de leur sommeil ? De leur sommeil de *morts*, se dit Grace en faisant la grimace.

— Tenez, bon appétit, lui dit la femme en lui tendant sa soupe avec un morceau de pain.

Grace rapprocha son tabouret et s'attaqua à son repas avec avidité. Bien qu'elle ne pût déterminer quels en étaient les ingrédients, comme chaque fois, elle trouva le tout délicieux et eut tôt fait de vider son bol.

— Alors, ça, c'est de l'appétit ou je m'y connais pas ! lança la cuistote. Je vous ressers ? Vous ne pouvez pas refuser, sinon vous me vexeriez !

Là-dessus, elle empoigna le bol et le remplit à ras bord une seconde fois.

Grace s'étonnait elle-même de son appétit. Un appétit tel qu'elle se prit à donner des coups de pied impatients contre son tabouret en attendant sa deuxième ration. Tout son corps réclamait à manger, et pas n'importe quoi, seulement cette nourriture-là.

C'est donc avec voracité qu'elle engloutit d'un trait brouet et pain noir en se retenant de peu de lécher le bol blanc.

— Viens voir ça, Jamie ! lança la cuistote. Ces nouveaux sont incroyables !

Grace, qui se léchait les babines comme une

forcenée, retrouva à ces mots quelque tenue et leva vers la femme des yeux étonnés. *Les nouveaux ?* Les nouveaux quoi ? Elle s'apprêtait à lui poser la question, lorsqu'une fatigue extrême la submergea. Sa vision de la femme, et d'un garçon qui venait d'arriver, se brouilla. Ses yeux se fermèrent malgré elle et sa cuillère lui tomba des mains. Elle l'entendit cliqueter sur le sol, mais le bruit lui sembla lointain. Puis elle partit à la renverse. Elle n'avait plus de forces pour se retenir. Avant de sombrer complètement, elle eut juste le temps de sentir que des bras puissants et confortables la rattrapaient.

23

PRÊT AU COMBAT

Connor et Bart mangèrent au deuxième service. Après leurs corvées, tous deux étaient affamés comme des loups et s'attaquèrent à pleines dents à leur ration de tourte aux fruits de mer agrémentée de purée de pommes de terre et d'algues à la vapeur. Ces dernières étaient non seulement difficiles à mâcher, mais aussi particulièrement peu ragoûtantes. Connor renonça très vite à essayer de les manger et les repoussa sur le bord de son assiette.

— Tu as tort, elles sont pleines de minéraux,

lui fit remarquer Bart en se resservant. C'est bon pour les muscles.

Connor fit donc un nouvel effort, mais on lui aurait donné du caoutchouc à mastiquer que sa réaction n'aurait pas été différente.

Une fois leur repas terminé, Bart se roula une cigarette et alla leur chercher une tasse de thé. Connor bâillait à n'en plus finir. La matinée avait été longue, et il était mûr pour une bonne petite sieste. Parcourant le carré du regard, Connor remarqua qu'il n'était pas le seul dans cet état. Quelques pirates avaient déjà piqué du nez sur leur table ; d'autres s'étaient allongés sur les bancs ou affalés sur l'épaule de leur voisin ; et l'un d'eux devait être si harassé de fatigue qu'il en était tombé la tête la première dans sa purée. Connor sourit – certes, lui était fatigué, mais pas à ce point tout de même.

Soudain, une cloche retentit à pleine volée. Les hommes qui, une seconde plus tôt, se disputaient à qui ronflerait le plus fort bondirent sur leurs pieds et, comme des fusées, sortirent du carré dans un cliquètement d'épées. Tous, à l'exception bien sûr du cossard, qui resta sans bouger la tête collée sur son assiette.

— Allez, vieux, réveille-toi, lança Bart à Connor en lui fourrant dans les mains une tasse de thé remplie à ras bord. Tu peux la prendre avec toi.

— Où est-ce qu'on va ?

— Sur le pont principal, lui hurla Bart pour couvrir le bruit ambiant. Rassemblement du capitaine.

— Rassemblement du capitaine ?

— Tu verras bien. En attendant, dépêche-toi. Je veux être bien placé.

Le pont était déjà bondé lorsque Connor et Bart arrivèrent. Tous deux furent obligés de se frayer un chemin à travers la foule. Ce n'était pas une mince affaire que de se faufiler de cette façon avec une tasse à la main, et Connor s'attira les foudres de plus d'un pirate pour avoir renversé quelques gouttes de son thé brûlant sur des bottes ou sur des vestes. Toutefois, tant bien que mal, ils finirent par se retrouver au premier rang. Connor s'assit en tailleur, puis, levant la tête, se rendit compte qu'il était juste aux pieds du capitaine. Ce dernier était en pleine conversation avec Cathy Couteau. Scrimshaw, enroulé autour du bras de son maître, semblait écouter avec le plus grand intérêt ce qui se disait. Cathy parlait avec volubilité, tout en remplissant un grand tableau noir, dressé derrière elle sur un trépied, d'une nuée de signes compliqués qu'elle traçait à la craie.

Au bout d'un moment, la cloche sonna de nouveau et Cheng Li apparut, l'air passablement remontée.

— Comment se fait-il que je n'aie pas été prévenue ? aboya-t-elle à l'intention de Cathy Couteau.

Cathy se contenta de hausser les épaules et se tourna vers son tableau.

— Capitaine Rage, je dois vous parler, dit alors Cheng Li.

Mais le capitaine ne voulut rien savoir :

— Après la réunion, madame Li, lui répondit-il.

— Mais, capitaine, j'insiste...

— J'ai dit après la réunion, madame Li.

La voix du capitaine était inflexible. Décidément, la relation entre lui et son second empirait de jour en jour. Il n'y avait rien d'étonnant à ce que Cheng Li houspillât quiconque croisait son chemin. Où qu'elle se tournât, son autorité sur le navire semblait défiée. Le respect et l'affection que les pirates avaient pour Cathy Couteau n'aidaient en rien. On aurait cru que c'était elle le second du capitaine.

Sans perdre une minute de plus, Molucco Rage se tourna vers son équipage :

— Bon. Tout le monde est là ?

— Oui, capitaine ! lancèrent quelques voix.

Connor s'étonna qu'il y eût si peu d'hommes pour répondre à l'appel.

— Et tout le monde est prêt à s'en mettre plein les poches ? reprit Molucco Rage.

Cette fois, les « oui » furent nettement plus nombreux.

— Excellent, excellent, poursuivit le capitaine, dont les yeux étincelaient comme les saphirs qui ornaient ses doigts. Eh bien, mes amis, nous avons entendu dire qu'un bateau vient d'appareiller de Puerto Paradiso, truffé, je dis bien *truffé*, des trésors les plus précieux.

L'attention du capitaine fut alors détournée par l'arrivée d'un retardataire.

— Désolé, capitaine, marmonna un grand dadais, le visage couvert de purée, tout en se glissant juste à côté de Bart.

— Ce n'est pas grave, P'tit Bobby, lui répondit le capitaine. Nous sommes heureux pour toi que tu aies fini ton repas.

Une onde d'éclats de rire traversa l'équipage, mais le capitaine leva la main et le silence, aussitôt, retomba.

— Je disais donc que ce bateau remonte la côte. Apparemment, un de ces messieurs de la haute de Puerto Paradiso a décidé de faire transférer certaines des plus belles pièces de sa collection dans ses quartiers d'été.

— Ooohh, des quartiers d'été ! Ça, c'est chic alors ! s'écria un homme.

— N'est-il pas, monsieur Josué ? lui répondit le capitaine, clairement amusé par la réaction du pirate. J'ai employé le mot « quartiers », mais j'aurais dû dire « palais ».

Connor était aux anges. Il adorait la façon dont le capitaine plaisantait avec ses hommes. Le spectacle était digne d'une bonne pantomime.

— Alors, vous êtes prêts pour une petite escapade ? reprit le capitaine.

— Oui, capitaine !

Molucco Rage porta la main à sa tempe :

— Vous disiez ? Je suis un peu dur d'oreille.

— OUI, CAPITAINE ! ! ! ! hurlèrent alors les pirates à l'unisson.

Lorsque Molucco Rage vit que Connor avait répondu aussi fort que les autres, il lui fit un clin d'œil discret. Scrimshaw, lui, le dévisagea, ou du moins, c'est ce que Connor pensa, tout en se disant qu'être observé par ce serpent, décidément, ne lui plaisait toujours pas.

— Parfait ! lança le capitaine. Donc, si nos calculs sont bons, à la vitesse à laquelle le bateau avance, nous devrions pouvoir le rencontrer pile à l'heure du thé, l'aborder, et être rentrés avec le butin à temps pour le souper. Tu entends ça, P'tit Bobby ? Juste à temps pour le souper !

Bobby, qui n'en avait toujours pas fini de se nettoyer le visage, hocha la tête avec enthousiasme.

— Alors, tout le monde est d'accord ? reprit le capitaine.

— Oui, capitaine ! s'écrièrent les pirates une nouvelle fois.

Seule une voix détonna :

— Capitaine, j'ai une question.

— Oui, madame Li.

— Ce bateau fait-il bien route sur notre voie de navigation ? Puerto Paradiso est loin d'ici.

— Nous avons déjà parlé de ce problème, madame Li. Je me moque de ces nouvelles règles qui disent qu'on ne doit pas sortir de son « couloir ». Quand un trésor passe sous mon nez, je ne vois pas au nom de quoi je devrais le laisser passer.

— Oui ! Oui ! lancèrent les pirates d'une seule voix.

— Avec tout le respect que je vous dois, capitaine, reprit Cheng Li sans se laisser démonter, il y a des lois. La Fédération des Pirates est là pour ça...

Le capitaine Rage feignit de bâiller, ce qui provoqua une cascade de rires dans l'assemblée.

— Je sais bien que vous vous considérez au-dessus de tout cela, capitaine, poursuivit Cheng Li, mais de nouveau, avec tout le respect que je vous dois, n'oubliez pas que c'est moi qui dois ensuite régler les problèmes que vous posez en ignorant les règlements de la Fédération.

— Je suis sincèrement désolé que cela vous affecte ainsi, madame Li.

— Cela nous affecte tous, capitaine, lui rétorqua Cheng Li d'un ton cassant. Si nous pénétrons dans un couloir de navigation qui n'est pas le nôtre, non seulement nous bafouons les règles de la circulation en mer, mais c'est aussi une provocation à se battre pour les pirates que nous insultons en foulant aux pieds leur territoire.

— D'accord, répondit le capitaine calmement. D'accord, madame Li. Il y a du vrai dans ce que vous dites. Et comme le *El Diablo* est un État démocratique, je décide que nous mettions la question au vote. Que ceux qui pensent que nous devrions laisser filer ce trésor par respect pour nos amis pirates disent « oui » !

Un silence de plomb tomba sur le pont. Connor ne put réprimer une grimace face à l'humiliation de Cheng Li. Il osait à peine imaginer le sentiment de rage qui devait la torturer de l'intérieur. Mais il savait qu'elle l'exprimerait d'une façon ou d'une autre, et il pria que le ciel lui épargne de se trouver dans les parages à ce moment-là.

Impitoyable, le capitaine reprit :

— Bon, que ceux qui acceptent de prendre le risque de vexer nos amis...

Avant même qu'il ait fini sa phrase, un concert assourdissant de « oui » s'éleva dans l'équipage. Le vacarme fut tel que Connor sentit le pont vibrer. Le rythme de son cœur s'accéléra et un frisson lui parcourut la colonne vertébrale. Il regarda le capitaine, puis Bart. Ce dernier s'était joint sans partage à ces acclamations qui venaient de se répandre sur le *El Diablo* comme une traînée de poudre. Le pont n'était plus qu'un océan de pirates vociférants, les poings dressés en signe de soutien à leur capitaine.

— Je crois que vous avez votre réponse, madame Li, acheva Molucco Rage.

— Oui, lui répondit-elle sans même prononcer son titre comme l'usage le voulait.

Connor eut peur que le capitaine réagisse,

mais ce dernier décida de laisser passer cette impertinence. Il préféra enfoncer le clou :

— J'espère, madame Li, que vous garderez l'envie de combattre avec nous. Vous êtes l'un de nos plus virulents attaquants et je ne doute pas que tous nous vous désirions au cœur de l'expédition qui nous attend.

— Je suis capitaine en second du *El Diablo*, lui rétorqua Cheng Li d'un ton glacial, et je ferai honneur à mes fonctions.

— Farpait, farpait, railla le capitaine. Et maintenant, donnons la parole à notre chère et distinguée collègue, j'ai nommé Mme Catherine Morgan, mieux connue dans cette partie du monde sous le nom de Cathy Couteau. Madame Morgan, un mot ou deux sur la stratégie à adopter ?

Là-dessus, le capitaine s'effaça et Cathy Couteau s'avança, tandis que deux pirates bondissaient sur leurs pieds et s'empressaient de rapprocher le tableau noir de l'assemblée.

— Bien, les gars, attaqua aussitôt Cathy Couteau, plus concentrée que jamais, un bout de craie bleue entre les doigts. Aujourd'hui, nous avancerons par équipes de trois en formation 4-8-8. Vous connaissez la manœuvre...

Se tournant vers le tableau, elle dessina

quelques croix à la craie par-dessus son croquis d'origine qui – Connor venait juste de le voir – était la réplique d'un pont vu d'en haut.

— D'après nos renseignements, reprit Cathy Couteau, notre cible est un galion, standard. Après la bordée de canons, l'équipe de première ligne abordera ici, ici, et là. Josué, Lucas, Bartholomée... vous prendrez la tête des sabres. Vous savez ce que vous avez à faire. Je veux vous voir tailler dans les drisses avant l'arrivée des rapières, spécifia-t-elle en traçant de grands cercles autour des croix qu'elle avait dessinées plus tôt. Vous, les rapières, vous les suivrez de près. Ne perdez pas de vue vos premières lignes et gardez bien le rythme. Je ne veux pas voir un centimètre entre vous, c'est compris ? Dès que les sabres auront ouvert une brèche, ce sera à vous de vous y engouffrer. Je veux que l'équipage ennemi soit vaincu avant même d'avoir compris qu'il était attaqué. C'est notre seul moyen de rapporter le butin. Maintenant...

Cathy se détourna du tableau et se planta droit devant les hommes. Son expression était grave.

— Je veux le moins de sang possible, reprit-elle. On y va pour le butin, pas pour compter les cadavres. Y'en a parmi vous qui se sont montrés un peu gourmands ces derniers temps. Xavier ?

De Cloux ? Un peu de tenue, les gars, d'accord ? Une épée est plus efficace quand elle n'a pas de sang sur sa lame.

Connor fut à la fois soulagé et légèrement surpris. Après le discours que Cathy lui avait tenu durant sa première leçon, il en avait déduit que « tripes » et « sang » n'étaient que deux mots de plus sur leur liste des corvées quotidiennes.

— Bien parlé, Cathy, dit le capitaine en reprenant le devant de la scène. J'espère que vous avez tous bien écouté. C'est à vous, pirates expérimentés, de donner le bon exemple aux nouvelles recrues.

Personne ne pipa mot.

— Et maintenant, reprit le capitaine avec un grand sourire, allez vérifier que vos épées sont bien huilées et prêtes à servir. Ensuite, cap à l'ouest ! Pour le combat, mais pour de beaux trésors aussi ! Si vous travaillez bien, et je n'en doute pas une seconde, je vous promets une nuit de délices chez notre délicieuse Ma Kettel.

À ces mots, les acclamations fusèrent, puis les pirates se dispersèrent aussi vite qu'ils s'étaient rassemblés.

Bart s'avança pour parler à Cathy. Quant à Cheng Li, furieuse, elle s'éloigna à grands pas. Connor, embarrassé, regarda le capitaine.

— Ce garçon a besoin d'une épée, Cathy, dit Molucco Rage, en faisant un nouveau clin d'œil à Connor.

Et, sur une grande tape dans le dos de Bart, il fila d'un air décidé vérifier les préparatifs de son vaisseau pour l'abordage.

Cathy et Bart se tournèrent vers Connor :

— Es-tu sûr d'être prêt pour ça ? lui demanda Cathy.

Connor haussa les épaules.

— Bien sûr qu'il est prêt ! répondit Bart à sa place.

Connor repartait dans sa cabine lorsqu'il aperçut Cheng Li, les yeux perdus sur l'horizon et l'air totalement abattue. Connor hésita. L'idée de s'approcher de Cheng Li le rendait nerveux, mais son sentiment était qu'il lui devait un peu de réconfort. Le capitaine Rage l'avait cruellement humiliée devant l'équipage tout entier, ce qui n'avait fait qu'affaiblir son autorité déjà bien écornée. Certes, Cheng Li se montrait souvent arrogante et impérieuse, mais c'était elle qui avait sauvé Connor d'une mort assurée. En outre, même si elle avait de curieuses façons parfois de le manifester, de toute évidence, elle se souciait de son sort.

— Hum... je ne vous dérange pas ?

Cheng Li leva les yeux. Habituellement, ses traits étaient aussi durs que ceux d'un guerrier. Mais à cet instant précis, Cheng Li avait l'air d'une petite fille. Le capitaine Rage l'avait dépouillée de son autorité, mais aussi de sa force, du feu qui l'habitait.

— Alors, le spectacle t'a plu ? demanda-t-elle à Connor d'un ton amer.

— Pas vraiment, non. Comment vous sentez-vous ?

— Bien, lui dit-elle en le regardant d'un air perplexe. Bien sûr que je me sens bien. J'ai l'habitude des petits numéros de Molucco Rage, même si celui-ci s'est révélé plus vicieux que les autres. En fait, c'est très flatteur.

— Flatteur ? s'étonna Connor.

— Il doit se sentir très menacé par ma présence pour me rabaisser à ce point, tu ne crois pas ? Vois-tu, jeune ami, il est parfaitement conscient que, même si les abrutis qui constituent son équipage applaudissent à chacun de ses mots, le vrai pouvoir est de mon côté.

— Que voulez-vous dire ?

— Le monde de la piraterie est en train de changer, petit, et les hommes de la trempe de Molucco Rage seront bientôt sur la touche. Pour eux, la vie de pirate n'est qu'une longue partie de plaisir. Mais ce sont les gens comme moi, ceux qui font des choses, ceux qui ont des relations, qui sont l'avenir.

Connor s'étonna des propos de Cheng Li, mais se dit qu'après une telle semonce, il était peut-être normal qu'elle ose remettre en cause son obligation d'obéissance à son supérieur. De plus, lui, Connor, était apparemment le seul auprès de qui elle pouvait s'épancher ainsi.

— Le monde de la piraterie est bien plus vaste que ce que tu vois sur ce bateau, petit. Le *El Diablo* n'est, pour ainsi dire, qu'une goutte dans l'océan. Viendra un jour, prochain, où les Molucco Rage ne seront plus rien. C'est à partir de ce moment-là que la vraie vie commencera. Ce sera l'aube d'un monde meilleur pour la piraterie !

En parlant, Cheng Li semblait avoir retrouvé de sa fougue. Connor se sentait honoré d'avoir eu la primeur de sa vision sur le futur. Mais elle ne lui laissa pas le temps de lui exprimer sa sympathie.

— Bon, ce n'est pas tout ça, mais je ne peux pas passer tout l'après-midi à te parler. J'ai des katanas à huiler.

Là-dessus, elle tourna les talons et s'éloigna

sur le pont. Assurément, Cheng Li avait du cran. L'humiliation qu'elle avait subie ne lui avait en fait rien ôté de sa ténacité. Au contraire, elle l'avait apparemment rendue plus volontaire et plus féroce encore. Tout en suivant des yeux les deux armes qui se balançaient dans son dos, Connor repensa à Cathy, qui avait exhorté l'équipage à moins de sauvagerie. Sans trop savoir pourquoi, Connor douta que Mme Li prêterait grande attention à sa demande. Malheur à l'homme ou à la femme qui se mettrait sur son chemin ce jour-là !

24

LA CLOCHE DU SOIR

— Jamie ? Jamie ! Où es-tu ? !

Grace avait connu des réveils meilleurs, mais elle dut reconnaître que les cris perçants de la préposée aux cuisines étaient très efficaces. Au son de sa voix, ses yeux s'ouvrirent en grand et son esprit se souvint aussitôt qu'elle se trouvait dans l'atmosphère chaude et embuée de la coquerie, au milieu du fracas incessant des casseroles. Quelqu'un l'avait allongée par terre, dans un coin, et l'avait couverte d'une nappe amidonnée.

271

À grand bruit, la femme rougeaude vérifiait ses marmites, soulevant et reposant les couvercles tel un joueur de tambour sûr de lui, mais auquel il aurait manqué le sens du rythme.

Quant au fameux Jamie, il semblait avoir de nouveau disparu.

— Où es-tu, mon garçon ? Je n'ai que deux mains, tu sais. Oh, ce n'est plus de mon âge de travailler comme ça !

— Est-ce que je peux vous aider ?

Grace s'était levée et avait replié la nappe en suivant bien les plis déjà marqués.

— Vous ? lui répondit la cuisinière, interloquée. Ce n'est pas permis par le règlement. Non pas que je n'aie pas besoin d'aide, au contraire, mais vous, vous êtes censée vous reposer et prendre des forces.

Surprise, Grace hocha la tête.

— Je me sens en pleine forme ! s'exclama-t-elle. Je ne sais pas ce que vous mettez dans votre soupe, mais je déborde d'énergie.

— Merci, p'tite demoiselle, lui dit la cuisinière, flattée. Je suis bien heureuse de l'entendre. Et si vous le prenez comme ça, pourquoi être plus royaliste que le roi ? J'accepte ! Par contre, ne pensez pas une seconde que je vais vous révéler mes ingrédients secrets, ajouta-t-elle avec un sourire en agitant une spatule sous le nez de Grace.

— Non, bien sûr. Par quoi voulez-vous que je commence ?

— Eh bien, vous voyez ces carottes ? Il faut les couper en tranches et en cubes. C'est pour les amuse-gueule.

Grace se tourna dans la direction indiquée et découvrit une montagne de carottes. Il y en avait là plus que les jours de marché au port. Sans se décourager, elle en prit une poignée qu'elle posa sur la planche à découper que la cuisinière lui avait donnée.

— Très bien ! déclara cette dernière en voyant Grace à l'œuvre. En plus, la taille est parfaite. Mais vous êtes un vrai don du ciel !

Euphorique, la cuisinière repartit vaquer à ses occupations. Grace avait toujours aimé l'aspect répétitif de la cuisine, qui lui apportait calme et maîtrise de soi dans les situations où ces qualités lui faisaient défaut. Elle se revit soudain au phare, avec son père affairé aux fourneaux, et Connor et elle, papillonnant autour de lui, toujours prêts à couper, remuer, goûter.

— Tu t'en sors ?

La face rieuse d'un inconnu venait d'apparaître de l'autre côté du plan de travail. Grace comprit que c'était l'insaisissable Jamie.

— Oui, lui répondit-elle simplement.

— Tu travailles vite, dis donc, la complimenta-t-il en lui barbotant une rondelle de carotte.

Grace haussa les épaules, puis changea de sujet :

— Je ne me serais jamais attendue à trouver une cuisine sur ce bateau.

— Qu'est-ce que tu crois, faut bien que les gens mangent, la belle, s'étonna Jamie.

— Les gens, oui, mais pas... pas les *vampires*, lui dit-elle dans un souffle en levant la tête vers lui.

— Oh, mais cette bouffetance est pas pour eux ! s'exclama Jamie en enfournant un autre morceau de carotte.

— Pour qui est-ce alors ?

— Jamie ! Jamie, est-ce que tu vas arrêter de distraire cette fille ? Rends-toi utile un peu. Va me chercher la viande dans la caisse à glace.

— Le devoir m'appelle ! lança alors Jamie à Grace.

Sur ce, la cuisinière s'approcha d'elle.

— Ça, c'est du travail vite et bien fait, ma fille, lui dit-elle en lui tapotant l'épaule. Je me

274

demande si je ne vais pas parler de toi au capitaine. Ce serait du gaspillage de ne pas te garder ici à la coquerie. Une paire de mains supplémentaires ne serait pas de trop avec le fainéant de neveu que j'ai.

Du gaspillage ? Que voulait-elle dire ? Grace se souvint alors des mots prononcés par la cuisinière juste avant qu'elle tombe – littéralement – de sommeil. *Ces nouveaux sont incroyables !* De quoi parlait-elle ? Grace sentit une vague d'effroi monter en elle. Puis elle vit Jamie, derrière elle, extirper une tonne de bœuf de la glace.

— Qu'est-ce qui se passe ici ? s'écria Grace en lâchant son couteau. Pour qui est toute cette nourriture ?

— Attention, demoiselle, lui dit la cuistote. Regarde, tu t'es coupée...

Grace baissa les yeux. C'était vrai, le couteau avait creusé une entaille nette dans son doigt et une petite goutte de sang perlait déjà sur sa peau. Avant même qu'elle ait le temps de réagir, la cuisinière lui avait saisi la main.

— Vite, Jamie, dépêche-toi. Allez, bouge-toi, gros balourd ! Oh, mais quel gâchis !

Grace tremblait de tout son corps. Elle était prisonnière de la poigne de fer de la cuisinière. Lorsqu'elle leva la tête vers elle, elle vit que le regard de la femme avait changé. Ses yeux étaient devenus vitreux et leur expression, vide, comme si la vie s'était envolée de son enveloppe charnelle. Grace repensa à son expérience avec Lorcan. Cette femme était-elle un vampire ? Et Jamie aussi ? Grace avait pensé qu'elle serait en sécurité à la coquerie. Comme elle était naïve !

Jamie rejoignit sa tante et s'empressa d'éponger le doigt de Grace, avant de le bander avec un linge.

— Ça devrait suffire à comprimer la plaie, dit-il enfin.

Tout engourdie, Grace regarda sa main.

— Il était temps, soupira la cuisinière en la relâchant, de nouveau gaie et l'air affairé. Dans une cuisine, l'hygiène, c'est important ! Je crois que je vais mettre les carottes déjà coupées dans la casserole. Et pour vous, demoiselle, c'est l'heure de la pause. En fait, je ne suis pas si sûre que vous soyez faite pour travailler en cuisine. Vous êtes un peu trop tendue. Je dois reconnaître que le capitaine a raison.

— En quoi a-t-il raison ? demanda Grace. Je vous en prie, arrêtez avec vos devinettes et dites-moi ce qui se passe !

— Eh bien, votre petit somme ne vous a pas

mise de bonne humeur, la réprimanda la cuisinière en fronçant les sourcils.

— Expliquez-moi, insista Grace.

— Ne me dites pas que vous n'êtes pas au courant. Vous êtes le nouveau donneur de sang, n'est-ce pas ? Le vieux Nathanael va prendre sa retraite et c'est vous qui le remplacez.

Donneur ? De sang ? Grace n'était pas sûre de saisir le sens de ces propos, mais les mots n'auguraient rien de bon. Elle ouvrit la bouche pour poser plus de questions, mais aucun son n'en sortit. En pensée, elle venait de revoir le vieux Nathanael, titubant dans les couloirs, puis assis dans cette coquerie, blême et émacié, *comme vidé de son sang.* Que voulait dire cette cuisinière ? Que le vieux Nathanael n'était pas du tout un vampire ? Mais il était quoi alors ?

Vous êtes le nouveau donneur de sang.

L'équipage ne manque de rien dans ce domaine.

Le cerveau de Grace tournait à toute vitesse. Puis, soudain, elle comprit et frissonna. C'est alors qu'une cloche tinta.

— C'est déjà l'heure ? Dépêche-toi, Jamie. Remets-toi au travail, sinon on ne sera jamais prêts pour le Festin.

Le Festin ?

La cloche retentit de nouveau.

— Est-ce la cloche du soir ? demanda Grace à Jamie.

D'un signe de tête nonchalant, il lui répondit par l'affirmative, tout en lançant en l'air une pomme rouge sang qu'il rattrapa avec les dents. Grace regarda ces dernières se planter dans la pulpe blanche et crémeuse du fruit, et se dit qu'elles étaient singulièrement longues. Mais un vampire, ça ne mange pas, n'est-ce pas ? Oh, mais que tout était compliqué !

— Je dois y aller, finit-elle par dire, prise de nausées. Il faut que je me dépêche de rentrer.

— À plus tard, alors ! lui lança Jamie en refermant la bouche sur le fruit dont il avait englouti les pépins, le trognon et la queue aussi.

25

LE RAID

Le cœur battant, Connor attendait le signal de l'attaque. Le galion ennemi dont ils se rappro- chaient étant plus petit que leur vaisseau, soixante pirates uniquement, soit la moitié de l'équipage environ, participaient à l'expédition.

Ils étaient divisés en trois équipes de vingt, elles-mêmes subdivisées en trois équipes de quatre, huit et huit. La fameuse formation en 4-8-8 dont Cathy avait parlé. Connor avait suffi- samment d'expérience en sport d'équipe pour comprendre sa stratégie. Elle était assez simple :

les quatre sabres monteraient à l'assaut en premier. Leur but : faire peur à l'ennemi et causer le plus de dégâts de surface possible dans le gréement et sur les ponts. Mais dégâts de surface uniquement. L'ordre était de ne pas totalement saccager le galion, pour le cas où le capitaine Rage déciderait de l'utiliser ultérieurement pour sa propre jouissance.

Une fois que les sabres auraient semé la panique chez l'adversaire, la première formation des huit bretteurs entrerait en scène. Sa mission : identifier une cible humaine pour un combat au corps à corps à l'épée, à la rapière ou au poignard. Mais comme l'avait rappelé Cathy, le but était de forcer l'ennemi à se rendre, pas de prendre plaisir à le tuer.

La deuxième formation de huit, dont Connor faisait partie, devait servir de renfort à la première, avec laquelle elle fonctionnait en binôme. Autrement dit, chaque attaquant de la première équipe, l'équipe senior, avait sous ses ordres un attaquant junior dans la seconde. Et Connor avait eu l'honneur de se voir nommé coéquipier de Cathy Couteau.

— C'est le tandem le plus sûr, lui avait dit Bart. Cathy abat le travail de trois hommes. La contrepartie, c'est que tu seras au beau milieu de l'action. Mais si tu l'écoutes bien et que tu fais exactement ce qu'elle te dit de faire, on devrait tous répondre présents pour la fête du capitaine.

À ces mots, Bart avait enfilé ses gantelets de cuir et, le visage rayonnant, mais solennel, avait pris et serré la main de Connor en lui disant :

— Bonne chance à vous, monsieur Tempête.

— Pareillement, lui avait répondu Connor.

Puis Bart s'en était allé rejoindre les trois colosses manieurs de sabres qu'il avait sous ses ordres dans sa propre formation.

Chacun était donc à son poste de combat et, comme dans les équipes au sein desquelles Connor avait joué petit, chacun se préparait à sa façon. Certains de ses coéquipiers s'échauffaient en se fendant, puis en rompant, pour assouplir leur jeu de jambes, ou en tournant la taille de droite et de gauche pour amplifier le plus possible leur mouvement de buste et garantir ainsi le plus ample rayon d'action possible. D'autres faisaient dans le vide des exercices d'estoc et de taille avec leur épée. À voir ainsi les lames mortelles fendre l'air sous son nez, Connor fut pris d'un léger malaise.

Il effleura du doigt la garde de la rapière pendue à son côté. Cathy avait passé en revue avec lui les différents aspects du rôle qu'il devrait jouer et l'avait assuré que, si d'aventure il se voyait forcé d'utiliser son arme, ce ne serait que pour intimider un attaquant éventuel. Il n'empêche, cet abordage n'était pas un jeu et rien n'était garanti.

À cette pensée, Connor sentit le poids de son arme. La rapière était lourde, et plus lourde encore sa peur croissante d'avoir à l'utiliser. Qui sait, peut-être n'avait-il pas la stature d'un flibustier. Toutefois, pour l'heure, il n'avait plus le choix : les autres comptaient sur lui.

Soudain, Cheng Li apparut à ses côtés. Il pensait pourtant qu'elle combattait dans la première vague de huit. Sans doute venait-elle lui souhaiter bonne chance.

— Johanna, annonça-t-elle, tu prends ma place dans l'autre équipe. Tu es promue senior. Quant à moi, je vais garder l'œil sur Tempête.

Manifestement ravie, Johanna salua le second du capitaine et fonça rejoindre ses nouveaux coéquipiers. Connor observa Cheng Li d'un air perplexe. Avait-elle effectivement décidé de le protéger, ou avait-elle été rétrogradée ? Son regard noir comme l'encre fit dire à Connor qu'il valait mieux ne pas lui poser la question.

C'est alors qu'un fracas assourdissant se fit entendre. Connor leva les yeux juste à temps pour voir qu'une énorme grille de métal tombait sur lui. Aussitôt, il fit un grand bond de côté, mais à ce moment précis, la grille s'immobilisa dans sa course, formant un angle à quarante-cinq degrés. Deux autres structures similaires, tout aussi menaçantes, étaient apparues de chaque côté de la première, à intervalles réguliers. On aurait dit des ponts suspendus à demi baissés.

— Qu'est-ce que c'est ? demanda Connor à Cheng Li, s'attendant au pire.

— Comment crois-tu que tu vas passer de notre bateau au leur ? lui répondit-elle.

Connor leva de nouveau les yeux vers ces grilles étroites dont l'une se balançait juste au-dessus de sa tête au rythme du tangage du bateau. Elles avaient l'air de tout, sauf d'engins stables.

— Dès le premier feu de bordée, lui expliqua Cheng Li, on les abaisse complètement. Elles nous servent de pont.

Connor n'en était pas plus rassuré pour autant et le pirate à ses côtés ne fit rien pour apaiser ses craintes :

— « Les trois chances », c'est comme ça qu'on les appelle, gloussa-t-il en lui enfonçant le coude dans les côtes, parce que, tout ce qu'on peut faire quand on est dessus, c'est de se souhaiter qu'on arrive sur l'autre bateau, et qu'on en revienne, en un seul morceau, ha, ha, ha !

— Merci ! le coupa Cheng Li d'un ton cassant en voyant Connor changer de couleur. Je crois que ça suffira comme détails.

À cet instant précis, les canons retentirent. Le vaisseau pirate avait accosté le long de sa cible. Les « trois chances » s'abaissèrent dans un bruit de ferraille à quatre-vingt-dix degrés.

Aussitôt, les trois formations de sabres se ruèrent sur ces passerelles fragiles qui enjambaient les flots tourbillonnant entre le *El Diablo* et le galion. Elles avaient beau être équipées d'une main courante de chaque côté, elles ballottaient sans cesse sous les vibrations des pirates qui passaient et les remous de la houle.

— Je n'y arriverai jamais, dit Connor, le corps envahi par une peur paralysante.

— Bien sûr que tu vas y arriver, lui répondit Cheng Li. L'astuce, c'est de courir aussi vite que tu le peux. Plus on avance lentement, plus on se sent déséquilibré. Par contre, n'oublie pas : ne regarde jamais en bas !

C'est précisément ce que Connor faisait. L'océan lui semblait s'être transformé en une bête féroce et affamée, attendant la gueule grande ouverte qu'il lui tombe entre les dents.

Il se mit à trembler. Bien qu'il ait grandi dans un phare, il avait toujours eu peur du vide. Cette fois, il fut pris de nausée, puis une effroyable montée d'adrénaline se propagea dans ses veines. D'un moment à l'autre, il se sentait des jambes de plomb, ou bien fragile et vulnérable comme une plume. Il ne parviendrait jamais à poser un pied sur ces passerelles, c'était impossible ! À la moindre anicroche, il finirait la tête la première dans les eaux glacées.

Il mourait d'envie de se cacher dans un trou de souris. Pourquoi le capitaine Rage l'avait-il choisi pour ce raid ? Il n'était pas de taille ! Jamais il n'y arriverait.

— Tu vas y arriver.

C'était la voix de son père. Comme la fois précédente, là, dans sa tête. Et, comme la fois précédente, le calme et la conviction de cette voix le rassurèrent. Aussitôt, Connor ressentit une accalmie au fond de lui.

— Première vague de huit, à l'attaque ! s'écria Cathy, se détachant soudain de sa formation et s'élançant sur la « chance » devant elle.

Dans son sillage, telles des meutes de chiens de chasse, les trois équipes de huit se ruèrent sur les passerelles de métal avant de bondir et de s'abattre sur leur proie.

Ce fut alors au tour de Connor et de ses coéquipiers de s'avancer en file indienne jusqu'au bastingage. Derrière lui, Cheng Li fermait la marche. Et voilà. Le moment était arrivé. Connor n'avait aucune idée de l'état d'avancement du combat sur l'autre bateau. De là où il se trouvait, il ne pouvait pas voir le pont.

Devant lui, la « chance » oscillait dangereusement. Bien qu'il vienne de voir douze pirates la franchir, il continuait de craindre le pire. Toutefois, quelle autre solution avait-il ? Il faisait partie d'un groupe, et Connor Tempête n'avait jamais laissé tomber un coéquipier.

Soudain, un cri retentit :

— Deuxième vague de huit !

Les pirates devant lui chargèrent, sans même chercher la sûreté de la main courante. Puis vint son tour. Connor, au pied de la passerelle, hésita, mais Cheng Li, fermement, le poussa.

— Vas-y, petit. Montre-moi que je n'ai pas sauvé un poltron.

Connor prit une profonde inspiration, puis sauta sur la « chance » et, sans regarder, sans tendre les mains à l'horizontale, marcha droit sur l'autre bout. En quelques enjambées, il avait atterri d'un bond sur le pont en bois du bâtiment ennemi. Il avait réussi.

— Excellent, petit ! lui lança Cheng Li en sautant à ses côtés.

Mais l'heure n'était pas aux longs discours et Connor lui faussa compagnie. Sa mission était de retrouver Cathy et d'obéir à ses ordres. Tout autour de lui, les membres de la première vague des huit étaient engagés dans un terrible combat au corps à corps. Le taux d'adrénaline dans son sang était tel que Connor se serait presque jeté dans la mêlée. Mais les instructions avaient été claires et chacun devait s'y plier.

C'est alors qu'il avisa Cathy, qui lui faisait signe de le rejoindre. Il s'élança vers elle. Elle tenait deux hommes en respect à la pointe de son épée. Apparemment, ils ne tremblaient pas, mais leur visage trahissait leur peur.

— Surveille-les ! Moi, je continue d'avancer, commanda Cathy à Connor.

Connor dégaina sa rapière et la pointa sur les deux hommes en priant le ciel qu'ils ne flairent pas son manque d'expérience.

— Je vous conseille de ne pas taquiner M. Tempête, leur dit Cathy. C'est l'un des hommes les plus assoiffés de sang de notre équipage.

Puis, en adressant un clin d'œil discret à Connor, elle s'éclipsa.

« En fait, ce n'est peut-être pas si compliqué que cela d'être pirate », songea Connor. Il souffla longuement et, devant ses prisonniers excédés à la pensée qu'on osait se moquer d'eux, leur sourit.

— J'essaie juste d'être agréable, leur dit-il alors en haussant les épaules avant d'approcher d'eux le bout de sa rapière d'un air malicieux.

C'est alors qu'il sentit une tape dans son dos. Il pivota sur ses talons. Un homme le menaçait de son épée. Il ne portait aucune protection et avait tout l'air de quelqu'un qui, fait prisonnier, avait réussi à se libérer et à se saisir de la rapière d'un des pirates du *El Diablo*. Ses yeux étaient pleins de haine :

— Fieffés forbans, susurra-t-il. Vous vous croyez les plus forts, hein ? Eh bien, c'est ce qu'on va voir.

Là-dessus, il attaqua. Connor vit le coup arriver et parvint à l'éluder en faisant un bond de côté.

Mais l'homme frappa de nouveau, et cette fois, sa rapière fit mouche. Connor sentit une douleur fulgurante à l'épaule. Mais tout allait bien, oh, tout allait mieux que bien ! La souffrance avait eu sur lui l'effet d'un rappel à l'ordre. Connor se ressaisit. Lui et son adversaire se tenaient désormais face à face, chacun jaugeant la situation. Connor se concentra pour se souvenir au mieux des leçons prises avec Bart et Cathy.

— Tu n'es qu'un gamin, railla l'homme. Alors comme ça, les pirates sont à court d'adultes, hein ?

Il ne fallait surtout pas mordre à l'hameçon. Connor comprit que son adversaire essayait de le déstabiliser et il mit un point d'honneur à soutenir son regard. Sa tactique porta ses fruits. Alors que l'homme lançait une nouvelle attaque, Connor para le coup et arrêta la lame adverse en pleine course. Puis il usa de toute sa puissance pour faire ployer le bras de son adversaire. Mais c'en était trop. La plaie à son épaule s'ouvrit davantage encore et il sentit le sang couler.

Il ne devait pas se laisser distraire. Il fallait coûte que coûte qu'il attaque en premier. C'est ce qu'il résolut de faire. Il rompit, mais aussitôt, dans un rugissement, s'élança de nouveau. Les yeux plantés dans ceux de l'homme, il pointa sa rapière vers sa poitrine. C'est alors qu'il sentit ses pieds se dérober sous lui. Le pont, ensanglanté, glissait et son épée manqua sa cible. Toutefois l'homme, ayant perdu l'équilibre aussi, culbuta. Ce faisant, sa nuque alla heurter le mât derrière lui. Instantanément, il s'effondra, le visage recouvert du sang qui jaillissait de son crâne.

Le cœur battant, Connor se baissa pour arracher la rapière de ses mains inertes et la lancer au loin.

Il ne voulait pas que son adversaire meure. Il s'était défendu, mais il n'avait jamais eu l'intention de le tuer. Il regarda autour de lui. La bataille tirait à sa fin. Les pirates du *El Diablo* avaient pris le dessus. Mais Connor, lui, avait le sentiment d'avoir perdu son premier combat. Il se retourna sans attendre vers les deux prisonniers que Cathy lui avait confiés, puis se rua sur eux.

— Ayez pitié ! l'implora l'un d'eux, le regard plein d'effroi.

— Détache ton foulard, lui répondit Connor d'une voix éraillée. J'ai dit détache ton foulard. Maintenant ! !

Les mains tremblantes, l'homme obtempéra.

— Suis-moi ! lui ordonna Connor.

— Je vous en prie, ayez pitié !

— Suis-moi, j'ai dit !

Presque aphone, Connor saisit l'homme par les poignets et le traîna jusqu'au mât. Là, il lui arracha le foulard des mains et le pressa contre le crâne de l'homme qu'il avait blessé.

— Tiens ça, lui lança-t-il alors en lui plaçant lui-même la main sur le foulard ensanglanté. Appuie fort.

— Vous avez eu pitié ? ! Merci ! Merci ! chevrota le prisonnier en claquant des dents.

Connor se tenait là, à le regarder, muet, haletant, lorsqu'il sentit soudain une main sur son épaule. Il était à bout de forces. Il ne parviendrait jamais à se battre encore une fois ! Il se tourna...

— Joli travail, lui dit Cheng Li. Il faudra peut-être apprendre à mesurer ta force. Mais, cela mis à part, c'était du beau travail.

Entre-temps, Cathy était accourue.

— Connor, bravo ! Excellent ! Et... Cheng Li...

— Oui ?

Épée à la main, les deux femmes se toisèrent un instant :

— Magnifique, madame Li. Comme toujours. Et merci d'avoir gardé l'œil sur Connor, mais la prochaine fois, je vous veux de nouveau en première ligne. On a besoin de vous. Il n'y a que vous pour avoir un toucher pareil. D'ailleurs, il faudra que vous m'appreniez un jour à manier ces katanas.

— Volontiers, lui répondit Cheng Li.

Son ton était nonchalant, mais Connor vit dans ses yeux qu'elle était flattée.

Là-dessus, Cathy s'empressa d'aller annoncer la reddition du galion. Le *El Diablo* tira deux coups de canon, signal de la victoire, tandis que le bateau adverse en faisait retentir un, en signe de capitulation. La bataille avait pris fin aussi vite qu'elle avait commencé.

Le capitaine du galion n'avait opposé aucune résistance. Il savait que les pirates étaient plus nombreux que son équipage. Par contre, lorsque Cathy revint, accompagnée du capitaine Rage, il se jeta aux pieds de ce dernier, l'implorant de le protéger de son patron, qui ne manquerait pas de se venger de lui pour le vol de sa précieuse cargaison.

— Je suis désolé, mais j'ai bien peur de ne rien pouvoir pour vous, mon cher, lui répondit le capitaine Rage d'un air majestueux et paterne. En revanche, lorsque vous reverrez votre patron, s'il vous plaît, transmettez-lui le bon souvenir de Molucco Rage, capitaine du *El Diablo*. Nous lui sommes infiniment obligés de ces marchandises qu'il nous permet d'utiliser. D'ailleurs, si vous pouviez nous aider à les porter jusqu'ici avant que nous les transbordions, je vous promets qu'ensuite nous n'abuserons pas plus de votre temps, qui est précieux, j'en suis sûr.

Cathy assigna à Connor la tâche de surveiller à la pointe de son épée les deux prisonniers choisis pour transporter le butin de la cale sur le pont. Au bout de quatre voyages, une montagne de trésors étincelait sous le soleil comme les feux de la Saint-Jean.

Aussitôt, les pirates se divisèrent en deux groupes. Les huit bretteurs seniors se chargèrent de tenir en respect l'équipage vaincu au sein d'un cercle bien fermé, tandis que les manieurs de sabres et les bretteurs juniors transbordaient le butin par les « trois chances ». Quelques allers et retours plus tard, Connor en avait presque oublié sa peur des passerelles.

Une fois l'opération terminée, les pirates abandonnèrent le galion ennemi. Lorsque les derniers hommes furent revenus sur le *El Diablo*, les « trois chances » s'élevèrent pour reprendre leur position verticale jusqu'au prochain abordage.

Une vaste clameur retentit alors, mêlée de hourras et de vivats. Chacun se congratula, à coups d'embrassades, de grandes tapes dans le dos, et de pouces levés en signe de victoire.

— Félicitations, vieux ! s'écria Bart en décochant lui-même une grande tape dans le dos de Connor.

— Oui, félicitations ! répéta le capitaine. C'était un raid réussi, mes amis. Très réussi, reprit-il en passant un bras sur l'épaule de Cathy et en la serrant contre lui. Magnifique, Cathy, tout simplement magnifique !

— On y est arrivés, s'émerveilla Connor. On y est arrivés !

— Maintenant, tu es un vrai pirate, lui répondit Bart. À toi la vraie vie !

À ces mots, Connor ressentit soudain l'envie d'être seul. Il s'éloigna discrètement du groupe et alla s'accouder au bastingage. Dans la lumière qui déclinait, le galion vaincu disparaissait rapidement à l'horizon.

— Je t'avais dit que tu y arriverais, lui dit une voix familière dans sa tête.

— Papa ? s'écria-t-il.

— Tu as bien travaillé, Connor.

— Où est Grace ? Est-elle en vie ? Où est-elle ?

La voix se tut. Connor attendit, les yeux rivés sur l'océan. Puis, alors que les canons du *El Diablo* tonnaient derrière lui, la réponse lui parvint :

— Pas encore, Connor. Pas encore. Mais bientôt...

26

LA FIGURE DE PROUE

Sans plus attendre, Grace pivota sur ses talons et sortit en courant de la coquerie. Où se trouvait l'escalier ? Combien de temps lui restait-il ? La cloche retentit une nouvelle fois.

Comment avait-elle pu perdre à ce point la notion du temps ? Elle avait dû dormir bien plus longtemps qu'elle ne le pensait. Elle se demanda si la cuisinière n'avait pas glissé une drogue quelconque dans sa nourriture. Lorsque la cloche tinta de nouveau, elle avait rejoint le couloir dans lequel la cabine du vieux Nathanael se trouvait.

Le silence y régnait et toutes les portes étaient fermées. Peut-être avait-elle encore un peu de temps.

Elle s'élança dans le deuxième escalier, qu'elle escalada quatre à quatre, sans plus se soucier du bruit qu'elle faisait. Son cœur battait la chamade. Elle devait absolument être revenue dans sa cabine avant que l'équipage ne s'éveille.

La cloche, encore. Combien de fois sonnait-elle ?

Grace se trouvait désormais dans le couloir situé juste sous le pont principal. Derrière les portes fermées, la vie semblait reprendre – ou, plus précisément, la mort s'éveillait. « N'y pense pas, Grace, cours, cours ! » se dit-elle.

À bout de souffle, elle arriva au pied du dernier escalier. Comme elle regrettait de ne pas être aussi sportive que son frère ! « Ce n'est pas grave, tu y es presque », s'encouragea-t-elle, comme si c'était Connor qui lui parlait.

Parvenue en haut des marches, elle hésita. Devait-elle tourner à gauche ou à droite ? En regardant dans cette dernière direction, elle avisa la porte qui menait directement sur le pont. Sans plus attendre, et alors que la cloche sonnait une fois de plus, elle poussa le battant.

Quel choc ! Il faisait nuit ! Elle aurait dû s'en

douter. Affolée, elle resta paralysée. Elle ne savait plus où aller. Il fallait absolument qu'elle retrouve son calme. Si elle se remettait à courir comme une folle, qui sait si elle ne tomberait pas par-dessus bord ou ne s'assommerait pas contre un mât ou quelque autre obstacle.

C'est alors qu'une lueur apparut sur sa droite. L'espace d'un instant, Grace reprit espoir et se tourna dans la direction du halo. Mais lorsqu'elle comprit que c'était une lanterne, tenue par un inconnu qui s'approchait d'elle, elle tourna les talons et prit ses jambes à son cou.

— Dites donc, on dit bonjour quand on rencontre quelqu'un !

Grace s'arrêta net. Elle savait pourtant qu'elle devait absolument repartir dans sa cabine. Elle en était si près. Mais que faire ?

— Si vous voulez mon avis, c'est franchement mal élevé, reprit la voix, féminine. Et je n'ai pas pour habitude de frayer avec les gens grossiers.

— Je vous prie de m'excuser, souffla Grace en se tournant lentement.

La voix n'étant pas celle d'un homme, elle venait de se résoudre à en passer par quelques civilités, dans l'espoir de pouvoir s'enfuir plus vite après.

C'est ainsi qu'elle découvrit devant elle une

jeune femme, vêtue d'une robe charleston, les cheveux coupés au carré et tenus par un bandeau orné d'une plume sur le front. Grace avait déjà vu ce type de tenue quelque part. Mais oui, bien sûr ! Les années folles, c'était cela ! Cette femme était accoutrée comme dans les années mille neuf cent vingt ! Si ce n'est que, tout sur elle, de sa tête à ses pieds nus, ruisselait de grosses gouttes d'eau, et que son maquillage avait coulé et lui barbouillait le visage. Ses yeux nageaient dans une mare de noir et sa petite bouche en forme d'arc était ourlée de pointillés écarlates.

— On ne vous a jamais dit que c'était impoli de dévisager les gens de cette façon ? reprit la jeune femme. Même si la personne est très belle comme moi.

— Je vous prie de m'excuser, répéta Grace. J'étais juste en train de me dire... combien votre robe était jolie.

C'était un mensonge éhonté, mais qui fit son petit effet. Aussitôt, les lèvres pincées de la jeune femme s'ouvrirent en un large sourire.

— Ah, merci ! C'est une copie originale d'un Chanel. Mais dès que j'aurai terminé mes corvées du soir, j'irai me changer.

Ce disant, à l'aide d'un cierge, la jeune femme alluma une lanterne, la referma avec soin, puis, avec l'élégance d'une danseuse de ballet, s'approcha de la suivante, qui se trouvait tout près de Grace.

— Seriez-vous par hasard Mlle Belle ? lui demanda cette dernière, qui venait de mettre bout à bout les pièces du puzzle.

— Mais oui, c'est bien moi ! s'exclama la jeune femme avec un nouveau sourire. Darcy Belle, artiste au sens large, précédemment employée sur le *Titania*. À qui ai-je l'honneur ?

— Grace, Grace Tempête.

— Enchantée, absolument enchantée, lui répondit Mlle Belle, tout en interrompant ses activités pour lui faire une petite courbette.

« Quel drôle de personnage, se dit Grace. On dirait une poupée. »

— C'est donc vous qui sonnez le quart ? reprit Grace.

— Tout à fait. C'est moi qui sonne le quart, toujours. Je suis toujours la première levée. Je suis chargée de sonner la cloche et d'allumer les lanternes. Ensuite, je peux aller ôter ces vêtements tout mouillés et revêtir enfin une tenue digne de ce nom, et sèche qui plus est.

À ces mots, elle dépassa Grace et alla allumer la lanterne suivante. Grace était fascinée. Le pont étant désert, et sa cabine tout près, elle décida de rester encore un peu.

— Je vous prie de m'excuser, reprit-elle alors, mais comment se fait-il que vous soyez mouillée ?

— Quelle question ! Je me suis baignée bien sûr, comme toujours, gloussa Mlle Belle. C'est très important de s'étirer à la fin de la journée, surtout quand on a un...

Elle s'interrompit, prit une profonde inspiration, puis reprit :

— ... surtout quand on a un travail sé-dentai-re comme le mien.

— Un travail sédentaire ?

— *Caractérisé par une grande immobilité et peu d'exercice physique.* C'est M. Byron qui m'a appris ce mot. Il en connaît beaucoup.

— Mais quel est ce travail que vous faites ? s'étonna Grace.

En guise de réponse, Mlle Belle se tourna et, telle une danseuse d'opéra, arqua son corps avec grâce. Puis, tendant les bras vers l'arrière, elle avança le cou et le menton, le nez tourné vers le ciel.

— Allez-y, devinez, dit-elle alors.

Totalement embrouillée, Grace haussa les épaules en secouant la tête.

— Eh bien, p'tite nigaude, c'est moi la figure de proue, ça ne se voit donc pas ?

Grace se tourna vers l'avant du bateau et remarqua qu'effectivement, l'espace où se trouvait normalement la sculpture était vide. Comment était-ce possible ?

— Figure de proue le jour, figure de plaisir la nuit, reprit Mlle Belle. Croyez-moi, mon chou, si vous étiez obligée de rester dans cette position quatorze heures d'affilée, vous aussi, vous auriez grand besoin de faire quelques longueurs pour vous dégourdir !

— Mais comment êtes-vous devenue figure de proue ?

— Oh, c'est une longue histoire, lui répondit Mlle Belle en refermant une autre lanterne d'un revers de main distingué avant de se diriger vers la suivante. Voyez-vous, j'étais chanteuse sur un paquebot, le célèbre *Titania*. Je me produisais tous les soirs, après le dîner, et tous ces messieurs et ces dames de la bonne société adoraient mes airs et mes pas de danse. Mais un jour, cette belle vie s'est arrêtée. Ha... Je suis sûre que vous vous souvenez de cette nuit fatale, au cours de laquelle la foudre tomba sur le *Titania*. Nous avons coulé. Ce qui est étrange, c'est que nous avons fait naufrage juste au-dessus de l'épave d'un galion. Je ne l'ai su que bien après, évidemment. Car je dormais, vous comprenez... Enfin, j'étais passée de l'autre côté. Toujours est-il que longtemps après des gens sont arrivés, des chercheurs, je crois. Ils ont trouvé les épaves des deux bateaux et les ont remontées. Ce faisant, ils ont découvert une magnifique figure de proue qui gisait sur le fond de l'océan. C'était moi ! Je ne sais comment, je m'étais transformée. On me remonta aussi et on m'emmena dans un grand musée, un musée de la Marine, il me semble. On m'étiqueta, puis on me mit dans la remise. J'y restai plusieurs jours et plusieurs nuits, puis je commençai à me lasser. Alors, une nuit, j'ouvris les yeux, je m'étirai les jambes, me levai du banc sur lequel on m'avait allongée, et je quittai le grand musée...

— Alors, vous êtes un vampire aussi, conclut Grace, les yeux écarquillés.

— Non, lui rétorqua Mlle Belle en secouant vigoureusement la tête de droite à gauche et de gauche à droite, ses cheveux coiffés au carré volant élégamment à chacun de ses mouvements. Ne mélangeons pas les serviettes et les torchons, s'il vous plaît. Sachez que je suis un vam-pi-rate.

Grace ne put réprimer un sourire. En dépit

des révélations stupéfiantes de Mlle Belle, il était difficile d'avoir peur d'elle.

— Et vous, d'où venez-vous, Grace ? lui demanda-t-elle.

— Oui, d'où venez-vous, Grace ?

Une voix d'homme venait de poser cette dernière question. Une voix dure. Elles n'étaient plus seules. Grace avait trop parlé.

— Ah, bonsoir, lieutenant Sidorio ! s'exclama alors Mlle Belle.

— Salut Darcy. Alors, tu ne me présentes pas à ta nouvelle amie ?

Prenant une longue inspiration, Grace pivota sur ses talons. Devant elle se tenait un homme grand et chauve. Ses muscles semblaient prêts à crever ses vêtements qui lui donnaient un air à mi-chemin entre un marin et un gladiateur. Aussitôt, Grace reconnut le personnage.

— Grace Tempête, permettez-moi de vous présenter le lieutenant Sidorio, lança Darcy Belle. Lieutenant Sidorio, permettez-moi de ...

— C'est bon, c'est bon, l'interrompit l'homme d'une voix rocailleuse. On a compris, Darcy. Alors comme ça, c'est Grace, hein ? Quand est-ce qu'on vous a balancée à bord ? Et vous êtes un vamp' ou un donneur ?

C'était reparti. Ce sale mot. *Donneur*. Tout le monde l'utilisait ici.

Grace repensa au vieux Nathanael et à son teint blême.

Vous êtes le nouveau donneur...

C'est vous qui le remplacez...

Grace comprit alors qu'elle s'était laissé piéger.

27

UN DÉFILÉ PEU ORDINAIRE

— Alors, insista Sidorio, le regard vissé sur Grace. Vous êtes quoi ? Vampire ou donneur ?

Grace en était bouche bée. Elle avait l'impression de faire face à une montagne de muscles. Le cou du lieutenant était aussi large que le tronc d'un vieil arbre et la circonférence de ses bras dépassait de loin celle de ses propres jambes.

— Il ne manquait plus que ça, lâcha Sidorio avec dédain. Encore une abrutie, comme si on n'en avait pas déjà assez ici !

Grace enrageait, mais décida de tenir sa

langue. La dernière chose qu'elle voulait, c'était le mettre en colère.

— Sidorio ! Hé, Sidorio ! appela soudain une voix derrière elle.

Le lieutenant leva la tête. Ce faisant, il ouvrit la bouche et, négligemment, se cura les dents, révélant deux énormes canines en or. Effarée, Grace les imagina qui s'enfonçaient dans sa peau. « Elles y entreraient comme un couteau dans du beurre », se dit-elle, tandis que son sang se glaçait dans ses veines.

— Je vous ai cherché partout, lieutenant.

C'était Lorcan. Il dépassa Grace sans la regarder et se planta devant Sidorio :

— Je dois vous parler, de toute urgence, dit-il à ce dernier. De la part du capitaine.

— Pas de problème, lui répondit Sidorio en ajoutant, le doigt pointé vers Grace : Regardez, c'est notre dernière recrue.

Là-dessus, Lorcan pivota sur ses talons :

— Ah, oui ! lança-t-il, l'air surpris. Je vous prie de m'excuser, Grace, je ne vous avais pas vue.

— Vous la connaissez ?

— Oui, oui, répondit Lorcan, d'un ton détaché. C'est moi qui l'ai repêchée.

— Comme je suis contente de vous voir, Lorcan ! s'exclama Grace, incroyablement soulagée de voir son ami.

— Pour vous, ce sera aspirant Furey, compris ? l'interrompit Sidorio.

Grace s'attendait à ce que Lorcan la défende, mais celui-ci, sans un mot, lui tourna délibérément le dos. Il aurait aussi bien pu lui décocher un coup de poing. Pourquoi Lorcan se comportait-il de cette façon ? Pourquoi l'ignorait-il ainsi ? Grace était déconfite. Cependant, Lorcan avait repris :

— Il faut vraiment que je vous parle, Sidorio. Seul à seul.

Là-dessus, il empoigna le lieutenant par l'avant-bras et l'entraîna à l'écart. Ce faisant, il se retourna, et c'est avec des yeux emplis d'inquiétude qu'il lui fit un signe discret de la main. Il lui indiquait de filer dans sa cabine.

Au lieu de saisir sa chance, Grace fit de la résistance. Puisque Lorcan l'avait traitée avec mépris, peut-être le moment était-il venu de tenter le diable et de voir si effectivement il la protégerait ou non. Ayant remarqué leur petit jeu, Mlle Belle décocha un coup de coude à Grace en lui lançant :

— Il a joué les gros durs pour impressionner

le lieutenant ! Ne vous inquiétez pas. Ah, c'est pas un homme pour rien !

Débattant toujours intérieurement, Grace se contenta de lui adresser un sourire ténu.

— J'ai bien l'impression que vous en pincez pour l'aspirant Furey, je me trompe ? insista Darcy Belle. Mais comment vous en blâmer ? Il faut reconnaître que c'est un bel étalon. Et ces cheveux... Et ces yeux...

Les joues de Grace s'étaient empourprées, mais Mlle Belle était lancée :

— Bien sûr, il n'est pas fait pour moi. Moi, j'attends M. Rebelle, mon seul, mon véritable amour, soupira-t-elle. Enfin, pour l'instant, je dois finir d'allumer les lanternes. Je ne peux pas me permettre de rester là, à bavarder indéfiniment, ajouta-t-elle en souriant. Par contre, j'espère bien qu'on se verra tout à l'heure, Grace. Si vous n'en avez pas, je veux bien vous prêter une de mes robes. Il faut que vous soyez belle pour le Festin.

Avec un clin d'œil, elle se remit en chemin, cierge en main.

Le Festin ? Grace en avait entendu parler à plusieurs reprises, mais elle ne savait toujours pas ce que c'était. Avait-il lieu le soir même ? Était-ce pour cette raison que la cuisinière et son neveu étaient si affairés à la coquerie ? Jamie lui avait dit que les plats qu'ils préparaient n'étaient pas pour les vampires. Mais, bien sûr ! Ils étaient destinés aux fameux donneurs. Peut-être le « Festin » n'était-il qu'un grand banquet en leur honneur. Et, à l'instar de la cuisinière, Mlle Belle avait tout simplement supposé que Grace en faisait partie.

De fait, elle n'avait rien d'un vampire et, d'après Sidorio, on était soit l'un, soit l'autre, mais pas les deux.

Grace continua de réfléchir. Si on nourrissait les donneurs, cela devait vouloir dire qu'ils « offraient » leur sang aux vampires. Pourtant, le capitaine lui avait dit que son sang à elle ne les intéressait pas. Elle tournait en rond. Il fallait absolument qu'elle parle à Lorcan. Elle avait fini par en apprendre beaucoup sur le bateau. Maintenant, elle voulait en savoir davantage sur ses occupants.

Elle se rendit enfin à l'évidence que repartir dans sa cabine était l'idée la plus sage. C'était le seul endroit où elle pourrait parler à Lorcan en privé, sans être dérangée. Elle s'éclipsa donc discrètement, en prenant soin de rester dans l'ombre et de ne plus attirer sur elle l'attention. Un groupe de vampires s'était déjà réuni sur le pont et d'autres continuaient d'arriver de partout, en procession lente. Heureusement, tous étaient trop absorbés par leurs conversations pour la remarquer.

Ils étaient fascinants à regarder – ils formaient une foule bigarrée qui n'avait rien à voir avec l'image que Grace s'était toujours faite des vampires. Certains, comme Darcy, portaient clairement la marque de leur temps. D'autres, comme Sidorio, étaient vêtus de bric et de broc, ce qui compliquait la tâche pour les situer dans le temps. Beaucoup, comme Lorcan, semblaient avoir adopté le costume des pirates ou des marins. Quelques-uns, enfin, outrageusement chic ou excentriques, ne ressemblaient à rien ni à personne que Grace pût reconnaître.

En outre, dans l'ensemble, leur physique donnait peu d'indices quant à leur âge réel. Comment le déterminaient-ils ? À partir de leur date de naissance ? À partir du jour où ils avaient « traversé » ? Une chose était sûre : plus Grace les observait, plus elle se disait que, s'ils se révélaient tous aussi étonnants que Mlle Belle, elle serait ravie de leur parler. Peut-être était-ce le rôle qu'elle pourrait jouer sur ce bateau : chroniqueuse. Il y avait assez de stylos et de carnets dans sa cabine, et en attendant de retrouver

Connor, cette activité l'occuperait. Toutefois, elle ne devait pas trop se laisser distraire non plus. Son objectif était de retrouver son frère, et pour cela, elle devait de nouveau parler au capitaine, pour le convaincre, s'il le fallait, d'arraisonner tous les bateaux qui passeraient à proximité.

Grace émergea peu à peu de ses pensées, et fut gagnée par le bruit des conversations. Bien qu'elle fût tout près de sa cabine, sa curiosité l'emporta et elle resta tapie dans l'ombre, à écouter.

Les vampires semblaient principalement échanger des politesses, comme Grace en avait souvent entendu sur le port de Baie-du-Croissant-de-Lune. Toutefois, le registre ici était plus formel :

— Bonsoir, chère amie. J'espère que vous avez passé une bonne nuit.

— Oui, je vous remercie, cher monsieur. Et vous-même ?... Bien... Toutefois, je me sens un peu lasse, comme toujours à ce moment de la semaine, n'est-il pas ?

— Certes, certes. J'ai même eu grand-peine à me lever ce soir. S'il n'y avait pas eu le Festin, je ne sais si je me serais forcé.

— À qui le dites-vous ! Grâce au ciel,

demain, lorsque sonnera le quart du matin, nous renaîtrons enfin !

— En effet, en effet. Apportez-nous ces donneurs, que diable, et sans tarder !

En entendant le mot fatidique, Grace n'hésita plus une seconde et se précipita vers la porte de sa cabine. Lorcan était déjà à l'intérieur, occupé à lire un livre. L'attendait-il depuis si longtemps que cela ?

— Parlez-moi de ce Festin, lui lança Grace sans aucun préambule.

Le plus naturellement du monde, Lorcan leva les yeux vers elle, referma son ouvrage, et d'un signe de tête, lui indiqua de venir s'asseoir près de lui.

28

LE PARTAGE DU BUTIN

Sur le *El Diablo*, une fois les congratulations ter-
minées, les pirates portèrent leur attention sur le
butin. La prise avait été bonne. Il y avait là des
coffres en chêne massif regorgeant de bourses
pleines d'or et d'argent, de pierreries ; il y avait
aussi des tableaux et des sculptures, des horloges
richement ornées, des urnes antiques, des
miroirs dorés, des chandeliers de cristal et quantité d'autres objets, tous aussi précieux et raffi-
nés les uns que les autres. « On se croirait à une
brocante », songea Connor, tout en sachant que

les marchandises qui se trouvaient là étaient extrêmement rares, et que leur valeur et leur authenticité ne pouvaient être mises en doute.

Le capitaine Rage se planta devant cet amoncellement de trésors. Suivis du reste de l'équipage, les soixante hommes et femmes qui avaient participé à l'abordage se pressèrent derrière lui en rangs serrés. Ils étaient encore tout sales et suants. À leur retour, on leur avait donné des cruches d'eau fraîche. Connor avait vidé la sienne en deux coups de cuillère à pot. D'autres, plus modérés, buvaient par petites gorgées. D'aucuns, enfin, se les étaient renversées sur la tête pour se rafraîchir et se nettoyer un tant soit peu.

Se tournant vers l'assemblée, le capitaine Rage prit la parole :

— Mes amis, ce jour marque une bien belle victoire. Bravo, mille fois bravo à vous tous. Mais aussi à notre cerveau, notre chère et distinguée Cathy Couteau. Je propose un ban en son honneur !

Là-dessus, sous les « hip, hip, hip, hourra ! », il tira Cathy à lui, la serrant fort dans ses bras. Connor sourit de la voir rougir comme une petite fille, et sourit davantage encore en entendant Bart, qui criait plus fort que tous les autres.

— Aujourd'hui, vous avez tous fait preuve d'un esprit d'équipe parfait, reprit le capitaine. Chacun de vous a donné tout ce qu'il avait, et pour cela, je vous remercie tous et toutes. Mais je souhaite ici rendre un hommage particulier à un jeune homme plein de courage, dont c'était le tout premier abordage.

Sur ce, le capitaine, tout en remerciant Cathy, chercha Connor des yeux.

— Monsieur Tempête, où êtes-vous ? Avancez, avancez !

Surpris, Connor resta figé sur place jusqu'à ce qu'une main ferme le pousse en avant.

— Vas-y, vieux, c'est à toi.

Les pirates devant lui s'écartèrent, et c'est au milieu d'une haie d'honneur que Connor avança.

— Ah, voici enfin celui dont je parlais ! reprit le capitaine Rage en apercevant Connor. Quatorze ans, vous entendez ? Un prodige, je vous dis, rien de moins qu'un PRODIGE !

Molucco Rage posa la main sur l'épaule de Connor, qui rougit à son tour jusqu'à la racine des cheveux.

— Et maintenant, je propose un ban pour M. Tempête, les enfants. Hip, hip, hip...

— Hourra ! s'exclama l'équipage.

Ému aux larmes, Connor observa la mer de

visages qui le saluaient : il faisait partie d'un groupe, d'un vrai !

C'est alors qu'il fut submergé par une vague de tristesse. Il aurait tant aimé que son père et sa sœur soient là ! Grace et lui avaient toujours vécu en marge de leur communauté. Personne en dehors de leur père ne les avait jamais félicités de quoi que ce soit. Malgré ses talents indéniables de sportif, Connor n'avait été intégré dans aucune des équipes au sein desquelles il avait joué. Les autres enfants se méfiaient de lui, se méfiaient de ce fils de gardien de phare aux origines mystérieuses qui vivait en reclus avec sa sœur et son père.

Et voilà que, sur ce bateau, on l'accueillait sans rechigner. Il regarda Cathy, puis Bart, qui lui souriaient tous deux de toutes leurs dents. Cheng Li elle-même applaudissait et lui fit un signe de tête discret. Il comprit alors que ces trois personnes n'étaient pas que des « collègues ». Elles étaient en train de devenir ses amis.

— Bien ! lança soudain le capitaine Rage en invitant Connor à regagner son rang. Notre bateau fait route vers la taverne de Ma Kettel...

À cette nouvelle, lui coupant la parole, une immense clameur s'éleva.

— Mais avant... mais avant, reprit difficilement le capitaine, de nous abandonner aux délices de notre chère Ma et de ses tonneaux, mes chers amis, nous avons à faire. Il faut partager le magot, que diable !

Connor s'attendait à voir le capitaine se servir en premier, mais ce dernier insista pour que Cathy passe avant lui. Un geste inattendu, et un honneur, à en juger par l'expression de celle-ci.

Cathy s'avança donc et scruta le monceau étincelant à ses pieds. Prendrait-elle des bijoux ? Un miroir doré ? Un tableau du vieux Londres avant la grande inondation ? Rien de tout cela. Cathy sélectionna une simple bourse remplie de pièces de monnaie.

— Votre choix est arrêté ? s'enquit le capitaine.

— Oui, monsieur.

Molucco Rage n'essaya pas de la dissuader. Il était évident qu'il respectait Cathy et les choix qu'elle faisait.

Sans plus de cérémonie, il prit donc son tour. Tout en se frottant les mains, tel un connaisseur passant en revue des pièces de collection avant de négocier leur prix avec le vendeur, Molucco Rage promena son regard de long en large. Manifestement, ses hommes étaient habitués à ce petit numéro, car certains y allèrent de leurs exclamations :

— Regardez, cap'taine, il est pas beau ce tableau ?

— Non, si j'étais vous, je prendrais la sculpture de la baleine !

— Vous avez vu cette horloge ? Personnellement, j'aimerais bien toujours savoir quelle heure il est.

Après maintes hésitations, Molucco Rage tira d'un coffre rempli de pierres précieuses un gros saphir bleu, qu'il brandit en se tournant, soulevant chez les pirates une série d'ovations. Connor eut le sentiment qu'en fait le capitaine savait ce qu'il voulait depuis le début.

Les acclamations se calmèrent, puis le silence s'installa, et le premier des hommes de l'équipage s'avança pour faire son choix, avant de le montrer lui aussi à l'assemblée et de déclencher une nouvelle salve de cris. Ainsi, l'un après l'autre, chacun prit son tour pour un rituel qui paraissait aussi bien huilé que l'attaque du galion l'avait été.

Connor se demanda comment ces pratiques s'étaient mises en place. Comme c'était curieux de penser que, quelques jours plus tôt à peine, il était à cent lieues de penser à ce genre de

choses ! Bien sûr, petit, il avait entendu des histoires de pirates, entendu parler de leurs bateaux
qui, parfois, lui disait-on, venaient jusque dans
le port de Baie-du-Croissant-de-Lune. Parfois
même, il aurait juré en avoir vu depuis le phare.
Et voilà que, désormais, non seulement il était
entré dans leur monde, mais il en faisait aussi
partie intégrante.

Toutefois, les coutumes des écumeurs des
mers ne lui convenaient pas forcément. Il ne
pouvait oublier que les richesses étalées sur le
pont avaient appartenu à une famille, et qu'elle
fût fortunée ou non n'y changeait rien. Était-ce
un crime que d'être riche ? Et le fait de ne l'être
pas était-il une excuse suffisante pour s'emparer
du bien d'autrui ? Les scrupules de Connor
étaient renforcés par l'évidence que le capitaine
Rage lui-même semblait tout sauf pauvre. Sans
compter qu'à les observer disparaître un à un
vers les ponts inférieurs avec leur petit magot,
Connor se prit à douter que même le plus
humble des matelots sur ce bateau fût effectivement à court d'argent.

— Venez, monsieur Tempête, c'est à vous de
fureter ! lança soudain le capitaine.

De nouveau, les pirates s'écartèrent. De nouveau, Connor s'avança, mais à contrecœur cette

319

fois. Il examina le butin, allant d'horloge en miroir et de miroir en bijou. Puis ses yeux s'arrêtèrent sur une pile de livres. Aussitôt, il se revit chez lui, au phare. Les livres étaient ce que son père avait eu de plus cher. Ils avaient rempli chaque pièce, et chaque étagère qu'ils recouvraient parfois de deux rangées, quand il n'étaient pas empilés du sol au plafond. Connor n'avait jamais été un grand lecteur, mais la présence de ces livres lui manquait. S'il en choisissait un dans ce butin, peut-être lui redonnerait-il une partie de son père.

Il s'accroupit et prit l'un des ouvrages au hasard. C'était une copie de *Peter Pan*. Une vieille édition, joliment illustrée, assez similaire à celle que leur père leur lisait, à Grace et à lui. Connor en feuilleta les pages, qui avaient de toute évidence souvent servi. Puis il avisa sur l'intérieur de la couverture une inscription :

À mon fils chéri,
Pour ses sept ans.
De son papa qui l'aime.

Connor referma le livre. C'était donc un cadeau fait par un autre père à son fils bien-aimé. Jamais Connor n'oserait s'approprier un bien si personnel. Il se sentit alors submergé par une vague de colère à l'idée qu'on avait spolié un enfant d'une marque d'amour paternel. À l'idée aussi que Grace et lui avaient été forcés de quitter Baie-du-Croissant-de-Lune sans aucun des biens qui avaient appartenu à leur père. À l'idée, enfin, que la vie lui avait ravi leur père aussi. Puis Grace. C'en était trop. C'était trop et trop dur. Bien sûr qu'il pouvait jouer les hommes – jouer les pirates –, mais il était bien jeune encore, et il voulait rentrer chez lui. Si ce n'est qu'il n'avait plus de chez-lui.

— Quelque chose ne va pas, monsieur Tempête ? s'inquiéta Molucco Rage. Vous ne trouvez rien à votre goût peut-être ?

Connor secoua la tête. Des larmes lui picotaient les yeux, mais il ne voulait pas que le capitaine ou le reste de l'équipage le voient pleurer. Sans répondre, il se redressa et s'empressa de se frayer un chemin entre les hommes.

Personne ne s'inquiéta de sa réaction, bien au contraire. Tout le monde était heureux de pouvoir se rapprocher du butin d'une place. Connor traversa la cohue et réussit enfin à s'en libérer. Les hommes maintenant derrière lui, il grimpa sur le pont supérieur et alla se percher tout au bout du gaillard d'avant. De là, il pouvait observer les pirates et leur butin. Vus d'en haut, ils ressemblaient à une horde de prédateurs. N'y tenant plus, Connor se détourna vers la mer et le ciel qui s'assombrissait.

La beauté et la sérénité de la scène ravivèrent son sentiment de solitude. Grace lui manquait. Son père lui avait dit qu'elle allait revenir, mais il lui était difficile de se raccrocher à cet espoir.

Comment savoir s'il pouvait se fier à cette voix qu'il entendait dans sa tête ? Était-ce réellement celle de son père mort, qui traversait le temps et l'espace pour lui parler, ou bien l'avait-il inventée ? Comme le lui avait si justement fait remarquer une fois le capitaine, prenait-il ses désirs pour des réalités ?

Autour de lui, tout était calme et silencieux. Mais dans son esprit une tempête faisait rage et son estomac était noué par des centaines de nœuds furieux. Était-ce le signe que Grace était morte ? Était-ce le signe qu'elle était en train de baisser les bras ? Que lui était-il arrivé ? Les vampirates l'avaient-ils tuée ? Connor ne parvenait plus à contrôler le tourbillon de ses doutes et de ses peurs.

Alors, comme il l'avait toujours fait dans ces cas-là, pour s'apaiser, il ferma les yeux et se mit à chanter :

Voici une histoire de vampirates...

Il s'arrêta aussitôt. Le charme était brisé. La vieille chanson de marins ne faisait plus son effet. Au lieu de le réconforter, elle ravivait ses angoisses. Connor leva alors son regard vers le ciel étoilé. À la vue de la multitude des petits points lumineux, son esprit se transporta jusqu'au phare, dans la lanterne, où il avait passé de si nombreuses et douces nuits. Des nuits durant lesquelles, le port étant paisible, Dexter Tempête avait pris le temps de faire asseoir ses enfants à ses côtés pour leur enseigner le nom des différentes étoiles et constellations. Connor se revit avec Grace, chacun à son tour s'efforçant de les nommer. Il entendit de nouveau leurs petites voix d'enfants chantonnant des noms intrigants :

Le Verseau !

L'Aigle !

La Carène !

Le Centaure !

La Couronne boréale !

La Dorade !

L'Éridan !

Le Loup...

— Ah, le voilà !

C'étaient Bart et Cathy. La rêverie de Connor était finie.

— On s'inquiétait, lui dit Bart en s'asseyant près de lui.

— J'avais besoin d'être seul, lui répondit Connor.

— Je comprends, murmura Cathy en prenant place aussi à ses côtés. Tu as eu une rude journée. Il t'est arrivé beaucoup de choses ces derniers temps.

Bien qu'elle ait toujours été aimable avec lui, c'était la première fois qu'elle se montrait si affectueuse.

— Tiens, vieux, reprit Bart, le capitaine nous a autorisés à choisir pour toi.

Là-dessus, il laissa tomber dans les mains de Connor un médaillon argenté.

— Un médaillon ? s'étonna Connor en souriant et en lançant à Bart un regard de côté. C'est une plaisanterie ?

— Ce n'est pas pour toi, vieux, lui rétorqua Bart, tout à fait sérieux. C'est pour ta sœur. Quand tu la reverras.

Connor était trop touché pour pouvoir parler. Serrant fort le médaillon dans ses mains, il ferma les yeux.

— Ce n'était pas que mon idée, reprit Bart en marmonnant. Mais Cathy et moi avons pensé que...

Bart s'interrompit.

— Nous pensons qu'il est bien trop tôt pour perdre espoir, finit Cathy, se portant à son secours.

Connor hocha la tête et sentit ses larmes sécher.

— Je ne perdrai pas espoir. Jamais.

Sur ce, il ouvrit la chaîne du médaillon et la referma sur sa nuque.

— Ça fait bizarre ? demanda-t-il à ses amis.

— Non, vieux, pour moi, c'est bon.

— Non, ça ne fait pas fille *du tout*, précisa Cathy d'un signe de tête amical.

— Par contre, vaudrait peut-être mieux la cacher quand on sera à la taverne, reprit Bart. Cet endroit regorge d'yeux vicieux et de doigts coureurs qui tueraient pour une babiole de ce genre.

— Que genre de taverne est-ce ? s'informa Connor. Tout le monde a l'air surexcité à l'idée d'y passer la nuit.

— C'est tout simple, lui expliqua Bart. La seule chose sur laquelle tu peux compter chez Ma Kettel, c'est qu'il se passe une chose à laquelle tu ne t'attendais pas. C'est le seul endroit de la région où tous les pirates sans exception se laissent aller avec une bonne bouteille, et en mauvaise compagnie. Tiens, d'ailleurs, on arrive.

Connor suivit le regard de Bart. Sous l'ourlet sombre et velouté du ciel, le contour d'une côte se détachait de plus en plus nettement. Un piton rocheux, ressemblant à un morceau de charbon déchiqueté, s'avançait, seul et inquiétant, dans la mer. Un minuscule point de lumière y clignotait faiblement.

— La taverne de Ma Kettel ! annonça Bart. Prépare-toi, vieux ! Tu vas passer une nuit inoubliable !

Tandis que le bateau s'approchait, Connor prit Bart et Cathy par les épaules. Il était extrêmement ému par le cadeau qu'ils lui avaient donné. C'est alors que, dans sa tête, il entendit :

— *Prépare-toi. Fais confiance à la marée*, Connor. Je te l'ai déjà dit.

— Oui, papa, répondit Connor à part lui.

Puis, comme si de rien n'était, il reprit la conversation avec ses deux amis.

29

LE FESTIN APPROCHE

— Pourquoi avez-vous été si froid avec moi ? ne put s'empêcher de demander Grace.

— Que voulez-vous dire ? lui répondit Lor-can.

— Vous savez bien, fit-elle en baissant la tête tristement.

Les sourcils froncés, mais la voix douce, Lor-can reprit :

— J'essayais seulement de vous débarrasser du lieutenant Sidorio. J'aurais préféré, et de loin, qu'il ne vous voie pas.

— Pourquoi ?

— Il me semble vous l'avoir déjà expliqué, Grace, ne croyez-vous pas ? Ce bateau n'est pas un bateau ordinaire et nous, l'équipage, ne le sommes pas non plus. Nous n'avons peut-être pas l'air si différents de vous, mais nous avons des besoins que vous ne pouvez pas comprendre. Étant donné que vous aviez découvert ce que nous sommes effectivement, j'aurais pensé que vous feriez plus attention.

— Attention à quoi ? s'exaspéra Grace, prête à jouer son atout. Le capitaine m'a dit que je ne courais aucun danger.

— Ah bon ? s'étonna Lorcan en la regardant avec des yeux perçants. Et je suppose qu'il vous a dit aussi que vous pouviez vous promener sur le pont et vous présenter à tous les membres de l'équipage ?

— Non, répondit Grace en rougissant et en baissant les yeux.

— C'est bien ce que je pensais.

— Il m'a demandé de revenir ici avant la cloche du soir. Mais je me suis endormie à la coquerie.

— Vous étiez à la coquerie ? ! s'exclama Lorcan, incrédule. Grace ! !

— Oui, et alors ? ! lui lança Grace, irritée par

sa réaction. Je ne vous mens pas. Le capitaine m'a dit que je pouvais explorer le bateau à condition que je sois revenue dans ma cabine avant la cloche du soir.

— Et vous avez choisi de lui désobéir.

— Mais non ! protesta Grace, furieuse. Je n'ai pas désobéi au capitaine. Ils m'ont donné de la soupe à la coquerie. Je ne sais pas pourquoi, je me suis endormie, et j'ai dû le rester toute la journée, puisque je me suis réveillée au moment où la cloche du soir retentissait. Qui plus est, je serais arrivée à temps ici, si je n'étais pas tombée sur Mlle Belle. C'est elle qui a commencé à me parler. Je ne voulais pas être impolie et puis, à mon insu, de fil en aiguille...

— À votre insu et de fil en aiguille, répéta Lorcan en se levant et en poussant sa chaise d'un geste rageur, vous avez entamé une gentille conversation avec le lieutenant Sidorio ?

— Je n'appellerais pas cela une conversation, précisa Grace, surprise par le mouvement d'humeur de Lorcan.

— Mais vous ne voyez donc pas, Grace ? s'écria celui-ci en se prenant le visage dans les mains et en secouant la tête d'un désespoir évident. Vous ne comprenez donc pas ? insista-t-il en baissant de nouveau les bras. Le capitaine et moi essayons de vous protéger, mais vous ne faites rien pour nous y aider.

— Mais me protéger de quoi ? Le capitaine lui-même m'a dit que je ne courais aucun danger.

Poussant un profond soupir, Lorcan se mit à faire les cent pas devant elle, s'efforçant manifestement de recouvrer son calme.

— Le capitaine est un bon capitaine, reprit-il enfin, et je ne ferais jamais rien pour bafouer son autorité. C'est lui qui a créé ce bateau, il y a de nombreuses années, et qui nous a donné, à moi et à d'autres comme moi, un havre de paix loin des ténèbres les plus sombres de ce monde. Il s'occupe de nous, il nous nourrit et nous offre une paix intérieure que jamais nous n'aurions pensé retrouver. Il satisfait à nos besoins grâce à nos festins hebdomadaires. Mais...

Lorcan s'interrompit et prit une profonde inspiration :

— Mais il y en a sur ce bateau qui ne voient pas les choses de cette façon. Qui aimeraient autant ne pas être limités à un festin par semaine. Qui aimeraient autant pouvoir décider eux-mêmes de la fréquence et de la quantité de leurs repas. Oui, il y en a sur ce bateau qui estiment le moment venu de faire évoluer les choses. La vérité, Grace, c'est que j'ai bien peur que le capitaine ne soit plus à même de vous donner quelque garantie que ce soit quant à votre sécurité.

Lorcan semblait aussi attristé et choqué que Grace par son propre discours.

— Récemment encore, Grace, je n'aurais jamais eu ce genre de pensées, mais aujourd'hui, plus rien n'est sûr. Et là, lança-t-il en se frappant la poitrine, là où jadis j'avais un cœur, est né le sentiment que plus tôt nous vous aiderons à quitter ce bateau, le mieux ce sera pour vous.

Les yeux fixés sur les traits douloureux de Lorcan Furey, Grace comprit enfin qu'elle avait eu tort de douter de lui. Puis elle s'effraya. S'il ne pouvait pas la protéger... si le capitaine ne le pouvait plus non plus... qu'allait-il advenir d'elle ?

Avant qu'elle ait eu le temps de parler, on frappa. Le cœur de Grace s'emballa. D'un seul mouvement, elle et Lorcan se tournèrent vers l'entrée de la cabine et se rappelèrent en même temps que la porte n'était pas fermée à clé. Bouche bée, tous deux regardèrent le globe de la poignée tourner, et la porte s'ouvrir dans un grincement.

Précédée par la senteur de roses fraîchement

coupées, Mlle Belle entra dans la pièce, serrant contre elle plusieurs robes de soirée.

— Je vous avais dit que je vous prêterais quelque chose de joli pour le Festin, proclama-t-elle, et je tiens toujours parole.

Lorcan secoua la tête d'incrédulité et de soulagement mêlés.

— Oh vous, chut ! lui lança Darcy Belle. Si vous en saviez davantage sur la sensibilité féminine, aspirant Furey, vous sauriez aussi que nous, les dames, aimons prendre grand soin de notre personne. N'ai-je pas raison, chère Grace ?

Là-dessus, plaquant sur Grace l'une des robes qu'elle avait apportées, Mlle Belle, telle une artiste, apprécia le résultat d'un œil expert.

— Le bleu pastel ne vous va pas du tout, conclut-elle en jetant la première tenue sur le lit, avant de plaquer la seconde sur Grace.

Celle-ci n'en croyait pas ses yeux. Sans compter qu'elle ne trouvait même pas ces robes jolies. Elle s'imaginait aisément qu'elles allaient très bien à Mlle Darcy mais elle, Grace, ne se rappelait même pas la dernière fois où elle avait porté un vêtement si féminin, et encore moins aussi élaboré que ces robes-là, qui étaient comme un feu d'artifice de mousseline, de soie, de perles et de boutons précieux.

— À mon avis, il faut choisir entre la rose et la jaune pâle, décida Mlle Belle. Voyons un peu à quoi elles ressemblent sur vous. Nous choisirons après.

Sur ce, elle ôta les deux robes en question de leurs cintres matelassés de soie. Grace n'avait absolument aucune envie de les essayer. Elle regarda Lorcan à la dérobée.

— Grace n'a pas besoin de ces belles parures, intervint celui-ci. Elle ne vient pas au Festin.

Déconcertée, Darcy Belle pivota sur ses talons :

— Ne vient pas au Festin ? s'exclama-t-elle en regardant Lorcan. Mais c'est ridicule ! Tout le monde prend part au Festin.

— Pas Grace, lui répondit Lorcan en secouant la tête.

— C'est impossible, insista Mlle Belle tout en lui tournant le dos, bien décidée à fourrer la robe jaune pâle dans les bras de Grace.

Mais Lorcan la lui prit des mains :

— Grace ne vient pas au Festin ce soir, Darcy, répéta-t-il. Ordre du capitaine.

Visiblement, il avait prononcé les mots magiques. Mlle Belle rassembla vivement tout ce qu'elle avait apporté et, serrant le tout fort contre elle, regarda Grace d'un air désolé, comme lorsque l'on rechigne à dire au revoir à un ami :

— C'est une si jolie robe, marmonna-t-elle.

Grace se demanda si Mlle Belle n'allait pas se mettre à pleurer.

— Pourquoi ne la portez-vous pas vous-même, Darcy ? lui suggéra Lorcan d'une voix douce.

— Vous croyez ?

— Oui, bien sûr. Allez vite la passer. Mais dépêchez-vous, la musique a déjà commencé.

Grace s'en était rendu compte. C'était un morceau pour percussions étonnamment apaisant, dont le rythme principal ressemblait beaucoup aux battements d'un cœur, sur lesquels venait se juxtaposer un contrepoint plus insistant. Soudain, Grace se souvint : c'était la musique qu'elle avait entendue le soir de son arrivée à bord.

— D'accord, d'accord, je me dépêche, murmura Darcy.

Elle avait à peine commencé à trottiner vers la sortie que la porte s'ouvrit en grand. Darcy se figea sur place. Une ombre, large, sombre, envahit la pièce, puis Sidorio entra lentement. Un sourire carnassier aux lèvres, le lieutenant promena ses yeux venimeux de Mlle Belle à Grace, et de Grace à Lorcan.

— Que vois-je, aspirant Furey ? Je savais déjà que vous n'étiez guère un homme, mais de là à parler chiffons avec ces dames, vous m'étonnez !

Lorcan resta sans répondre, mais se rapprocha de Grace. Visiblement, il se mettait en position de pouvoir la protéger.

— Vous n'avez pas entendu la musique ? reprit Sidorio. Le Festin va commencer.

— Certes, lui dit Lorcan. D'ailleurs, je m'apprêtais à prendre congé.

— Ce n'est pas à vous que je parlais, *madame* Furey. Je m'adressais au donneur.

Ce disant, le lieutenant vint planter ses yeux noirs sur une Grace tétanisée. Entre-temps, le volume des percussions avait augmenté, désormais agrémenté du son léger d'une flûte.

— Grace n'est pas un donneur, lança Lorcan. Il y a eu une erreur.

— Non, il n'y pas eu d'erreur, gronda Sidorio. Le vieux Nathanael ne peut pas venir ce soir. Et aucune place à table ne doit rester vide. En outre, votre petit bébé famélique pourrait tirer avantage d'un bon repas.

— Grace n'est pas un donneur, répéta Lorcan fermement, le regard planté dans celui de Sidorio, qui faisait pourtant facilement deux fois sa taille.

— Et moi, je dis que si, le contrecarra Sidorio. Comme le capitaine d'ailleurs.

Lorcan secoua la tête :

— Le capitaine ne ferait jamais...

— Si vous ne me croyez pas, l'interrompit le lieutenant, allez le lui demander. En fait, pourquoi ne pas y aller ensemble et laisser ces dames à leurs fanfreluches ? À moins que vous ne préfériez rester avec elles pour les aider à décorer leurs cheveux de jolis petits rubans ? ajouta-t-il avec un rire dédaigneux avant de quitter la cabine.

Mlle Belle était comme enracinée sur place. Lorcan, lui, s'était tourné vers Grace, dont le visage était déformé par l'angoisse.

— Je suis désolé, Grace. Je voulais éviter que les choses se terminent de cette façon.

— Ce n'est pas grave, lui répondit Grace, d'un ton beaucoup plus calme qu'elle ne l'était en réalité. Ce n'est pas grave. Je sais que vous avez fait tout ce que vous pouviez. S'il le faut, eh bien, qu'il en soit ainsi ! Mademoiselle Belle, j'ai changé d'avis. Pensez-vous pouvoir me prêter malgré tout votre robe jaune ? Si je dois venir au Festin, qu'au moins j'y sois vêtue comme il se doit.

30

LE FESTIN

Grace sortit de sa cabine, vêtue de la robe jaune pâle que Mlle Belle lui avait prêtée. Comme elle s'en était doutée, la séance d'habillage avait un peu duré, mais Mlle Belle lui avait aussi montré comment relever sa robe en marchant. Maintenant qu'elle avançait dans le couloir, plus élégante qu'elle ne l'avait jamais été, elle avait l'impression d'être à la fois jeune mariée et agneau offert en sacrifice. Heureusement, les battements de la musique la calmaient.

Elle aurait bien aimé que Mlle Belle l'accom-

337

pagne, mais celle-ci avait été obligée de la quitter.

— Les vampires et les donneurs ne peuvent pas entrer ensemble dans la salle du Festin, lui avait expliqué Lorcan. Les donneurs s'y installent en premier.

Ainsi, Grace avait entrepris de descendre seule les escaliers qui l'avaient déjà conduite une fois dans les entrailles du bateau. Le nombre de donneurs devant et derrière elle ne cessait d'augmenter. Tous avaient l'apparence de femmes et d'hommes normaux. Seules surprenaient chez eux la langueur et l'indolence qui les caractérisaient. L'épreuve qu'on leur faisait subir chaque semaine devait finir par les vider de toute leur énergie. Sans doute était-ce la raison pour laquelle le vieux Nathanael n'était presque plus qu'une coquille vide.

Dans l'ensemble, ils avaient l'air aussi plus âgés que Grace. D'une certaine façon, cette constatation lui redonna un peu d'espoir – même si Sidorio ne l'entendait pas de cette oreille, Peut-être trouverait-on qu'elle était trop jeune pour faire office de donneur.

Malgré le tourbillon qui l'assaillait intérieurement, Grace continua d'avancer vaillamment, adressant ici et là des petits sourires crispés aux personnes qu'elle rencontrait.

Une fois Sidorio parti, le temps avait été trop court pour poser à Lorcan toutes les questions qui lui étaient venues à l'esprit. Il avait décidé d'aller voir le capitaine. Il ne pouvait tout simplement pas croire que ce dernier avait changé d'avis au sujet de Grace – ce devait être une ruse du lieutenant. Avant de la quitter, Lorcan avait demandé à Grace de ne pas oublier que, même si elle se voyait forcée de jouer son rôle de donneur ce soir-là, sa vie ne serait pas mise en danger. « C'est une façon de voir », se dit alors Grace. Bien sûr, elle avait compris qu'elle ne mourrait pas – mais elle serait obligée de donner une partie de son sang à d'autres. À Sidorio peut-être. Était-ce un sort préférable à la mort ?

Grace n'eut pas le temps de répondre à cette question. Parvenue dans le dernier couloir, elle se trouva prise dans le flot des donneurs et emportée dans la pièce où se tenait le Festin. L'espace était vaste et ressemblait plus à une salle de bal ornée qu'à une salle à manger. Sous une rangée de chandeliers en cristal s'étirait une longue table de banquet, recouverte de nappes de damas immaculées, de vaisselle précieuse en porcelaine, de plats en verre creux taillé et de couverts argentés. Toutefois, seul un côté de la table était dressé.

C'est là que les donneurs allèrent se poster, debout, chacun devant une chaise, tandis que la musique hypnotique continuait de jouer. Au centre de la table, une longue rangée de bougies scintillait. Personne ne parlait. Au bout d'un moment, les vampires arrivèrent. Lorcan avait expliqué à Grace qu'ils avaient un donneur attitré. Effectivement, tous semblaient savoir vers quelle personne se diriger. Une fois devant elle, ils la saluaient d'une révérence polie, avant de l'inviter à s'asseoir et de prendre place eux-mêmes en face d'elle.

C'est ce que fit Mlle Belle, en adressant un sourire charmant à l'homme qui semblait être son donneur. Puis Lorcan entra, mais c'est avec un air inquiet et ses yeux bleus rivés sur Grace qu'il alla s'asseoir en face de la jeune femme qui lui était attribuée.

Le rituel gracieux se poursuivit jusqu'à ce que toutes les chaises soient occupées de chaque côté de la table. De là où elle se trouvait, tout près de l'entrée, Grace se rendit compte alors que son estimation de la taille de l'équipage avait été bien loin du compte. La salle du Festin occupait presque toute la longueur du galion, et elle était pleine.

Bientôt, elle et l'homme à ses côtés furent les seuls à rester debout. Mais, très vite, leurs pendants arrivèrent. Avec une arrogance caractéristique, Sidorio précéda le capitaine dans la salle du Festin. Résignée, Grace le regarda prendre place en face d'elle. Le visage dur et fermé, il la salua en s'inclinant à peine. Les autres vampires avaient traité leur donneur avec un certain respect – en reconnaissance sans doute du sacrifice qu'ils s'apprêtaient à faire –, mais Grace n'aurait pas droit à tant d'égards avec le lieutenant. Au contraire, car sans plus de cérémonie, il tira la chaise à lui, bien décidé à s'asseoir. C'est alors que le capitaine apparut à ses côtés.

— Non, lieutenant, lui dit-il. Pourquoi ne pas vous asseoir là ?

C'est avec soulagement que Grace entendit le souffle familier.

— Non, capitaine, je serai très bien ici. J'ai choisi mon nouveau donneur, répondit Sidorio tout en continuant à tirer la chaise à lui.

— J'insiste, lieutenant. Échangeons nos places.

Bien qu'il manifestât une certaine patience, le murmure du capitaine s'était fait autoritaire.

Soudain hésitant, Sidorio promena son regard le long de la tablée, comme pour calculer ses chances de succès. Finalement, il lâcha le dossier de la chaise, s'écarta et, sans même prendre la peine de le saluer, s'assit en face de l'homme qui se trouvait à côté de Grace.

Le capitaine s'inclina alors avec révérence et, d'un ample mouvement de cape, prit place en face de Grace. Malgré sa crainte de n'être protégée que temporairement d'un destin funeste, celle-ci ne put s'empêcher de lancer à Sidorio un sourire moqueur.

— Ne le provoquez pas, Grace, entendit-elle alors dans sa tête.

Obéissant à l'ordre du capitaine, elle détourna les yeux du lieutenant et tâcha de se concentrer sur les pulsations de la musique.

Le dîner qui suivit se révéla extrêmement élaboré. Grace comprenait maintenant pourquoi la tension avait été si grande à la coquerie. La cuisinière et son neveu avaient préparé pour les donneurs une succession de plats tous aussi exquis les uns que les autres. En premier vint du homard grillé, un repas complet en soi, pensat-elle. Elle se délectait encore de la sauce qui l'accompagnait quand on lui ôta son assiette pour la remplacer par une autre chargée d'un énorme morceau de viande rouge entouré d'un arc-en-ciel de légumes variés allant de la tomate au potiron en passant par le vert des courgettes. À l'image du homard, le steak fondait dans la bouche. Comme à chaque fois, plus Grace avalait ces mets délicieux, plus son appétit s'aiguisait. Un mystère qu'elle ne parvenait pas à s'expliquer, pas plus qu'elle ne s'expliquait comment la cuisinière avait réussi à préparer un tel festin en si peu de temps, seule avec son neveu.

Les convives semblaient tous converser avec courtoisie. Enfin, converser n'était peut-être pas le terme le plus approprié. Les vampires ne s'adressaient qu'à leur donneur, comme s'ils s'étaient trouvés assis à des tables de deux. De là où elle était installée, Grace n'eut aucun mal à entendre le babillage incessant de Mlle Belle, qui parlait pour dix sans laisser à son donneur la moindre chance de lui répondre. Plus loin, Grace avisa Lorcan, qui regardait la jeune femme assise en face de lui en souriant et en hochant la tête poliment. Avec envie, Grace se demanda de quoi ils pouvaient bien discuter. Elle se rendit compte alors à quel point elle était devenue proche de Lorcan et à quel point il lui était étrange de le voir engagé dans un rapport aussi intime avec une autre personne qu'elle.

De son côté, malgré les efforts admirables que son donneur fournissait pour le faire parler, Sidorio passa tout le repas à grogner, à marmonner et à tambouriner impatiemment des doigts sur la table. Sa frustration était telle que sa rage n'allait pas tarder à éclater – ce n'était plus qu'une question de temps.

Quant au capitaine, il resta assez silencieux. Il semblait distrait. Sans doute Sidorio en était-il la cause. Si, comme l'affirmait Lorcan, le lieutenant était prêt à défier son autorité, il n'y avait rien d'étonnant à ce que le capitaine eût l'air préoccupé. Quoi qu'il en fût, Grace se sentait en sécurité en sa présence. Et les plis sur son masque, signe qu'il lui souriait, lui suffirent pour apprécier pleinement chaque mets de ce surprenant banquet.

La musique n'avait pas cessé de jouer, et pourtant, jamais elle ne lui sembla ennuyeuse ou monotone. Après le dessert – de la gelée de fruits délicieusement parfumée –, le volume des percussions s'intensifia. Grace chercha les musiciens des yeux, en vain. Il n'y en avait pas.

On vint débarrasser, et la musique augmenta encore. Désormais, seule la rangée de bougies se reflétait délicatement sur le visage des vampires et de leurs donneurs. C'est alors que le premier couple, tout au bout de la table, se leva en parfaite harmonie et se dirigea élégamment vers la sortie, bientôt suivi, deux à deux, par tous les autres convives. Ainsi, le cortège se déroula, posément, régulièrement, au rythme des battements de la musique.

Lorsque vint leur tour, Grace et le capitaine se levèrent, se saluèrent, puis remontèrent chacun de leur côté toute la longueur de la table avant d'aller fermer la procession derrière Sidorio et son donneur.

C'est alors que le cœur de Grace s'emballa. Elle eut beau s'efforcer de le contrôler, il tressautait comme un poisson qui frétille au bout d'un fil.

Ayant besoin d'être rassurée, elle enroula son bras autour de celui du capitaine, qui ne lui avait pourtant offert que le dos de sa main.

Arrivé sur le pas de la porte, le capitaine tourna la tête par-dessus son épaule et toutes les bougies s'éteignirent. Puis il regarda Grace de son visage sans yeux et lui dit dans un murmure :

— N'ayez pas peur, mon enfant.

Sur ce, ils entamèrent en silence l'ascension vers le pont.

31
LA FAIM

De retour dans sa cabine, le capitaine s'installa dans son rocking-chair devant la cheminée. Comme la fois précédente, il arrangea les plis de sa cape sur les accoudoirs avec soin. La scène aurait pu être émouvante. *S'il* n'avait pas été le capitaine d'un vaisseau rempli de vampires. *S'il* avait eu des yeux, des lèvres et un nez comme les êtres humains, et non ce masque noir où son visage aurait dû se trouver. *Si*, dans les entre-ponts, les membres de l'équipage n'avaient pas été en train d'assouvir leur faim – de sang. Oui, sans tout cela, la scène aurait pu être émouvante.

Tout en le regardant attiser le feu, Grace aperçut la peau de sa nuque et songea qu'il lui restait tout de même un peu de sa forme humaine. Elle se demanda alors ce qui l'attendait, *elle*. Certes, le capitaine l'avait sauvée des griffes de Sidorio, mais peut-être n'avait-elle été qu'échangée, et non sauvée. Peut-être avait-il usé de son autorité de capitaine pour garder son sang pour lui. En remontant les couloirs, Grace avait vu chaque cabine se fermer sur leur passage. Elle avait été étonnée de remarquer que les donneurs entraient en premier, et apparemment de leur propre gré. À moins qu'on ne les y obligeât pour les empêcher de s'enfuir.

— Vous tremblez, mon enfant. Approchez, venez vous réchauffer près du feu.

Comme toujours, les mots du capitaine avaient envahi le cerveau de Grace comme un souffle.

Elle s'exécuta, hésitante, tandis que le capitaine tournait son visage masqué vers elle.

— Ah, je vois que ce n'est pas le froid qui vous fait trembler ainsi. Grace, je vous ai dit que vous n'aviez rien à craindre.

Grace revit en pensée les portes se fermer, et la résignation des donneurs.

— Que font-ils dans ces cabines ?

— J'aurais dû m'en douter. Vous voulez tout savoir. Installez-vous d'abord confortablement et je ferai ensuite de mon mieux pour répondre à vos questions.

Le capitaine trouvait toujours les mots pour la rassurer. On aurait dit qu'ils s'apprêtaient à discuter d'un devoir d'école, et non d'actes de sauvagerie perpétrés dans les cabines au moment même où ils parlaient. Grace prit donc place dans le rocking-chair à côté de celui du capitaine, mais s'assit tout au bord, les pieds bien campés sur le sol, pour être sûre de pouvoir se lever d'un bond s'il le fallait.

— Comme vous l'aurez remarqué, mon enfant, lui dit le capitaine, chaque membre de l'équipage a son propre donneur. Que je vous rassure d'abord et avant tout : chacun d'eux est bien traité. Ils sont bien nourris et disposent de tout le confort nécessaire en termes de logis.

« Cela dépend de quel point de vue on se place », se dit Grace. Comment, en effet, vivre « confortablement » quand on doit offrir son sang à un autre chaque semaine ?

— C'est une bonne question, fit le capitaine.

Médusée, Grace comprit alors qu'il lisait dans ses pensées.

— Mais le moment du partage, comme nous l'avons baptisé, se fait sans douleur et assez rapidement.

Malgré le sujet de leur conversation, peu à peu, bercée par la voix du capitaine, Grace s'était décontractée. Elle releva les pieds et se campa bien au fond de son fauteuil. Puis la fatigue l'envahit et, poliment, elle étouffa un bâillement.

— Nous faisons suivre à nos donneurs un régime précis, très nourrissant. C'est la raison pour laquelle, ajouta le capitaine avec un sourire, on a tendance à s'endormir.

À ces mots, Grace sursauta et, immédiatement, se redressa. Le capitaine poursuivit :

— Toujours est-il que le sang obtenu est d'excellente qualité. C'est donc grâce à cette nourriture extrêmement riche que nous avons réussi à limiter le partage à une fois par semaine. Du coup, nous avons fait de ce repas hebdomadaire une fête, un rituel pourrait-on dire, non seulement pour maximiser le contenu nutritif du sang au moment du partage, mais aussi pour rendre hommage à nos donneurs. Nous leur sommes infiniment reconnaissants de l'offrande qu'ils nous font, le don de la vie. Car, voyez-vous, chaque semaine, grâce à eux, l'équipage renaît.

Il s'interrompit pour attiser le feu. Grace en profita :

— Mais que se passe-t-il quand certains d'entre vous veulent plus de sang, ou en veulent plus souvent ? lui demanda-t-elle.

— Ils n'ont pas le choix, Grace, pas tant que je serai leur capitaine. Ils n'ont pas besoin de plus de repas, de plus de sang. Cela mettrait non seulement le donneur en danger, mais eux-mêmes aussi. Cela créerait un déséquilibre, crée-rait... comment dire... des sautes d'humeur chez eux. Le problème, c'est que plus on s'habitue à de grandes quantités, plus on pense qu'on en a effectivement besoin. Seulement il y a une grande différence, voyez-vous, entre ce dont on a besoin et ce dont on se convainc qu'on a besoin.

— Mais, insista Grace avec obstination, que se passerait-il si certains vampires sous vos ordres exigeaient plus de sang et de façon moins contrôlée ?

— Ils seraient obligés de quitter ce navire et de trouver leur voie sans nous, car nous avons nos principes. Les vampires ont très mauvaise réputa-tion, Grace. On a fait de nous des démons. Rappelez-vous la chanson : *Oui, si avec les pirates vient le danger Et avec les vampires, la mort assurée...* Bien sûr, je comprends pourquoi. Nous y avons nous-mêmes participé. Parce que nous avons eu faim, et que notre existence s'est mise à tourner autour de ce problème précis. Mais j'ai trouvé un autre moyen et, pour ma part, je n'ai même plus besoin de sang du tout.

Une excellente nouvelle pour Grace, dont les poings fermés commencèrent à se desserrer, bien qu'elle se demandât comment une telle évolution avait été possible.

— C'est possible pour certains d'entre nous, répondit le capitaine, qui continuait manifestement à lire dans ses pensées. Ce besoin de sang que nous ressentons est une question de *prana*, d'énergie absolue. Personnellement, j'ai appris à me repaître d'énergie uniquement.

— Vous voulez dire que vous vous nourrissez de l'énergie de votre donneur ?

— Je n'ai pas de donneur, Grace. Et je n'en cherche pas non plus. Vous pouvez vous détendre. L'assimilation du *prana* fonctionne un peu différemment. Mais le processus est compliqué à expliquer et je crois que je vous en ai assez dit pour l'instant. Vous devez avoir le vertige avec tout ce que vous avez vu et entendu ce soir.

Vous avez l'air fatiguée et je dois vous avouer que je le suis moi-même. Toutefois, soyez rassurée, votre fatigue est naturelle. Je n'ai pas besoin de puiser mon énergie chez vous. Pensez-vous pouvoir retourner seule dans votre cabine ?

— Oui, lui répondit Grace en se levant. Oui. Merci.

— Bien, lui fit le capitaine.

Là-dessus, il s'adossa au dossier de son fauteuil et posa le menton sur sa poitrine. Devant lui, le feu diminua d'intensité. Grace eut l'impression que les veinures de sa cape luisaient faiblement, mais sans doute n'était-ce que la réflexion des braises.

Sans faire de bruit, elle se dirigea vers la porte. Au moment où elle l'ouvrait, elle entendit de nouveau le murmure :

— J'apprécie beaucoup les conversations que nous avons, Grace.

— Moi aussi, dit-elle en souriant. Dormez bien.

Puis elle s'enfonça dans la nuit, sur le pont désert.

Une légère brise soufflait et Grace alla s'accouder au bastingage. Au bout d'un moment, elle se retourna et leva les yeux vers les voiles en forme d'ailes. Ce soir-là, la lune brillait bas et diffusait sur elles une lumière pâle qui semblait leur donner vie, comme à la cape du capitaine. D'ailleurs, Grace aurait juré y discerner les mêmes veinures. Étaient-elles faites du même tissu ?

— C'est soir de pleine lune, vous avez vu ?

Grace sursauta. Elle n'était plus seule. Et elle avait reconnu la voix. C'était Sidorio. Le sang de Grace se glaça.

— Quand c'est pleine lune, j'ai très faim.

Grace se tourna lentement et découvrit alors une vision d'horreur bien pire que tout ce qu'elle avait anticipé. Dans ses bras épais aux veines apparentes, Sidorio portait un homme – celui en face duquel il était assis pendant le Festin. Ses bras et ses jambes pendaient mollement et la lueur de la lune révéla à Grace qu'il dormait d'un sommeil dont il ne se réveillerait jamais. Sidorio l'avait vidé de son sang.

Bouche bée, Grace regarda alors le lieutenant s'approcher du bastingage et, sans hésitation, balancer l'homme par-dessus bord. Lorsque son corps toucha la surface des flots, le bruit de la gerbe d'eau qu'il provoqua résonna dans la tête de Grace comme une fusillade. Jamais de sa vie elle ne s'était trouvée en présence d'un si grand

354

danger. Jamais de sa vie elle ne s'était sentie si seule.

Sidorio se tourna vers elle. Ses traits étaient déformés et ses yeux, semblables à des puits de feu. De toute évidence, il était encore dans les affres d'une faim terrible que le surplus de sang volé à son malheureux donneur n'avait pas assouvie, au contraire. Comme l'avait si bien anticipé le capitaine, il avait éveillé en lui un insatiable appétit.

Les jambes de Grace se dérobèrent sous elle. Elle était désormais sans défense, toute son énergie avait disparu.

— Allons dans votre cabine, lui dit alors Sidorio, le rictus de sa bouche révélant à la lumière pâle de la lune ses deux immenses dents.

32

LA TAVERNE DE MA KETTEL

Bart et Cathy n'avaient pas menti. Connor n'avait jamais vu d'endroit semblable à la taverne de Ma Kettel. Intrigué, il sauta sur l'appontement, où Bart l'accueillit avec une grande tape dans le dos :

— Bienvenue du côté obscur, lui souffla-t-il à l'oreille. Surprenant, non ?

À la fois vieux pub et ponton, la taverne l'était, assurément. Elle se balançait dangereusement tout en haut de longs pieux en bois, à quatre mètres du niveau de l'eau au moins, et semblait menacer de s'effondrer à tout instant. Sur l'un des côtés s'élevait une immense roue hydraulique qui brassait les flots à grand bruit, tel un monstre marin engloutissant lentement des tonnes d'eau avant de la recracher.

La plate-forme devant la taverne était parsemée de tables et de bancs sous lesquels le plancher semblait solidement assemblé. Mais entre deux, le sol était si ajouré qu'il était difficile de savoir s'il avait été rongé par le temps ou si, tout simplement, le bois avait manqué lors de la construction.

Quoi qu'il en soit, les vides qui en résultaient étaient si grands qu'on aurait dit des pièges béants. De fait, tandis qu'il avançait prudemment vers l'entrée de la taverne sur les talons de Bart et Cathy, Connor vit avec horreur plusieurs malheureux disparaître entre les planches et atterrir à grands plongeons dans l'eau tumultueuse au-dessous. Ce genre de chutes ne devait pas être rare, car Connor avisa des cordes fixées à intervalles réguliers sur le rebord de la plateforme. A priori, ceux qui le pouvaient remontaient par ce biais ; quant à ceux qui ne le pouvaient pas, leur nuit de plaisir tant attendue se terminait là.

La « terrasse » de la taverne était déjà bondée.

Des filles hardies, telles des équilibristes portant à bout de bras des plateaux chargés de chopes de bière écumantes, couraient avec agilité de table en table le long des lattes de bois étroites. Toutefois, malgré leur apparente fragilité, mieux valait ne pas les asticoter. Médusé, Connor vit l'une d'entre elles, à qui Jack l'Édenté avait susurré quelque chose à l'oreille, se redresser après l'avoir servi, lui sourire gracieusement et, d'une main, le pousser d'un coup dans l'eau. Puis, comme si de rien n'était, se reculant pour le cas où quelques éclaboussures l'atteindraient, elle attendit le « plouf » évocateur et reprit ses occupations.

— Ça devrait lui rafraîchir les idées, dit-elle à Bart et à Connor en leur faisant un clin d'œil.

— Si ce n'est qu'il n'avait même pas commencé à boire, lui répondit Bart.

La fille éclata de rire et, tout en s'éloignant, lui lança par-dessus l'épaule :

— Je reviens m'occuper de vous tout de suite, mes mignons. Mais si vous avez besoin de moi avant, mon nom, c'est Chouchou.

— Je crois que je suis amoureux, murmura Bart à Connor, les yeux aussi grands que des soucoupes volantes.

— Oh, oh... chuchota Connor, le regard rivé

lui aussi sur l'audacieuse serveuse. Je crois que pour une fois, on ne va pas être d'accord.

— Assez reluqué comme ça, les garçons, leur dit soudain Molucco Rage en les prenant tous les deux par l'épaule et en les poussant en avant. Ma Kettel nous a réservé quelques tables dans sa section V.I.P. Il faut vite rassembler tout le monde... avant que Mme Li ne nous dise que s'amuser est contre le règlement !

Pour autant que Connor pût en juger, les pirates des autres bateaux avaient déjà bien entamé leur soirée. Un groupe de musiciens couvrait à moitié le bruit de la grande roue avec des airs oscillant entre jazz, rock'n'roll et chansons de marins. Connor n'avait jamais entendu de musique pareille, mais il prit vite goût à son rythme gai et entraînant, à l'image de tout ce qui semblait se passer dans cet endroit inattendu. Comme le capitaine le leur avait dit, Ma Kettel avait fait préparer une rangée de tables à l'intérieur de la taverne. Au centre de chacune trônait un petit bloc de bois sur lequel était peint un dessin du *El Diablo* ainsi que l'inscription : « Réservé pour le capitaine Rage et son équipage ».

— Chez Ma Kettel, les grosses légumes ont droit à leur propre insigne, expliqua Bart à

Connor. Je te dis, cette taverne est le haut lieu de la piraterie. Tu ne trouveras pas d'endroit pareil sur des kilomètres à la ronde.

À peine tout le monde avait-il pris place sur les bancs que les chopes de bière arrivèrent. Aussitôt, Bart leva la sienne et défia Connor :

— Cul sec !

— Attends un peu, intervint Cathy. Est-ce que Connor a le droit de boire de l'alcool ?

— Bien sûr que non, répliqua le capitaine Rage, se joignant à la conversation. Il est beaucoup trop jeune. Allez lui chercher un punch au rhum chaud ! ajouta-t-il sous l'œil incrédule mais bienveillant de Cathy Couteau. Est-ce que tout le monde est servi ?

— Oui, capitaine ! répondit comme un seul homme tout l'équipage attablé.

— Excellent ! fit Molucco Rage en sautant d'un bond sur la table. Alors il est temps pour moi, mes amis, de proposer un toast. Un toast en l'honneur d'une journée mémorable pour le monde de la piraterie et en l'honneur de l'équipage le plus accompli à avoir jamais écumé nos océans !

— Tu peux répéter ce que tu viens de dire, Rage ?

Un capitaine inconnu de Connor venait de

sauter sur sa propre table en faisant retentir sur le bois les talons de ses hautes bottes de cuir.

Aussitôt, la musique s'arrêta de jouer. Là-dessus, Connor remarqua que trois nouveaux pirates à l'air féroce s'étaient hissés sur leurs tables, suivis de six autres.

Bientôt, leur tablée se retrouva encerclée. Pas intimidé pour un sou, le capitaine lança, rayonnant :

— Bonsoir à vous, compagnons ! Je vois que Ma affiche complet ce soir. J'ose espérer que vous passez une agréable soirée.

— La soirée était agréable jusqu'à ton arrivée, lui rétorqua un des capitaines, déclenchant chez les membres de son équipage une volée de rires et de claquements de pieds. Et elle l'aurait été encore plus si tu ne passais pas ton temps à venir fourrer ton nez avec ton sale rafiot dans nos voies de navigation.

— Tout à fait d'accord ! l'approuva un autre. On respecte les règles et toi, tu te permets de zigzaguer sur l'océan comme une grosse baleine imbibée.

Cette fois, c'est une vague de huées qui s'éleva.

— Compagnons, susurra Molucco Rage, tentant de maintenir un ton jovial. Je l'avoue, peut-

362

être ne me suis-je pas très bien conduit ces derniers temps, mais est-ce bien le lieu...

— Pas bien conduit ? aboya le premier capitaine. Ne crois pas que tu vas t'en sortir si facilement que ça, Rage.

— Complètement d'accord, appuya le second. Ce qu'on veut, c'est que tu nous rendes ce qui nous revient de plein droit.

— Ce qui vous revient de plein droit ?

— Le butin, Rage, le butin. On sait que tu es venu pêcher sur nos plates-bandes aujourd'hui. Alors tout ce que tu y as pris nous appartient.

À ces mots, ses pirates poussèrent des cris d'approbation tout en abaissant d'un coup sec leur chope de bière sur leur table.

— Et tu récolteras la tempête... marmonna Cheng Li, s'attirant les foudres de Cathy.

Connor commençait à s'inquiéter pour la sécurité du capitaine et à se poser des questions sur la solidité de la structure.

Molucco Rage, lui, semblait un peu déconcerté, mais il retrouva vite sa contenance :

— Je regrette de vous avoir offensés, chers collègues, et je vous propose de nous retrouver de bon matin pour que je puisse faire amende honorable, qu'en dites-vous ? C'est difficile d'apprendre à un vieux loup de mer à faire la grimace, mais je m'efforcerai de corriger mes mauvaises manières. Cependant, pour l'heure, compagnons, ne nous disputons pas, hein ? fit-il face à une foule de visages durs et fermés. Ne trinquerez-vous donc pas avec moi ? insista Molucco Rage. Allez, ne nous fâchons pas, je suis d'humeur sentimentale ce soir. Levons nos verres !

Connor promena son regard dans la pièce. Bruit et plaisanteries avaient cessé. Dans un silence complet, tous les pirates gardaient leurs yeux rivés sur Molucco Rage. Bart avait dit à Connor que le capitaine avait du charisme. C'était vrai.

— Buvons à la vie de pirate ! lança alors Molucco Rage en tournant sur lui-même, la chope levée. À une vie courte mais gaie !

Là-dessus, il vida sa bière d'un trait. Aussitôt, Chouchou lui en tendit une autre. Un moment de silence s'ensuivit, puis, comme résignés, un à un, les autres capitaines et leurs hommes levèrent leur verre avant de reprendre à l'unisson :

— À une vie courte mais gaie !

Là-dessus, le tumulte des chopes qui s'entre-choquent et des claquements de pieds explosa de plus belle, faisant dangereusement trembler la structure dans son entier, jusqu'à ce que le capi-

364

taine Rage, toujours perché sur sa table, lève la main pour demander le silence :

— Où est Ma Kettel ? s'écria-t-il. C'est ma tournée. Que chaque coquin présent dans cette taverne se rince le gosier à mes frais ! Vous pensez peut-être que le capitaine du *El Diablo* est un fou, mais je défie qui que ce soit de pouvoir dire que c'est un grippe-sou !

Sa déclaration déclencha une vague de vivats et le défilé des serveuses portant à bout de bras des plateaux toujours aussi pleins de chopes de bière, reprit. Connor n'en revenait pas.

— Tiens, tiens, voyez un peu qui est venu s'échouer avec la marée, lança soudain une voix rauque hors du commun. Il n'y a que lui pour faire tant de potin et me tirer de mon sommeil réparateur.

— Regarde, regarde ! murmura soudain Bart en donnant un grand coup de coude à Connor, qui renversa la moitié de sa bière sur la table et sur ses bottes. Faut pas que tu loupes ça, vieux !

Connor tourna la tête. Une femme, vêtue d'une imposante robe de bal noire, s'avançait majestueusement vers leur table. Connor vit alors que le tissu était fait de morceaux de pavillons noirs cousus ensemble. Ma Kettel était plus âgée que ses « filles », mais c'était une belle femme, aux yeux brillants comme des joyaux et le visage encadré d'une tignasse rouge sang dans laquelle était plantée un diadème en forme de coutelas.

— Messieurs, la chaise s'il vous plaît, lança-t-elle alors.

Aussitôt, six pirates se levèrent d'un bond et, bras tendus, hissèrent Ma Kettel sur la table.

— Un grand merci à vous, leur dit-elle en leur faisant une révérence gracieuse avant de se diriger vers le capitaine Rage.

— Ça fait un sacré bout de temps, le Veinard, lui fit-elle en ouvrant grand les bras.

Tandis que les mains couvertes de saphirs du capitaine se refermaient tendrement autour d'elle, Connor aperçut au dos de sa robe une tête de mort en faux diamants. Sur une personne n'ayant pas sa prestance, le dessin aurait pu sembler de mauvais goût, mais sur cette femme majestueuse, pas du tout.

— Mon Bibi, s'exclama le capitaine en se reculant, rayonnant, tenant les mains de Ma Kettel dans les siennes. Ma belle Kitty, toujours aussi magnifique qu'au premier jour de notre rencontre. C'était quand déjà ? Tu t'en souviens ?

— Et si on évitait les dates, hein ? lui fit Ma Kettel avec un joli sourire. Mais bien sûr que je me souviens du premier jour où j'ai posé les yeux sur toi ! Tu étais le plus beau pirate à la ronde. Et pour être franche, mon trésor, tu n'as fait que te bonifier avec les années. Sacré gredin, va !

Connor vit avec étonnement le capitaine Rage rougir comme une tomate et reprendre très vite :

— Kitty, très chère, j'ai un nouveau membre d'équipage. Un garçon très spécial que je voudrais te présenter, fit-il en montrant le banc sur lequel Connor était assis.

— Ohhh, bonjour, Bartholomée ! s'exclama Ma Kettel en adressant un petit signe de la main à ce dernier. Quel bel homme tu fais ! Hum, si j'avais dix ans de moins... enfin, vingt... d'accord, trente... dit-elle en faisant semblant d'attraper le baiser que Bart venait de lui souffler.

— D'accord, Kitty, mais passe ce beau diable et regarde son jeune voisin. Monsieur Tempête, levez-vous s'il vous plaît que je vous présente à la perle de la piraterie.

Connor obéit, découvrant par la même occasion qu'il tanguait sur ses pieds. Il grimpa sur la table avec précaution, s'avança d'un pas vacillant et, une fois devant la dame, s'inclina courtoisement.

— Oh, quel trésor ! lança Ma Kettel. Voilà un vrai petit pirate, ça se voit. Et crois-moi, il n'y en a pas tant que ça. Si tu écoutes bien le Veinard, jeune homme, tu n'auras jamais rien à craindre.

Et sur un clin d'œil, elle lança par-dessus son épaule :

— Chouchou, mon ange, veille à ce que les filles soient spécialement gentilles avec ce jeune homme. Et si quelqu'un lui cherche des noises, sers-toi de tes jolis poings comme tu sais si bien le faire et dis au coupable qu'il sera interdit de séjour ici jusqu'au printemps prochain !

— À vos ordres, Ma ! répondit Chouchou en saluant sa patronne comme un soldat avec un sourire coquin.

— Merci, marmonna Connor, le visage cramoisi, avant de descendre de la table suivi de Ma Kettel et de Molucco Rage.

— Que le bal commence ! hurla soudain Ma Kettel aux musiciens. À vous de jouer ! Qu'est-ce que vous croyez, que je vous paie pour rester debout à rien faire ?

— Tu nous paies pas du tout, lui rétorqua le joueur de basse.

— Oh, la ferme, Johnny ! Contente-toi de jouer !

Connor observait la scène en riant lorsqu'il sentit une tape sur son épaule. Se tournant, il découvrit Cheng Li derrière lui.

— Allons marcher, lui dit-elle.

Connor se remit debout, de moins en moins sûr sur ses jambes.

— Si j'étais toi, je laisserais ma bière ici, vieux, lui dit Bart en gloussant.

Connor suivit Cheng Li vers la terre ferme, où elle emprunta une promenade plantée de flamboyants bleus, dont les branches étaient décorées de guirlandes clignotantes. L'endroit était désert.

— Il s'est passé beaucoup de choses depuis que je t'ai repêché dans l'océan, petit, commença Cheng Li. Et pourtant, ça ne fait qu'une semaine.

— Oui, je sais, acquiesça Connor.

— Et en une semaine, tu m'as beaucoup impressionnée, petit, particulièrement aujourd'hui.

Connor sentit sa poitrine se gonfler de fierté.

— Parce qu'aujourd'hui, tu as fait preuve non seulement de courage, mais aussi de miséricorde, ajouta-t-elle. Je t'ai dit certaines choses avant le raid. Des choses avec lesquelles je n'aurais peut-être pas dû t'ennuyer. Chacun de nous a son combat à mener. Après tout, je suis le second du capitaine, fit-elle en frottant son brassard comme pour faire briller la gemme dont il était orné.

— Sans doute, mais nous faisons aussi partie

d'une équipe, lui dit Connor. J'ai été très flatté que vous vous confiez à moi. Et je ne répéterai jamais ce que vous m'avez dit à qui que ce soit.

Cheng Li le regarda un instant sans répondre, puis reprit :

— Je te remercie beaucoup, petit.

— De rien, lui fit Connor, se sentant pour la première fois sur un pied d'égalité avec elle.

— Ce qui m'impressionne le plus chez toi, Connor, c'est ta capacité à ne pas avoir laissé la disparition de ta sœur paralyser tes actions.

— Ah, mais c'est parce que je sais qu'elle est en vie, c'est tout ! s'exclama Connor en souriant. Elle va bientôt revenir.

— Qu'est-ce que tu veux dire ? Je ne comprends pas, s'étonna Cheng Li, les sourcils froncés.

— C'est mon père qui me l'a dit, lui expliqua Connor, toujours aussi souriant. Je n'ai plus longtemps à attendre. Grace est en vie et sera bientôt de nouveau avec moi.

— Mais ton père est... excuse-moi... mort... ânonna Cheng Li, le visage toujours aussi incrédule.

— Oui, je sais, mais parfois, j'entends sa voix.

— Tu entends la voix d'un mort ?

— Oui, vous pensez certainement que je suis fou.

— Non, lui fit-elle en secouant la tête. Non, je suis très ouverte à ce genre de choses. Et que t'a-t-il dit exactement ?

— Pas grand-chose, admit Connor. Juste de me préparer et de faire confiance à la marée.

— De faire confiance à la marée ? Intéressant.

— Au début, j'ai pensé que c'était moi qui imaginais tout ça, mais je ne crois pas que ce soit le cas. Ça ressemble tellement à sa voix. En plus, je l'entends dans mon cœur. Grace va bien. Je le sais.

À peine avait-il prononcé le nom de sa sœur qu'il sentit le médaillon sous sa chemise vibrer.

— Ainsi, Connor Tempête, ton courage n'est pas ton seul talent, souffla Cheng Li. Encore une fois, je suis impressionnée. Mais je me demande... ta sœur a-t-elle les mêmes dons que toi ?

— Bien sûr, lui répondit Connor. Elle est même beaucoup plus intelligente. Elle lit beaucoup et elle comprend la psychologie des gens. Sans compter qu'elle est forte, pas tant physiquement que moralement. Grace ne renonce jamais.

Cheng Li hocha la tête. Ils avaient atteint le

bout de la promenade et se trouvaient au bord de l'eau.

— Ta sœur a l'air d'être une jeune femme extraordinaire. Il me tarde de la rencontrer, dit Cheng Li, avant de regarder Connor droit dans les yeux et d'ajouter : Je te l'ai déjà dit, Connor, le monde de la piraterie est en train de changer. Les chances de succès ne manqueraient pas pour des gens comme ta sœur et toi. Des perspectives auxquelles tu n'aurais jamais pensé.

Intrigué, Connor tendit l'oreille.

— On en reparlera, reprit Cheng Li, les yeux brillants. Pour l'instant, il faut qu'on rejoigne les autres. C'est ma tournée. Je t'offre un vin de riz chaud pour trinquer à notre avenir. Auparavant, je n'ai qu'une chose à ajouter, fit Cheng Li en repartant vers la taverne.

— Oui ?

— J'aimerais que cette conversation reste entre nous, Connor. Je sais que tu as beaucoup d'amis sur le *El Diablo* et c'est très bien. Mais il y a des sujets que des gens comme toi et moi ne pouvons partager avec d'autres. C'est la rançon de notre grandeur. Je vois un avenir brillant pour toi. Tu surpasseras aisément ceux que tu consi-dères comme tes camarades aujourd'hui, voire ceux qui sont tes supérieurs. Mais les voyages

faciles ne font qu'user la semelle de nos chaus-
sures, petit. Ils n'ont pas grand intérêt. Ceux qui
mettent notre moi le plus intime à l'épreuve,
ceux qui nous dépouillent de nos vêtements, qui
se jouent de notre âme, qui nous perturbent l'esprit, ceux-là sont les voyages qui valent la peine
d'être faits dans la vie. Ce sont eux qui nous
montrent qui nous sommes.

Comme à son habitude, Cheng Li avait parlé
sans détour. Mais, comme toujours, Connor pensait avoir compris ce qu'elle lui disait, et il s'en
sentit apaisé.

33

L'AVENTURE SE TERMINE

Grace n'opposa aucune résistance. À quoi cela aurait-il servi ? Sidorio était trop fort. Il ferma la porte de la cabine derrière lui et glissa la clé dans sa poche.

Il emplissait la pièce de sa présence, non seulement par sa personne, mais aussi par l'aura de menace et de violence qui l'entourait. De sanctuaire, la cabine de Grace était devenue le lieu de tous les dangers. Un lieu où son histoire risquait de brutalement se terminer.

Elle n'avait que trop conscience du silence qui

régnait à l'extérieur. Elle n'avait vu personne sur le pont après avoir quitté le capitaine. Tous les membres de l'équipage étaient occupés par le fameux « partage ». Le capitaine, lui, dormait. Quant à Lorcan, comme les autres, il s'alimentait. Même si elle décidait de hurler, aucun d'entre eux ne l'entendrait ou n'arriverait à temps pour la sauver. Elle ne pouvait compter que sur elle-même. Mais que faire ? Préférant savoir d'emblée à quoi s'en tenir, elle demanda au lieutenant :

— Que me voulez-vous ?

— Je veux votre sang, bien sûr, lui répondit Sidorio avec un rictus.

Grace choisit de se convaincre que la franchise du lieutenant était rafraîchissante. Après tout, il était le seul sur ce bateau à ne pas jouer aux devinettes.

— Et pourquoi le mien ?

— Parce qu'il est disponible, lui dit-il en haussant les épaules. Et que j'ai faim.

Cela se voyait. On aurait dit que son visage était fait d'une cire chaude en train de fondre et de se remodeler. Grace avait eu la primeur de ce type de métamorphose trois fois auparavant : avec Lorcan, avec la cuisinière, et quelques minutes plus tôt, dehors, déjà avec Sidorio. Derrière les portes fermées des cabines, les traits de tous les autres avaient dû ainsi se transformer, tandis que la faim montait en eux et les submergeait comme un raz de marée.

— Vous pourriez facilement trouver du sang meilleur que le mien, lui fit remarquer Grace, soudain inspirée. Je suis nouvelle sur ce vaisseau. Je n'ai mangé qu'un seul vrai repas depuis mon arrivée. Mon sang doit être le moins nourrissant de tous ! Vous méritez mieux.

À voir l'air interdit du lieutenant, Grace pensa qu'elle avait fait mouche. Toutefois, Sidorio secoua vite la tête et reprit :

— Du sang, c'est du sang.

— Ce n'est pas ce que le capitaine m'a dit.

La simple mention de son supérieur fit grimacer le lieutenant. Grace regretta sa décision, mais pour l'instant, elle était à court d'idées.

— Le capitaine aime bien tout gérer lui-même, lui dit Sidorio. Il aime bien ses petites *soirées* hebdomadaires. Il aime bien nous affirmer que nous n'avons pas besoin de manger. Il aime bien que nous jouions les civilisés. Mais vous savez quoi ? Nous ne sommes *pas* civilisés. Nous sommes des vampires, ou des démons... comme vous préférez. Et les vampires, ça a besoin de sang. Point à la ligne.

— Ah, mais êtes-vous sûr d'en avoir *réellement* besoin ? Si je ne m'abuse, vous avez déjà mangé ce soir. Peut-être cela suffit-il. Je sais que vous avez envie de sang, mais vous n'en avez pas *vraiment* besoin. Vous en voulez, c'est tout.

— Besoin. Désir. Quelle est la différence ? répondit-il en bâillant. Vous m'ennuyez.

Tout en parlant, Grace s'était éloignée le plus possible du lieutenant. Les reins déjà plaqués contre le petit bureau, elle tenta de reculer encore et, ce faisant, fit tomber la pile de carnets sur le sol. C'est alors qu'elle eut une idée.

— Racontez-moi votre histoire, lui suggéra-t-elle.

— Quoi ? lui rétorqua-t-il d'un air étonné.

— Racontez-moi votre traversée. Dites-moi qui vous étiez. À quoi votre vie ressemblait.

Impavide, il la dévisagea. Sa vie de mortel était-elle si lointaine qu'il l'avait oubliée ? Mlle Belle avait eu l'air heureuse de parler de sa vie antérieure. Mais le lieutenant Sidorio était différent. Lui semblait avoir perdu la moindre trace d'humanité. À moins que...

— J'étais pirate, commença-t-il, les yeux prenant vie. Dans un endroit qui s'appelait la Cilicie. C'était au premier siècle avant Jésus-Christ, précisa-t-il avec un sourire. L'âge d'or de la piraterie ! À l'époque, on ne faisait pas semblant d'être pirate ! On contrôlait toute la Méditerranée et on avait mis à genoux l'Empire romain.

Le voyant rattrapé par le passé, Grace s'aventura à lui indiquer la chaise de la main. À sa grande surprise, il alla s'asseoir.

— Le commerce des esclaves était très bien organisé, poursuivit-il, avec le plus grand naturel. Les esclaves, c'était ma spécialité. Nous laissions les riches acheter leur liberté et vendions les autres au marché. Je me suis fait une vraie fortune.

Il hocha la tête, comme si un souvenir en déclenchait un autre. Mais soudain, il sortit de sa rêverie, tout aussi subitement qu'il y était entré.

— Pourquoi est-ce que vous voulez savoir tout ça ?

— J'ai décidé de constituer un recueil de mémoires, improvisa Grace. Mlle Belle m'a déjà raconté sa vie.

— La mienne est plus intéressante. Et de loin.

Grace ne put réprimer un sourire. Elle avait trouvé un filon inépuisable en l'arrogance du lieutenant.

— Racontez-la-moi, reprit-elle en saisissant un carnet et une plume. Dites-moi tout.

— Vous avez entendu parler de Jules César ?
lui demanda Sidorio.

Grace fit un signe de tête affirmatif.

— Sale pédant de Romain, grogna-t-il. Mes
copains et moi, on l'a enlevé.

Les yeux de Grace s'écarquillèrent. Lorsqu'elle avait commencé à prendre des notes, sa
main tremblait, mais l'histoire de Sidorio s'an-
nonçait si fascinante qu'elle en oublia sa peur.
Toutefois, bien qu'elle n'ait pas été une élève très
assidue à l'école, elle s'étonna de ne pas avoir
souvenir d'un événement si important.

— Oui, une ordure, un prétentieux, c'est ça
qu'il était. Il jouait les érudits. Quand on l'a eu,
il partait étudier la rhétorique ou quelque chose
de ce genre, à Rhodes. On a arraisonné son
bateau près de l'île Pharmacuse. Et on l'a gardé
en otage. Il était prisonnier, mais vous croyez
qu'il en a perdu de sa superbe pour autant ? Bien
sûr que non, il a continué de nous dire quel
grand homme il était. Et quand on a fixé le prix
de sa rançon, il nous a proposé de nous payer le
double, de sa propre poche, pour être sûr d'être
libéré.

Sidorio s'interrompit, soupira, puis reprit :

— Certains d'entre nous étaient faibles et il a
réussi à les séduire avec ses fanfaronnades. Ils en

380

ont même oublié que c'était notre prisonnier. Moi, non. Il me détestait, ajouta Sidorio avec un sourire satisfait. Il m'a traité de tous les noms d'oiseaux possibles. M'a menacé des pires châtiments. Il était toujours grandiloquent.

Sidorio se tut de nouveau. Grace tourna la page de son carnet et leva les yeux vers lui. Il fallait qu'il continue de parler. C'était ça, l'astuce. Tant qu'il racontait sa vie, il ne lui ferait pas de mal. Et si elle le gardait occupé de cette façon jusqu'à l'aube, elle pourrait alors l'exposer à la lumière.

— Que s'est-il passé ? lui demanda-t-elle.

— Ils ont payé la rançon qu'on demandait. Il était bien le grand homme qu'il prétendait être. On aurait dû s'en douter. On l'a débarqué à Milet et on a passé un marché avec le gouverneur pour que notre procès soit repoussé.

Il s'arrêta.

— Et alors ? le relança Grace.

— Et alors, et alors, répéta Sidorio en fixant Grace de ses yeux noirs, Jules César a appliqué sa propre loi. Il est revenu nous chercher, pour se venger. Et il m'a tué.

— Vous avez été assassiné par Jules César ?

Sidorio lui sourit en hochant la tête :

— Je vous l'avais bien dit que mon histoire serait la meilleure de toutes.

Là-dessus, il jeta un coup d'œil vers le carnet, et visiblement satisfait de constater le nombre de pages que Grace avait remplies, le lui prit des mains pour l'examiner. Grace ne put déterminer s'il le lisait ou non. Quoi qu'il en soit, au bout d'un moment, il le lança par terre.

— Je m'ennuie de nouveau, dit-il alors. Et j'ai faim. Venez ici.

Sans mot dire, elle secoua la tête de droite à gauche plusieurs fois.

S'il voulait son sang, il faudrait qu'il vienne le chercher lui-même. Mais à cette pensée, elle perdit toutes ses forces. C'en était donc fini d'elle ? Elle savait que, lorsque Sidorio se mettrait à boire, elle n'en réchapperait pas. Il était comme un animal resté enfermé trop longtemps et qui, libéré, rattrape le temps perdu. Grace était persuadée que, s'il lui prenait son sang sur-le-champ, toute sa bestialité, si longtemps jugulée, éclaterait. Sidorio se leva et s'avança vers elle. Malgré tous ses efforts pour ne pas se dévoiler, Grace se recroquevilla de peur. *Non, je vous en prie, pas ici, pas de cette façon.*

Sidorio tendit le bras et dégagea de la main le cou de Grace. Son geste était doux, mais un éclair de terreur traversa le corps de Grace de bout en bout. Toutes les peurs qu'elle avait tant bien que mal enfouies en elle depuis son arrivée sur le navire se déchaînèrent. Elle sentit une poussée d'adrénaline, puis soudain, la fatigue l'envahit et elle eut l'impression de flotter, tout engourdie.

C'est alors qu'un bruit étrange se répandit dans la pièce. Un bourdonnement. Il emplit la cabine et se fit si fort que Sidorio lui-même s'arrêta pour écouter. D'où venait ce bruit ? De l'intérieur ? De l'extérieur ? Difficile à dire. Il ne cessa de s'intensifier, au point de leur percer les tympans. Puis les murs semblèrent se gondoler et se mettre à vibrer.

Subitement, un nuage d'insectes creva les parois et emplit la pièce. Les murs cessèrent alors de trembler, mais désormais le bruit était insupportable. Grace se plaqua les mains sur les oreilles, bientôt imitée par Sidorio. Puis, médusée, elle observa la nuée noire de ces minuscules créatures encercler le lieutenant. Celui-ci, hurlant de terreur, tenta de se protéger le visage tandis que les insectes, peu à peu, s'engouffraient dans ses yeux, dans ses narines, dans ses oreilles, avant de l'envelopper tout entier. Sous le regard ébahi de Grace, l'essaim se transforma en une

cape noire semblable à du cuir et striée de veinures luisantes qui palpitaient comme un cœur
qui respire.

Puis la cape noire retomba, libérant le lieutenant, et la voix du capitaine s'éleva :

— Sidorio, je vous demande de quitter le
navire immédiatement.

Sidorio resta là, sans protester. Apparemment,
malgré sa haine pour le capitaine, il avait accepté
que les pouvoirs de son rival étaient supérieurs
aux siens. Comme il avait découvert, à la fin de
sa vie antérieure, que Jules César était un homme
plus puissant et plus habile que lui.

Le lieutenant sortit de la cabine, suivi de
Grace et du capitaine. Le pont était toujours
désert.

— Je n'ai pas droit à une petite fête de départ,
capitaine ? ironisa le lieutenant, qui semblait
déjà avoir retrouvé ses esprits.

— Je ne tire aucune satisfaction de cette décision, lui répondit le capitaine, qui avait posé une
main réconfortante sur l'épaule de Grace. Mais
vous ne me laissez pas d'autre issue. Vos agisse-
ments dérogent aux règles de vie sur notre
bateau.

— C'est exact.

— À partir de maintenant, vous ne faites plus

partie des Vampirates. Je ne peux plus vous garder à bord, ajouta le capitaine. Et pourtant, je tremble rien que de penser aux ravages que vous allez causer partout où vous passerez.

— En effet, et je compte bien vous épater, lui lança Sidorio en enjambant le bastingage, avant de s'arrêter, de regarder le capitaine, puis Grace, et d'ajouter : Vous n'avez pas fini d'entendre parler de moi. Mon histoire ne s'arrête pas là.

Là-dessus, il se tourna et sauta. Se précipitant contre le bastingage, Grace eut juste le temps de voir les eaux noires de l'océan se refermer sur lui.

— Venez, Grace, lui dit le capitaine en la prenant par le bras. Rentrons.

Encore toute chavirée par l'incroyable succession des événements, Grace entendit alors les pas de quelqu'un qui accourait sur le pont. Lorcan apparut, haletant, l'air affolé.

— Grace, Dieu merci ! Je suis passé devant votre cabine et j'ai vu que la porte était ouverte. Il y avait du sang sur le pont. Sidorio n'est nulle part... et j'ai pensé... je n'ai pas pu m'empêcher de penser...

— Comme vous pouvez le constater, aspirant Furey, Grace est saine et sauve. Toutefois, il semble que je vous doive des excuses. Je vous trouvais beaucoup trop inquiet à son sujet, mais il apparaît que je ne connais pas les membres de mon équipage aussi bien que je le pensais. Ce soir, Sidorio a mis fin à la vie de son donneur.

— Mais, l'interrompit Lorcan, essayant de comprendre, que s'est-il passé ? Où est son donneur ? Et où est Sidorio ? Vous a-t-il fait mal, Grace ?

— L'affaire est close, aspirant Furey, le coupa le capitaine.

Comme à l'accoutumée, il avait beau murmurer ce qu'il disait, son ton était implacable.

Grace frissonna. Sidorio avait précipité le corps ensanglanté de son donneur par-dessus bord et le capitaine jetait un voile sur l'événement. La vie avait-erlle donc si peu de valeur à leurs yeux ?

— Je ne veux pas que Grace rencontre le moindre autre danger durant son séjour sur notre navire. À compter de maintenant, vous serez son garde du corps officiel. Surveillez-la constamment. Assurez-vous qu'il ne lui arrive aucun mal. Puis-je vous faire confiance ?

— Vous avez ma parole, capitaine, lui répondit Lorcan d'un ton solennel. Je la défendrai jusqu'à mon dernier souffle.

34
L'ÉTRANGER

Il était tard dans la nuit lorsque le nageur se hissa sur le quai. Il se sentait vidé physiquement, mais plein d'une énergie qu'il n'avait pas connue depuis longtemps et il ne regrettait en aucune façon l'effort surhumain qu'il venait de fournir. Quant à son esprit, il bouillonnait comme son sang dans ses veines.

Il se dressa de tout son haut et regarda l'océan qu'il venait de traverser. Il ne l'avait que trop vu. Il était heureux de revenir sur la terre ferme.

Il se détourna des eaux sombres et concentra

son attention sur la promenade qui se déroulait devant lui.

À l'autre bout, il avisa des lumières qui clignotaient et entendit la clameur de nombreuses voix. Soudain, l'une d'entre elles s'éleva. Elle chantait. L'homme se dirigea dans la direction d'où la musique venait, tout en s'efforçant de comprendre les paroles qui flottaient vers lui dans la nuit.

> *Voici une histoire de Vampirates,*
> *Une histoire très ancienne et très vraie.*
> *Oui, voici la chanson d'un vieux voilier*
> *Et de son équipage qui tous effraie.*
> *Oui, voici la chanson d'un vieux voilier,*
> *Qui parcourt l'océan bleu...*
> *Qui hante l'océan bleu.*

« C'est la voix d'un garçon », nota le nageur. Une voix qui commençait juste à muer. Puis l'homme aperçut l'auberge. Il n'avait pas perdu son sens de l'orientation. C'était bien l'endroit. C'était là que tous les pirates se retrouvaient. Bien qu'il fût tard dans la nuit, ils étaient encore tous rassemblés autour d'un enfant – un homme bientôt – en train de chanter une vieille mélodie.

Le bateau vampire a des voiles déchirées
Qui claquent comme des ailes en pleine envolée
On dit que le capitaine, il est voilé
Pour tempérer l'effroi de celui qui le voit,
Car livide est sa peau
Et ses yeux sont sans vie
Et ses dents, perçantes comme la nuit.
Oh, on dit que le capitaine, il est voilé
Et que de lumière ses yeux sont privés.

Sois bon, mon enfant, sois sage,
Sage comme une image,
Sinon aux Vampirates, je te remettrai
Et sur les flots, avec eux te jetterai.

Sans qu'il pût mettre le doigt dessus, quelque chose dans la voix de ce garçon sembla familier au nageur. Il avança plus vite malgré le mal de tête qui s'était réveillé en lui. L'épuisement de sa longue traversée le rattrapait. Tout comme sa faim. Une faim telle qu'il n'en avait pas eue depuis très, très longtemps.

Oui, sois bon, mon enfant, sois sage,
Car – regarde ! Vois-tu là-bas ?
Ce soir dans le port, il y a un bateau noir

Et sa cale est assez grande pour te recevoir !
(Oui, bien assez grande pour te recevoir !)

Le garçon aperçut le nageur et, bien qu'il poursuivît sa chanson, il sauta une note ou deux tant l'étranger qui venait d'apparaître l'avait distrait. Qui ne l'aurait pas été d'ailleurs par cet homme dont la taille et la musculature suffisaient à obstruer la lueur de la lune ?

Si les pirates sont mauvais,
Et pire encore les vampires,
Alors j'espère que, tant que je vivrai,
Et bien que je chante la chanson des Vampirates,
Jamais aucun d'eux je ne verrai.
Oui, si avec les pirates vient le danger
Et avec les vampires, la mort assurée,
Je prierai aussi pour toi -
Que tes yeux jamais un Vampirate ne voient...
... Et que jamais ils ne posent la main sur toi.

Sa chanson terminée, le garçon resta là, les yeux rivés sur le nageur qui ne se tenait plus qu'à quelques pas de sa table. Le reste de l'assemblée se retourna pour voir ce qui captivait l'attention du garçon. Tous les regards se posèrent sur l'étranger.

— Je vais vous raconter une histoire de Vampirates, moi, vous allez voir, lança-t-il à la cantonade.

Mais soudain, submergé par la fatigue et la faim, sa vue se brouilla. Il sombra.

Connor s'approcha et se pencha vers lui, tandis que Bart lui versait une rasade de rhum dans la bouche. L'homme était trempé. D'où était-il venu à cette heure de la nuit ? Il était bizarrement vêtu, de vêtements qui ne convenaient ni à son époque, ni à l'endroit où il se trouvait. De plus, comme son expression avait été étrange pendant qu'il écoutait Connor chanter ! Peut-être les paroles l'avaient-elles contrarié au point de le faire défaillir ?

Connor en était là de ses réflexions lorsque l'homme, recrachant le rhum, revint à lui.

— Tiens, vieux, bois encore un peu, ça te fera du bien, lui dit Bart.

— Non, ça suffit, lui répondit l'étranger en secouant la tête et en se détournant.

— Vous préféreriez un peu d'eau ? lui demanda Cathy Couteau, qui était tout près.

— Non... rien, fit l'étranger, lentement.

Pourtant, maintenant qu'il avait repris

connaissance, il semblait avoir retrouvé toutes ses forces. Comme c'était curieux ! Il refusa même qu'on l'aide à se lever et alla s'installer seul sur le banc à côté.

— Quel est ton nom, l'étranger ? lui demanda le capitaine Rage. D'où viens-tu ?

Sans répondre, l'homme se tourna vers l'océan.

— Étais-tu sur un autre bateau ? embraya Bart.

— Donnons-lui un peu de temps, intervint le capitaine Rage. On dirait qu'il est en état de choc.

— C'est ma chanson, dit Connor. C'est l'histoire des Vampirates qui lui a fait cet effet.

À ce mot, la tête de l'étranger pivota vers Connor.

— Vam-pi-rates, ânonna-t-il.

Connor était si fébrile qu'il haletait.

— Je vais vous raconter une histoire de Vampirates, moi, répéta l'homme, la voix basse et cassée.

Connor n'y tint plus :

— Je cherche un bateau. Le bateau des Vampirates. Est-ce que vous étiez dessus ? s'empressa-t-il de lui demander.

Au moment où il posait sa question, il sentit

le médaillon vibrer contre son cœur battant. C'était la marée qu'il attendait. Elle lui avait apporté l'éclaireur qui le conduirait jusqu'à Grace. Connor en était sûr. Pourtant, l'homme ne lui retournait que des yeux vides.

— Je pense que ma sœur est sur ce vaisseau, insista-t-il. Elle a mon âge. Nous sommes jumeaux. Elle s'appelle Grace.

Lorsqu'il entendit ce prénom, le visage de l'étranger s'éclaircit d'un sourire. Un sourire de reconnaissance Peut-être. Tout en hochant la tête, il planta ses yeux dans ceux de Connor.

— Vous êtes jumeaux... Grace... souffla-t-il.

C'était donc vrai. Il savait. Tant de questions se bousculaient sur les lèvres de Connor qu'il ne savait par laquelle commencer. Mais avant qu'il ait eu le temps de prendre la parole, il entendit la voix de Cheng Li :

— Parlez-nous des Vampirates, dit-elle à l'étranger. Comment pouvons-nous les combattre ? Essaieront-ils de nous voler notre sang ?

L'étranger l'examina avec étonnement, les sourcils froncés, comme si la question de Cheng Li le faisait souffrir. Puis il lui fit un signe de tête affirmatif.

— Vous ont-ils pris le vôtre ? reprit Cheng Li, avec une douceur inhabituelle. C'est cela ? Vous étiez prisonnier des Vampirates ? Vous ont-ils pris votre sang avant que vous réussissiez à vous échapper ? Est-ce pour cela que vous êtes si faible ?

— Sang, répondit seulement l'étranger avant de refermer les yeux.

— Non ! s'écria Connor. S'il vous plaît, monsieur, restez avec nous ! Vous devez nous dire où se trouve ce bateau. Nous devons savoir si ma sœur est à son bord ou non !

— Grace, murmura l'étranger, danger...

— Allons, intervint le capitaine Rage, il n'y a pas une seconde à perdre. Retournons au bateau. Nous prendrons cet homme avec nous, ajouta-t-il en regardant avec pitié l'étranger, qui cligna des yeux avant de les refermer. Il faut être un vrai démon pour affaiblir un homme si fort, fit le capitaine d'un ton triste. Si seulement nous connaissions leur talon d'Achille. Si seulement nous avions une piste.

Aussitôt, l'étranger battit des paupières et empoigna le bras de Connor.

— Il essaie de nous dire quelque chose, lança Bart. Peut-être qu'un peu plus de rhum l'aidera ?

L'étranger fit non de la tête tout en resserrant

son étreinte sur le bras de Connor, qui se rétracta de douleur, mais parvint à demander :

— Qu'est-ce qu'il y a ? Qu'est-ce que vous essayez de nous dire ?

— Attaquez quand nuit devient jour... bredouilla-t-il. Très vulnérables... lumière...

Il semblait avoir toutes les peines du monde à parler. Ses yeux se refermèrent une nouvelle fois et il s'affaissa de nouveau sur la table. Connor bouillait. Enfin, enfin cet indice qu'il attendait pour retrouver Grace était arrivé ! Oui, mais... Et si c'était trop tard ? Et s'ils s'étaient déjà acharnés sur elle et l'avaient affaiblie comme l'homme devant lui ? Et si elle n'était plus qu'une frêle coquille vide ?

— Connor, lui fit le capitaine Rage, qui avait remarqué son état d'agitation. Garde ton calme, c'est compris ? Elle est en vie, tu dois le croire. Et tu peux me faire confiance, mon jeune ami, s'ils ont touché à un seul de ses cheveux, notre vengeance sera terrible. Cet homme vient de nous offrir un magnifique cadeau. Il nous conduira jusqu'à leur bateau, et nous nous chargerons du reste. Nous allons retrouver ta sœur, mon garçon, et nous anéantirons ces démons.

Allongé sur le banc, les yeux bien fermés, Sidorio n'avait qu'une envie : éclater de rire. Ces pauvres crétins avaient mordu à l'hameçon et avaient en plus avalé la ligne et le bouchon. Il avait oublié combien il pouvait être divertissant de se jouer des humains. Sans compter qu'il mourait d'impatience de découvrir la réaction du capitaine des Vampirates lorsqu'il verrait un vaisseau bondé de forbans vengeurs apparaître au petit jour. Sa revanche serait-elle aussi simple que cela ? Pour la première fois depuis bien, bien longtemps, Sidorio était pressé de voir l'aube se lever.

35

UNE AUTRE HISTOIRE COMMENCE

Lorcan et Grace étaient restés sur le pont. Grace rechignait à retourner dans sa cabine après ce qui s'y était passé avec Sidorio.

— Nous pouvons aller dans la mienne si vous le souhaitez, lui suggéra Lorcan. Mais que ce soit dans l'une ou dans l'autre, je vais devoir bientôt rentrer.

— Non, non, ça ira. Il faudra bien que j'y retourne un jour. Je vous demande juste quelques minutes de plus, c'est tout. La nuit est si belle avec toutes ces étoiles.

— Entendu, mais quelques minutes seulement. Il se fait tard et le ciel commence à pâlir. Je dois être à l'intérieur avant que Darcy ne sonne la cloche.

Grace hocha la tête. Elle se souvenait de la façon dont il s'était recroquevillé comme une bête effarouchée la fois où elle avait levé le rideau devant lui. Elle ne voulait pas lui infliger cette souffrance de nouveau.

*

Cependant, le *El Diabo* cinglait les flots, lancé à la poursuite de leur vaisseau. L'étranger avait retrouvé assez de forces pour indiquer au capitaine Rage la direction à suivre. Et pourtant, il avait eu du mal à se rappeler son propre nom. Lorsque le capitaine le lui avait demandé, il avait mis du temps avant de se retourner et de lui dire avec un sourire au coin des lèvres :

— César.

César se tenait à présent aux côtés du capitaine Rage, entouré de Connor, Bart, Cathy et Cheng Li.

Tous les membres de l'équipage sans exception s'étaient rassemblés sur le pont. Tous avaient vite appris que la sœur jumelle de

Connor était en vie, mais qu'elle courait un grand danger et tous étaient fin prêts pour la plus grande bataille de leur vie. Connor était extrêmement touché par tant d'amitié.

— Vous êtes l'un des nôtres maintenant, lui dit le capitaine Rage, et comme je vous l'ai déjà dit, un pirate défend toujours ses frères.

Cathy Couteau et Cheng Li s'étaient chargées de l'organisation stratégique de l'abordage, en avertissant l'équipage qu'elles ne savaient presque rien sur l'ennemi qu'ils s'apprêtaient à attaquer. Cathy avait essayé de soustraire le maximum d'informations à César, mais celui-ci s'était contenté de répéter à l'envi :

— Lancez l'attaque au lever du jour et la victoire sera vôtre.

Après plusieurs heures de route, l'ombre d'un vaisseau se profila non loin devant le *El Diablo*. Ce devait être le bateau qu'ils cherchaient. Le capitaine Rage se tourna vers César, l'interrogeant du regard. Celui-ci opina de la tête. Aussitôt, Connor sentit son cœur palpiter.

— Il n'y en a plus pour longtemps, vieux, le rassura Bart en lui posant doucement la main sur l'épaule.

Le pont du navire ennemi semblait tranquille. Le capitaine Rage fit ralentir le *El Diablo*. Il voulait s'approcher le plus silencieusement possible pour que la surprise fût totale. Les canons étaient chargés et les trois chances, à demi descendues, prêtes pour l'arraisonnement. Bientôt, une joyeuse confusion régnerait, mais pour l'heure, et aussi longtemps que faire se pouvait, Molucco Rage avait réclamé de son équipage un silence total.

Finalement, il se tourna vers Cathy :

— Préparez-vous à l'attaque, s'il vous plaît.

— Pas encore, intervint César. Il fait trop noir.

— On ne peut pas courir le risque d'attendre plus longtemps, lui objecta le capitaine Rage. Votre aide nous a été précieuse, César, mais maintenant, je reprends le commandement.

— En outre, ajouta Cheng Li, regardez, le soleil se lève.

César, qui avait tourné la tête instinctivement, se mit à trembler et ses yeux papillotèrent comme ils l'avaient fait à la taverne.

— Tout va bien ? lui demanda Cheng Li.

— J'ai un peu froid, balbutia César, les yeux presque fermés. Je vais peut-être aller me reposer un peu à l'intérieur si vous n'avez plus besoin de moi.

Le capitaine Rage lui fit un signe d'assenti-
ment.

— Je vous accompagne dans votre cabine, dit
Cheng Li à César en lui tendant le bras et en
l'emmenant comme un vieil invalide.

Une fois qu'ils se furent éloignés, le capitaine
Rage se tourna de nouveau vers Cathy :

— Préparez-vous à l'attaque, Cathy.

— Non.

Cette fois, c'était Connor. Tout le monde se
tourna vers lui, surpris.

— Regardez, le pont est presque désert. Il n'y
a que ces deux silhouettes, là, et je crois que l'une
d'elles est Grace. Procédons autrement. Je vais
y aller en premier.

Cathy secoua la tête :

— Non, Connor. Je suis désolée, mais tu n'es
pas assez expérimenté. Qui plus est, on ne veut
pas te perdre.

— Je suis sûr que c'est Grace. Si on lance l'attaque, qui sait ce que fera la personne qui se
trouve à ses côtés ? Mais si je me glisse discrètement sur leur bateau, j'ai peut-être une chance
de le mettre hors d'état de nuire avant qu'il ait
le temps d'alerter tout le monde.

— C'est trop dangereux, insista Cathy.

— Je crois qu'il a le droit de décider, Cathy, intervint le capitaine Rage.

Après tout, c'est sa sœur qui est sur ce navire.

— Merci, capitaine, lui dit Connor avec un sourire empli de gratitude.

— Et si je t'accompagnais, pour te couvrir juste au cas où ? lui proposa Bart.

— Non, Bart. C'est gentil, mais je dois y aller seul.

— Alors, prends ça au moins, lui dit Cathy en lui tendant sa rapière.

— Non, je ne peux pas.

— Ne me force pas à user de l'autorité que mon grade me confère, lui rétorqua-t-elle en lui fourrant son épée dans les mains.

— Merci, merci à tous, souffla Connor.

Cathy étant partie prévenir l'équipage que l'attaque était reportée, Connor se trouva seul avec Bart et Molucco Rage.

— Dès que j'ai posé les yeux sur vous, monsieur Tempête, j'ai su que vous aviez l'étoffe d'un héros, lui dit le capitaine. Mais vous savez quoi ? Vous en avez plus que l'étoffe, vous en êtes déjà un.

Connor écouta les mots sans pouvoir y répondre. Leur bateau était maintenant presque parallèle au navire ennemi et il devait absolument rester concentré. Toutes les épreuves par lesquelles il était passé jusqu'ici l'avaient préparé à cet instant. Il ne pouvait pas se permettre d'échouer.

De plus, il venait de remarquer que les deux silhouettes avaient disparu. Autre raison pour ne pas risquer de se laisser gagner par les émotions en répondant au capitaine.

C'est alors qu'il entendit au-dessus de lui le grincement discret de l'une des trois chances. Elles avaient été bien huilées après le dernier abordage et l'opération se fit dans un quasi-silence. Heureusement, car le moindre bruit donnait la chair de poule à Connor. Rien ne devait alerter les Vampirates. Rien ne devait limiter ses possibilités de succès.

Il se tourna vers ses compagnons. Le temps manquait pour leur faire ses adieux. Mais était-ce nécessaire ? Il serait de retour sous peu, et avec Grace, c'était certain.

— Allez, bouge-toi, vieux, lui souffla Bart. Je veux faire la connaissance de ta sœur avant qu'elle soit trop vieille.

Le sourire aux lèvres, Connor se hissa sur la passerelle, la traversa, et disparut d'un bond sur le navire ennemi.

— Vous avez entendu ? demanda Lorcan à Grace.

— Entendu quoi ?

— Le bruit.

— Non.

— Il y a quelqu'un sur le pont, souffla Lorcan, les sourcils froncés. C'étaient des bruits de pas.

— Ce doit être Darcy. Elle va sonner la cloche.

— Non, la démarche de Darcy est beaucoup plus légère. C'étaient des bottes d'homme. Il y a un intrus.

— Sidorio ? s'exclama Grace, les yeux écarquillés.

— J'espère que non, mais je préfère aller vérifier.

— Vous ne pouvez pas ressortir maintenant, il fera jour dans quelques minutes à peine. D'ailleurs, que fait Darcy ?

— Il y a un problème. J'y vais. Enfermez-vous et ne bougez pas.

Là-dessus, il ouvrit la porte et disparut, sans se rendre compte que Grace, au lieu de se cadenasser comme convenu, sortait derrière lui.

Connor avançait sur le pont le plus discrètement possible, lorsqu'il entendit des voix feutrées qui filtraient non loin de là. L'une d'elles était féminine.

— Grace, souffla-t-il.

Le mot lui était sorti spontanément de la bouche.

— Connor ?

La voix l'avait appelé par son prénom. C'était clair comme le jour. Elle était en vie ! Il était arrivé à temps. Aussitôt, il se mit à courir et au détour d'une cabine, il la vit.

— Connor ! s'écria Grace en se prenant la tête dans les mains, osant à peine y croire.

Mais Grace n'était pas seule. Un homme était là aussi. Non, pas un homme, un Vampirate. Sans attendre, Connor dégaina son épée et s'élança vers lui.

Lorcan était troublé. Grace lui avait désobéi et voilà que, maintenant, un étranger se jetait sur lui arme au poing.

— Lorcan, c'est Connor, lui cria Grace, haletante. C'est mon frère ! Il m'a retrouvée, enfin !

En entendant sa sœur parler ainsi, Connor s'arrêta dans sa course et abaissa son épée cependant que Lorcan le dévisageait. Connor était bien le jumeau de Grace. Certes, on ne pouvait les confondre, mais la ressemblance était frappante. Lorcan s'effaça alors, et frère et sœur se jetèrent dans les bras l'un de l'autre.

Toutefois, le jour avait commencé de poindre et Lorcan, inquiet, détourna le regard du soleil levant. Ce faisant, il remarqua qu'une nappe de brume se formait... et qu'à côté d'eux, se trouvait un bateau ! Comment était-ce possible ? C'était donc ainsi que ce garçon avait pu monter à bord ! Alors que le soleil inondait de plus en plus l'océan de ses rayons, la nappe de brume enveloppa presque entièrement le navire des Vampirates. Ainsi protégé de la lumière, Lorcan put scruter le bateau inconnu et avisa alors sur son pont une horde d'hommes armés jusqu'aux dents. Il se tourna aussitôt vers Grace, toujours enlacée par son frère. Était-ce une ruse ? L'autre navire s'apprêtait-il à les attaquer ?

À ce moment précis, une porte s'ouvrit et Darcy Belle émergea sur le pont. Levant les yeux vers le ciel, elle se précipita vers la cloche qu'elle fit sonner à toute volée. Puis elle remarqua Grace et Lorcan et... cet étranger. Que se passait-il ? Pourquoi cette brume ? Et pourquoi Lorcan était-il encore là ?

— Lorcan, vous devez rentrer, s'exclama-t-elle, se sentant fautive de ne pas s'être réveillée à temps. Le jour se lève.

Au son de la cloche, Connor avait lâché Grace.

— Que se passe-t-il ? lui demanda-t-il.

— Ce n'est rien, lui fit Grace en souriant. Ce n'est que la cloche du matin.

Sur le *El Diablo*, les amis de Connor avaient eux aussi les yeux rivés sur le pont voisin. Si ce n'est que ce dernier disparaissait de plus en plus à leur vue, dissimulé par cette nappe de brume inattendue. Lorsqu'ils entendirent la cloche sonner, Bart saisit Cathy à l'épaule.

— Qu'est-ce que c'est ?

— Je ne sais pas. Une alarme, peut-être ?

— Connor a besoin de notre aide, lança Bart en empoignant son sabre.

— Tu n'en sais rien, lui dit Cathy.

— Non, mais ce n'est pas en restant ici que je le saurai.

Là-dessus, il sauta sur la passerelle et disparut dans le mur de brume. Bientôt, il sentit des planches de bois sous ses pieds. Comprenant qu'il était sur l'autre bateau, il sauta. Lorsqu'il se redressa, la brume était derrière lui et Connor, devant.

À ses côtés, se tenait une jeune fille. Ce devait

être sa sœur. L'air de famille était frappant. De plus, Connor souriait. Mais, très vite, Bart aperçut deux autres individus. Une jeune femme, qui le regardait bouche bée. Et un homme, de son âge environ, qui, en le voyant, dégaina une rapière et chargea.

Sans perdre une seconde, Bart souleva son sabre pour arrêter en plein vol la lame qui fondait sur lui.

— Non ! s'écria Grace de nouveau. Connor, arrête-les, arrête-les ! Lorcan est mon ami.

— Lorcan, rentrez ! hurla Darcy de son côté, complètement affolée.

Mais Lorcan l'ignora. Peu importe qui avait conduit le frère de Grace sur leur bateau, de toute évidence, c'était une ruse et les Vampirates allaient subir un abordage.

Le soleil était si haut désormais que, malgré la nappe de brume, Lorcan commença à avoir mal aux yeux. Mais sa hargne et ses talents de bretteur étaient tels que, d'une botte, il toucha son ennemi au bras.

Bart fit un bond en arrière. Il n'était pas habitué à ce type de duel. Il n'avait affaire en général qu'à des manieurs de sabre tels que lui, pas à des spécialistes de ces rapières si fines et si sournoises.

Voyant son ami blessé, Connor se jeta entre les deux adversaires, agitant sa propre rapière sous le nez de Lorcan.

— Connor ! répéta Grace. Arrête, Lorcan est mon ami !

— Et Bart, le mien, lui rétorqua Connor.

Cependant, Darcy continuait, elle aussi, de crier :

— Lorcan, rentrez ! Tout de suite !

— Allez prendre votre position, Darcy, lui répondit Lorcan. Laissez-moi. J'ai promis sur ma vie que je défendrais Grace et c'est exactement ce que je vais faire.

Sanglotante, Darcy traversa le pont en courant et, d'un bond, s'installa à la proue du bateau, où d'être humain, elle se transforma aussitôt en statue sous les yeux éberlués de Grace, Connor et Bart.

Reprenant peu à peu ses esprits, Grace finit par se retourner vers Lorcan, qu'elle implora de nouveau :

— Lorcan, je vous en prie, rentrez.

La brume s'était dissipée et Lorcan n'était plus qu'un pauvre hère qui, les yeux fermés, frappait l'air désespérément de sa rapière sans plus voir ce qu'il faisait.

— Il y a un bateau plein d'hommes prêts à

nous attaquer, Grace, balbutia-t-il, de plus en plus faible. Votre frère a servi d'appât.

— Ce n'est pas vrai, lui dit Connor. Je suis venu chercher Grace, c'est tout. Je n'ai aucune intention de vous faire du mal.

— Et lui, alors ? bredouilla Lorcan, qui s'était remis en garde, mais dont l'épée vacillait.

— Je suis là uniquement parce que j'ai entendu votre cloche et que j'ai eu peur pour Connor. J'ai cru que vous aviez sonné l'alarme.

— Ce n'est pas une alarme, lui expliqua Grace. Elle annonce que tout le monde doit quitter le pont, pas s'y rassembler.

— Alors, vous n'êtes pas en danger ?

— Non, lui répondit Grace, impatiente que cet échange se termine pour que Lorcan puisse aller se protéger dans sa cabine.

— Vous m'assurez que vous n'allez pas envoyer vos hommes ? réussit à demander Lorcan en abaissant son épée, à bout de forces.

— Non, vieux, ne t'inquiète pas, le rassura Bart, médusé de voir la métamorphose chez cet ennemi qui l'avait combattu avec tant d'énergie quelques minutes plus tôt seulement.

— Lorcan, rentrez, insista Grace une nouvelle fois. Je vous en supplie.

410

— Mais comment être sûr que ce n'est pas une autre ruse ? lui souffla-t-il.

— Vous avez ma parole que ça ne l'est pas, lui dit Connor. La seule chose que je veux, c'est ma sœur.

— S'il vous plaît, Lorcan, reprit Grace. Faites-moi confiance, comme moi j'ai eu confiance en vous.

— D'accord, Grace, d'accord, chuchota Lorcan.

Interdits, Bart et Connor le regardèrent se traîner vers une porte. Agrippé à la poignée, il l'ouvrit et, titubant, disparut dans ce qui ressemblait à une cabine plongée dans l'obscurité. Puis les deux amis entendirent l'épée cliqueter sur le sol et la porte se referma.

Bart se secoua et, aussitôt, lança à Connor :

— Bon, je vais aller dire aux autres que tout va bien, d'accord ?

Connor hocha la tête et se tourna vers Grace :

— J'ai tellement de choses à te raconter.

— Moi aussi, lui dit-elle.

— J'ai même un petit cadeau, ajouta Connor en détachant la chaîne de son médaillon avant de la tendre à sa sœur.

Dans sa cabine, Lorcan les observait. Il avait gardé sa porte légèrement entrebâillée. Après tout, il venait d'être exposé à tant de lumière qu'un mince filet ne pouvait pas lui faire plus de mal.

À voir Grace, rayonnante, prenant dans ses mains le médaillon que Connor lui donnait, Lorcan se posa des questions. Il aurait dû être heureux pour elle. Heureux qu'après toutes les épreuves qu'elle avait traversées, elle soit enfin réunie avec son frère.

Pourtant, la scène lui était douloureuse. Il ne le souhaitait pas. Plus que tout, il voulait être heureux pour elle. Mais, lorsqu'il la vit refermer la chaîne du médaillon sur son cou, c'est de la tristesse qu'il ressentit, comme lorsqu'on perd un être cher.

Il n'avait pas éprouvé ce genre de sentiment depuis bien longtemps. Lorsque la brûlure dans ses yeux se fit plus intense, il crut tout d'abord qu'il pleurait. Mais non, ses larmes ne couleraient plus jamais, comment avait-il pu oublier ?

Grace était désormais en sécurité. C'était l'essentiel. Il avait juré de la protéger et, maintenant, son travail était terminé. Il ne lui restait plus qu'à se reposer.

Il risqua un dernier regard vers Grace, mais sa

vue s'était encore troublée. De plus, la brume était réapparue, faisant écran entre elle et lui. Sans plus insister, Lorcan ferma la porte. C'est alors qu'il se rendit compte qu'il n'y voyait pas bien non plus dans l'obscurité. La lumière lui avait-elle donc abîmé les yeux à jamais ?

Sur le pont, l'étrange nappe de brume s'était refermée comme un cocon autour de Grace et Connor. Ils ne voyaient plus rien d'autre qu'eux-mêmes. Grace contempla son frère, ayant toujours peine à croire que c'était bien lui qui se tenait devant elle. On aurait dit un rêve, enfin, un rêve mêlé d'un cauchemar.

— Tu m'as manqué, lui dit-elle.

— Toi aussi, lui répondit Connor.

— J'aimerais tellement que papa soit là.

— Et moi donc.

À ces mots, Connor prit sa sœur dans ses bras et la serra fort. L'espace d'un instant, il eut l'impression d'être revenu au phare, avec leur père. Où rien ne pouvait leur arriver.

De son côté, Grace se demandait comment son frère l'avait retrouvée. Et ce que l'avenir leur réservait. Connor la rejoindrait-il sur le bateau des Vampirates ? Ou le suivrait-elle sur son

413

propre vaisseau ? Ne vaudrait-il pas mieux qu'ils repartent vers Baie-du-Croissant-de-Lune ?

Sans réponse, Grace décida de faire taire ces questions envahissantes. Elle se pressa encore contre son frère en se disant qu'elle avait eu raison depuis le début. Son chez-elle était là, devant elle. Comme c'était bon de le sentir.

C'est alors que, dans sa tête, elle entendit la voix du capitaine :

— Une aventure vient de s'achever. Bientôt, une autre va commencer.

RETROUVE GRACE ET CONNOR
DANS LE TOME 2 DE VAMPIRATES.